Sur l'auteure

Kimi Cunningham Grant vit en Pennsylvanie. Elle est l'auteure de deux romans traduits en français : *Le Silence des repentis* et *Les Rancœurs et la Terre*. Explorant différents genres de littérature, elle a remporté plusieurs prix pour sa poésie.

De la même auteure
aux Éditions 10/18

LE SILENCE DES REPENTIS, n° 5854
LES RANCŒURS ET LA TERRE, n° 5947

KIMI CUNNINGHAM GRANT

LES RANCŒURS ET LA TERRE

Traduit de l'anglais (États-Unis)
par Alice Delarbre

10/18

BUCHET CHASTEL

Titre original :
Fallen Mountains

Éditeur original : Amberjack Publishing

La citation de Rainer Maria Rilke p. 9
est tirée de « Chant pour un enfant de prince »,
Le Livre des images, in *Œuvres poétiques et théâtrales*,
traduction de J.-C. Crespy,
Gallimard, « Bibliothèque de la Pléiade », 1997.
La citation de William Faulkner p. 14
est tirée de *Requiem pour une nonne*,
traduction de M.-E. Coindreau, Gallimard, 1957.

ISBN 978-2-264-08377-7
Dépôt légal : avril 2024

Pour Chris

« Comme si tout avait déjà eu lieu. »

Rainer Maria Rilke, *Le Livre des images*

APRÈS

La chaleur estivale avait fondu sur Fallen Mountains avec la soudaineté d'une créature ailée : les pensées courbaient la tête, les salades montaient en graine, les arbres se débarrassaient de leurs bourgeons. En chemin, de retour du *diner*, Red reçut une pluie de fleurs de pommier sauvage, roses et blanches, tombées des arbres bordant Main Street. Elles étaient si moites qu'elles se collèrent à ses chaussures. Il fit jouer la clé dans la serrure du poste de police, puis essuya ses semelles sur le paillasson à l'intérieur et s'épongea la nuque avec son mouchoir.

La lettre annonçant son départ à la retraite était bien à l'abri dans le tiroir supérieur de son bureau, dans une enveloppe scellée qu'il comptait remettre à sa secrétaire, Leigh, à la fin de la journée du lendemain, le mercredi. Elle ne travaillait que deux jours par semaine. En vérité, à Fallen Mountains, petite ville de Pennsylvanie, il n'y avait pas beaucoup à faire pour une secrétaire au poste de police – qui méritait à peine ce nom, d'ailleurs, puisqu'il n'employait que Red et Leigh. Le fait que le conseil municipal maintienne cet emploi, année après année, tenait d'ailleurs du petit miracle. Ces douze derniers mois, le délit le plus scandaleux qu'ils aient eu à traiter avait été l'entrée par effraction d'une bande de jeunes, une nuit, dans le lycée, pour y introduire des animaux de ferme et les laisser courir en toute liberté dans les couloirs. Des poules, deux cochons, une chèvre anglo-nubienne. Résultat : des traces de boue sur les murs, des déjections disséminées dans les salles de classe. Red avait veillé à ce que les coupables prêtent main-forte au gardien de l'établissement un samedi pour réparer les dégâts. Ils avaient tout briqué jusqu'à ce que l'endroit brille et résonne d'une bonne odeur de pin. Il avait fini par se sentir un peu coupable, pourtant, à cause de lui, ces jeunes s'étaient retrouvés enfermés à travailler par un beau week-end de printemps, et il leur avait apporté du poulet frit du Wheeler's Diner pour le déjeuner.

Fallen Mountains enregistrait, bien sûr, des infractions mineures, des petites entorses que Red avait appris, au fil des années, à bien connaître. Ainsi, les Baumgardner se disputaient sans arrêt dans leur immense mobile home sur la route 28, ils s'en prenaient violemment l'un à l'autre jusqu'à ce qu'un voisin appelle le poste de police pour se plaindre. (Mme Baumgardner mesurait plus d'un mètre quatre-vingts et pesait une bonne vingtaine de kilos de plus que son mari, et c'était donc généralement lui qui finissait le plus amoché.) Et puis il y avait les délits ordinaires : coups de fil en pleine nuit, clients ivres au bar, violations de propriétés privées et chasse aux cerfs en dehors de la saison. La plupart du temps, Red servait aussi, en quelque sorte, de garde-chasse : c'était lui qu'on appelait quand on trouvait une bête écrasée au milieu de la route, un serpent sur un porche ou une moufette qui se pavanait dans un jardin. Red s'enorgueillissait cependant que Fallen Mountains soit en grande part un lieu préservé des pires péchés du monde, ce dont il était amené à se souvenir tous les soirs, lorsqu'il regardait les nouvelles dans le fauteuil de son salon.

Red fêterait toutefois ses soixante ans à l'automne, et il ne pouvait plus fermer les yeux : c'était un métier pour un homme plus jeune. Traîner des ivrognes au poste de police tard dans la nuit, dégager le gibier mort sur la chaussée, se faufiler sous les porches équipé d'une lampe frontale en priant pour ne pas se retrouver nez à nez avec une bête venimeuse… Autant de missions dont il s'acquittait autrefois sans difficulté, dont il se saisissait même avec la vigueur d'un homme dans la force de l'âge. Mais plus maintenant. La fatigue était là, il se sentait prêt à un changement de rythme. Et à l'aube de son départ en retraite, Red envisageait avec satisfaction ses nombreuses années à ce poste de shérif.

Pour l'essentiel, en tout cas. Vingt-deux années de service, et une seule erreur de jeunesse, un seul véritable regret, une affaire mal gérée, des années auparavant. À l'heure des comptes, Red n'avait pas à rougir de son bilan, il le savait. Et pourtant ces derniers temps, depuis le retour de Transom Shultz à Fallen Mountains, et le bazar monstre qu'il avait réussi à semer à la ferme Hardy, Red se surprenait à penser de nouveau à cette erreur – à Transom, qu'il avait laissé s'en tirer, mais surtout au garçon qui avait payé le prix fort pour son silence. Possum. Tout le monde l'appelait ainsi à l'époque, et aujourd'hui encore d'ailleurs, ce surnom lui était resté.

Red s'assit derrière son vieux bureau métallique et perdit son regard par la fenêtre, en direction des voitures alanguies dans le début de soirée étouffant du premier jour de juin et qui longeaient lentement le poste de police. Il pensa à son père. Un homme qui avait passé toute sa vie à travailler dans une fonderie à Pittsburgh ; il avait arrêté ses études à la fin du lycée et avait toujours été malheureux, du moins Red l'avait toujours connu ainsi. Pourtant le soir, le temps d'une minuscule tranche de vie, chaque jour, cet homme s'animait en lisant du Faulkner à ses deux fils : *Sanctuaire*, *Tandis que j'agonise*, *Le Bruit et la Fureur*. Sa citation préférée, célèbre, qu'il avait répétée un nombre incalculable de fois à ses fils, était tirée de *Requiem pour une nonne* : « Le passé n'est jamais mort. Il n'est même jamais le passé. » Dans un désir de rappeler à ses garçons que tout acte avait des conséquences, il avait demandé à son épouse de la recopier de sa belle écriture et de l'encadrer. Et cette terrible vérité avait tourmenté Red tout au long de son adolescence. À chaque course de voitures dans les rues de leur banlieue, à chaque cours séché, à chaque pierre lancée dans la vitre d'une ancienne usine désaffectée, à chaque fille qu'il avait touchée… Red avait pensé à Faulkner.

Il se le représentait à cet instant précis, ce morceau de papier jauni avec la calligraphie sophistiquée de sa mère. Il le sentait, ce passé qui déferlait sur le présent tel un immense navire. Son unique bévue, vieille de dix-sept ans, revenait une fois encore lui montrer sa vilaine face. Il en avait la certitude. Plus tôt dans l'après-midi, pendant qu'il feuilletait un article sur la pêche à la truite par temps chaud tout en mastiquant le cookie acheté au distributeur, la nouvelle petite amie de Transom Shultz avait appelé pour dire qu'elle était sans nouvelles de lui depuis quatre jours.

Elle avait prévu de passer au poste le lendemain à la première heure, afin de signaler officiellement sa disparition.

Red se leva pour se rendre à l'armoire à fournitures, où il trouva un petit carnet noir qui tenait dans sa poche poitrine. Il se rassit, prit un stylo dans le mug qui servait de pot à crayons sur son bureau et ouvrit le carnet à la première page. Ça lui semblait une bonne chose à faire, noter quelques idées, se préparer à ce rendez-vous avec la petite amie de Transom. Dans les séries télévisées, tout était informatisé maintenant – les policiers utilisaient des tablettes sophistiquées qui leur permettaient de naviguer entre les informations du bout du doigt, de les faire passer d'un écran à un autre en un rien de temps –, mais il ne voyait pas quel mal il y avait à utiliser un carnet. Il fit tourner le stylo entre ses doigts et tenta de se concentrer pour passer en revue le dernier semestre, afin de reconstituer une chronologie approximative des événements.

Transom était rentré six mois plus tôt, juste après le décès du vieux Jack Hardy. Red s'en souvenait parce qu'il avait croisé le petit-fils de Jack, Chase, au magasin de bricolage en compagnie de Transom, quelques jours après les funérailles. Transom l'avait salué, accompagnant le mot « shérif » d'un signe de tête, et Red avait senti sa gorge se nouer. Transom ne pouvait pas être de retour en ville depuis très longtemps, sinon Red aurait entendu parler de lui. Quelques semaines plus tard, il achetait la ferme Hardy à Chase : Red l'avait appris dans la *Gazette de Fallen Mountains*. À ce que le shérif en savait, Chase n'avait jamais fait le moindre commentaire ni émis la moindre plainte au sujet de cette transaction, mais la nouvelle avait fait jaser. Pourquoi Chase avait-il vendu ? Qu'aurait dit Jack Hardy s'il avait appris que la propriété avait changé de main ?

Au cours du printemps, Transom avait cédé, en grande partie, les arbres du domaine, anciens et magnifiques, qui avaient été abattus et emportés pour être transformés en madriers. Des semaines durant, des camions chargés de grumes avaient défilé devant le poste de police, chaque coup de frein faisant trembler les vitres. Puis était venu le tour de la compagnie pétrolière et gazière.

Red décrocha son téléphone et composa le numéro de son amie à la *Gazette*, une journaliste qui se prenait un peu pour une écolo et qui avait écrit quelques articles sur la fracturation hydraulique. Il lui demanda si elle pouvait lui dire quand l'entreprise avait commencé à travailler sur la propriété Hardy. Avril. Soit cinq semaines plus tôt.

Transom avait été le premier à céder des droits d'extraction à Fallen Mountains, même s'il y avait des forages dans le coin depuis plus de deux ans maintenant. Ces *gazpilleurs* retournaient la terre et creusaient des trous profonds dans le sol pour atteindre le gisement de Marcellus. Excavateurs, tombereaux, compacteurs : tout le printemps Red avait regardé ces véhicules traverser la ville dans un grand fracas puis s'engager sur la route 28 vers la ferme Hardy. Il croisait les ouvriers au Wheeler's Diner et à la station-service – des hommes dans des pick-up aux plaques minéralogiques d'un autre État, des hommes qu'il ne connaissait pas et auxquels il ne faisait pas confiance. Il ajouta une autre ligne sur son carnet. Il ne pouvait pas exclure la possibilité que ça ait mal tourné avec un ouvrier.

Red pensa alors une fois encore à la citation de Faulkner. La carrière de schiste durant cet épouvantable été : Possum fourré dans le coffre d'une vieille voiture, Transom posté à la lisière des bois. Avec un soupçon d'inventivité, Red ne pouvait-il lier une multitude de souffrances à cette erreur, à cette terrible nuit ? Au fil des longues années suivantes, n'était-ce pas ce qu'il avait fait, établir des connexions et s'interroger sur son éventuelle responsabilité ? Il inscrivit une dernière réflexion sur son carnet, puis la barra d'un geste si appuyé que son stylo déchira le papier. Il s'essuya le front avec son mouchoir et soupira. Les mots avaient disparu mais ça ne changeait rien. Déjà son esprit l'entraînait dans cette direction ; déjà Red commençait à se remémorer, à douter, à multiplier les hypothèses, et il était trop tard pour contenir les débordements de son affreuse imagination. Chaque fois qu'il se souvenait, il avait honte. Cette fois, pourtant, c'était différent. Cette fois, il avait peur, aussi.

Il prit un anti-acide dans le bol sur son bureau et le mâchonna. La pastille crayeuse au goût de cerise se colla à ses dents.

— Tu vas plus vite que la musique, mon vieux, se murmura-t-il.

Il ouvrit le tiroir de son bureau et posa l'enveloppe scellée dans sa paume. Cette lettre allait devoir attendre un peu, il devait d'abord élucider cette affaire. Il la rangea dans le tiroir et le referma. Il n'en revenait pas que ça tombe maintenant, quelle malchance… Quelques semaines avant ce qui aurait dû être le dernier jour de Red en tant que shérif de Fallen Mountains, Transom Shultz était porté disparu. Une fois encore.

AVANT

C'était juste avant Noël et il avait neigé toute la nuit. Une poudre légère et duveteuse tapissait les pins et le toit noir de l'étable. Les flocons tombaient sans bruit, valse lente et soporifique. Allongé dans son lit, Chase Hardy les regardait danser dans la lumière grise. Il entendit une voiture approcher, et ne reconnut pas, après avoir jeté un coup d'œil par la fenêtre, le SUV qui venait de se garer devant la maison. À côté de lui, Laney était allongée sur le flanc, un bras posé sur son torse, cheveux blonds étalés sur l'oreiller et lèvres entrouvertes. Si jolie. Il se glissa hors du lit et s'habilla.

Il boutonna sa chemise en flanelle dans l'escalier et ouvrit la porte d'entrée en grand sans laisser à son visiteur le temps de frapper, si bien que celui-ci se retrouva dans une position étrange, poing gauche en l'air. Les deux hommes se fixèrent un instant, aussi surpris l'un que l'autre, jusqu'à ce que celui qui se trouvait dehors fasse un pas pour prendre Chase dans une étreinte puissante et chaleureuse, comme il en avait eu l'habitude pendant des années.

— Transom, souffla Chase, la respiration coupée par les bras épais de son ami.

— Mon frère, répondit-il.

Ce terme, que Transom avait toujours aimé utiliser, était à la fois réconfortant et étrange. Il continuait à le serrer de toutes ses forces.

— Ça fait trop longtemps, ajouta-t-il.

Dans la cuisine, Chase s'appuya contre le plan de travail et regarda son ami s'asseoir à table, dévorer une épaisse tranche d'un quatre-quarts que quelqu'un avait déposé à la ferme quelques jours plus tôt. Il y avait une semaine maintenant que son grand-père, Jack, était décédé. Une semaine qu'il avait entendu ce bruit effroyable, celui d'un corps heurtant le sol, qu'il avait monté quatre à quatre les vieilles marches grinçantes de la ferme et serré Jack, qui vivait alors ses derniers instants dans ses bras. Deux jours plus tôt, ils l'avaient enterré à l'autre bout de la propriété.

Jack, qui savait faire rire Chase les jours où les corvées semblaient accablantes et où la lumière du soleil leur manquait. Jack, qui jusqu'au jour où sa femme, Maggie, l'avait quitté, lui répétait qu'elle était la plus belle chose qui lui soit jamais arrivée. Jack, qui avait appris à Chase tout ce qu'il savait sur la ferme, les bois, la vie... Jack, le gentil, le doux. Il y avait une raison si deux cents personnes étaient venues lui rendre un dernier hommage lors de la veillée. La file d'attente faisait le tour du bâtiment des pompes funèbres, de petits groupes de gens blottis les uns contre les autres sous la neige légère qui frissonnait dans la nuit. Et il y avait une raison si Chase avait été catégorique : seuls le pasteur, Laney et lui se rendraient au lieu de sépulture. Il n'avait pas besoin que tous ces gens escaladent la colline enneigée, lui répètent encore et toujours les mêmes paroles, le regardent avec pitié.

Laney s'était occupée de tout, elle avait réglé le moindre détail de cette période de deuil. Laney qui était, eh bien, il ne savait plus très bien quoi, plus seulement une amie, mais ni une épouse, ni même une compagne. Pour l'instant il n'avait pas l'énergie d'essayer de mettre une étiquette sur leur relation, tant son cerveau était embrumé par le chagrin. Chase en était désolé, pour elle, parce qu'il l'aimait – il n'était simplement pas tout à fait capable de définir cet amour, du moins pour le moment. En attendant, elle avait répondu présente, avec délicatesse et efficacité. Elle avait assuré le rendez-vous avec le directeur des pompes funèbres à sa place, organisé les horaires de la veillée – qu'elle avait fait paraître dans le journal local. Elle avait pris les dispositions nécessaires pour que Jack soit enterré dans le petit cimetière familial sur la propriété, à côté de Maggie. Laney s'était aussi chargée des visiteurs, amis et voisins qui se présentaient sans arrêt chez eux, à l'improviste et sans y avoir été conviés. Ils arrivaient les bras chargés de gâteaux et de ragoûts, si bien que le réfrigérateur et les plans de travail de la cuisine débordaient de marmites et de plats en Pyrex recouverts d'aluminium, l'idée étant que la nourriture et la présence des autres pouvaient combler le vide laissé par le défunt. Ce qui était bien sûr ridicule. Chase savait que chacune de ces personnes se mobilisait par amour pour Jack, mais au fond il aurait préféré, à ces témoignages de soutien, la tranquillité.

Pour l'inhumation de Jack, Laney et lui s'étaient retrouvés avec le pasteur sous un ciel d'hiver gris et acerbe, à subir les assauts d'un vent cruel et mordant sur la colline où quatre générations de Hardy avaient déjà été enterrées. Ensuite, il avait dit à Laney qu'il préférait rester seul, pourtant dès son retour à la ferme, il n'avait pas pu supporter le silence assourdissant : pas de cafetière qui crachotait, de poêle à bois qui ronronnait, de radio qui diffusait les vieux airs de gospel que Jack adorait. Même les balades dans les bois, qui l'avaient presque toujours apaisé, avaient perdu de leur efficacité. La veille au soir, alors même qu'il s'était senti égoïste, alors même qu'il savait qu'elle en tirerait forcément des conclusions, il avait demandé à Laney de rester avec lui.

Transom avala une gorgée de café et grimaça.

— Je vois que tu n'as toujours pas appris à préparer un café correct, Chef.

Il avait une miette de quatre-quarts au coin de la bouche.

— Je ne sais pas comment tu fais pour boire ça, ajouta-t-il avec une moue. Sérieusement.

— Je vois que tu as toujours aussi bon appétit.

Transom sourit et découvrit de belles dents larges qui avaient coûté une petite fortune à ses parents à l'époque du collège.

— C'est vrai, dit-il avant de croiser les mains et de promener son regard sur la cuisine. Ça fait plaisir d'être de retour. D'être à la maison. Cet endroit n'a pas changé.

— Tu es parti combien de temps cette fois ? Quatre ou cinq ans ?

— Oui, dans ces eaux-là.

Transom le regarda dans les yeux.

— Écoute, mon frère, j'ai été navré d'apprendre pour Jack. Vraiment navré. C'était quelqu'un de bien.

Après avoir marqué un silence, il ajouta :

— Le meilleur homme que j'ai connu.

Chase changea de position contre le plan de travail et baissa les yeux.

— Ça me touche. Vraiment.

Il versa sa dernière gorgée de café froid dans l'évier et se tourna vers la fenêtre.

— Il est enterré ici, sur la propriété ? lui demanda Transom en passant son pouce sur le bord du mug.

Chase confirma d'un hochement de tête.

— En haut de la colline avec les autres. Maggie, mes parents…

— J'aurais dû venir plus tôt, je sais. J'ai été égoïste. Idiot. Je me suis trouvé toutes sortes d'excuses. J'étais débordé. Ça faisait trop longtemps. Alors qu'en vérité je n'ai jamais été doué pour les adieux. Et puis, tu sais, tant que j'étais loin, je pouvais me convaincre que rien n'avait changé, en quelque sorte.

Il s'interrompit.

— Si ça ne te dérange pas, j'aimerais aller là-bas. Pour lui rendre un dernier hommage.

Chase passa d'un pied sur l'autre. C'était le dernier endroit où il avait envie d'aller, cette colline où toute sa famille était enterrée.

— Bien sûr.

Transom se coupa une autre tranche épaisse de cake et mordit dedans.

— Qu'est-ce qu'on chasse en ce moment ? lança-t-il avec un sourire. Si ça te va, on pourrait aller faire un tour et emporter une carabine.

— La saison de la carabine est finie. On est passé au petit gibier.

Grouses, écureuils, faisans.

— On pourrait réussir à trouver un ou deux lapins, ajouta-t-il.

Avec le petit gibier, il fallait se disperser, avancer

de front à quatre ou cinq mètres de distance l'un de l'autre pour déloger les bêtes cachées dans l'herbe et les broussailles, les forcer à détaler.

Transom se leva.

— Tu as un fusil à me prêter, non ? J'imagine qu'il y a toujours un arsenal dans le bureau de Jack.

Il sourit et fourra la fin de la part de gâteau dans sa bouche.

— Et des vêtements. J'ai une paire de godillots dans la voiture, mais j'aurai besoin d'un pantalon et d'une veste chaude si tu en as une pour moi.

Il se dirigea vers la porte et ajouta :

— Je reviens tout de suite.

C'était comme ça avec Transom, et ça l'avait toujours été, depuis vingt ans que durait leur amitié. Il avait une façon d'aimanter les gens, de les entraîner dans son sillage, que ses intentions soient bonnes ou mauvaises. Le plus étrange étant que ça ne semblait jamais vraiment déranger personne. Quand on était avec Transom, on se sentait important. Intéressant, drôle. On s'aimait un peu plus.

Chase quitta la cuisine pour se rendre dans la pièce voisine, le bureau de Jack. Il passa la main sur le haut de l'armoire forte pour trouver la clé permettant de l'ouvrir. Il ressentit un accès de tristesse en posant les yeux sur le vieux fusil de Jack, que Maggie avait hérité de son grand-père et qu'elle lui avait offert pour leur premier anniversaire de mariage, à l'époque où il chassait le canard. Sur le canon, au placage doré, était représenté un homme agenouillé près de son braque allemand, à l'arrêt, fusil levé vers les canards passant au-dessus de leurs têtes. Jack n'était pas du genre à accorder beaucoup d'intérêt aux possessions terrestres – « Amassez-vous des trésors dans le ciel », aimait-il à dire, citant l'Évangile selon Matthieu –, mais s'il y avait un bien matériel qu'il avait chéri, c'était cette arme. Chase prit celle qui était rangée à côté.

Transom revint dans la cuisine.

— Ça caille dehors, dit-il en frottant ses grandes mains l'une contre l'autre, avant de les approcher de sa bouche pour souffler dessus.

Chase lui remit un fusil de petit calibre, puis sortit de ses poches une poignée de cartouches rouges.

— Et toi ?

Chase secoua la tête.

— Je vais juste marcher aujourd'hui.

— Ne me dis pas que tu ne t'es toujours pas remis à la chasse.

— Toujours pas.

Il lui lança une casquette orange fluo.

— Mets ça, ajouta-t-il.

Transom roula les yeux mais vissa la casquette sur sa tête.

— C'est une propriété privée, dit-il en enfilant une salopette prévue pour le grand froid. Il y a d'autres gens qui chassent ici ? Qui risqueraient de nous tirer dessus ?

Il avait du mal à remonter la fermeture à glissière. Transom avait toujours eu un torse large, bien plus que Chase, et il ne s'était pas affiné avec les années.

— Porte-la, c'est tout, marmonna Chase. Et d'ailleurs, poursuivit-il avec un sourire, se souvenant que son ami avait toujours détesté cette corvée, tu es arrivé juste à temps pour m'aider à traire les vaches.

*

À l'étage, Laney fut réveillée par les voix de deux hommes : leurs rires avaient l'aisance de la familiarité et montaient en frémissant à travers le plafond de la cuisine dans la chambre de Chase. *Jack.* Ce fut sa première pensée : Jack et Chase s'étaient levés de bonne heure, avaient déjà terminé la traite et préparaient le petit déjeuner dans la cuisine. Elle en fut heureuse. Elle était dans le lit de Chase, où elle rêvait de se trouver depuis très longtemps, dans une maison qu'elle adorait. Elle cligna alors des yeux et, tandis qu'elle s'étirait pour chasser les vestiges du sommeil, elle se rappela : non. Toute cette nourriture, tous ces gens endeuillés en noir et en gris qui passaient à la ferme Hardy, et Chase, Chase avec son regard bleu fatigué, sa tristesse qui s'accrochait à lui comme une brume. Jack n'était plus là.

Et donc les voix dans la cuisine… Elle reconnut celle de Chase, mais à qui parlait-il ? Un voisin passé présenter ses condoléances, encore un vieil ami de Jack ? Les fermiers étaient des lève-tôt, ils pouvaient débarquer à une heure aussi matinale et être sûrs de trouver quelqu'un. Elle s'assit dans le lit et regarda par la fenêtre. De la neige. Le ciel gris pâle, le paysage saupoudré, le toit de l'étable, les champs derrière, un concerto de blanc. À côté de sa camionnette, un SUV noir.

Un éclat de rire bruyant traversa le plancher et enfla. Alors elle sut. Elle aurait reconnu ce rire entre mille, un rugissement qui montait des profondeurs du ventre, puis qui s'envolait très haut, vers une octave surprenante pour un homme de ce gabarit. Elle imaginait parfaitement la centaine de rides magnifiques qui plissaient ce visage à cet instant. Elle pouvait le sentir aussi, ce visage pressé contre le sien, un souvenir.

Elle connaissait par cœur la lueur dans ses yeux, l'éclat de ses dents, et elle détesta aussitôt son cœur qui s'emballait : la veille, Chase lui avait proposé de rester pour la nuit, et c'était la première fois. Toute avancée avec Chase, peu importait sa cause, était bonne à prendre. Ou du moins elle le croyait. Jusqu'à ce rire qui venait brouiller la douce évidence de son désir. Transom. Transom était rentré.

APRÈS

Red sortit son mouchoir pour se tamponner le front : une deuxième journée de juin suffocante. La petite amie de Transom Shultz, Teresa, était avachie face à lui sur un fauteuil mou qui couinait dans la salle de réunion aux murs vitrés, au fond du poste de police de Fallen Mountains. Il n'y avait pas de pièce pour mener les entretiens, les interrogatoires ou même les conversations privées, et si celle-ci était loin d'être idéale, elle restait le meilleur endroit possible pour ce rendez-vous. Une fois par mois, le conseil pédagogique s'y rassemblait pour manger des donuts, boire du café et débattre des salaires, des manuels scolaires et des tableaux blancs. Le procès-verbal d'une réunion précédente était posé au milieu de la table.

Dans la pièce voisine, Leigh était assise derrière sa machine à écrire pour remplir des contraventions et elle relevait de temps en temps la tête, leur jetant un regard intrigué. Une disparition était une grande nouvelle pour Fallen Mountains, sans parler d'une ravissante petite amie en pleurs, venue chercher de l'aide auprès du shérif. Contre la fenêtre derrière le bureau de Red, un climatiseur crachotait de l'air avec un gémissement. Les derniers jours avaient été pénibles, la chaleur pesante et accablante. « Collante », disaient les gens, et c'était exactement l'impression que l'on avait, la même que si quelqu'un rôdait autour de vous et que vous n'aviez qu'une envie, le repousser, pour pouvoir un peu respirer. Le mois de juin n'était pas censé être aussi chaud.

— La dernière fois que je l'ai vu, c'était vendredi dernier, expliqua Teresa. Juste avant le week-end du Memorial Day.

Elle s'essuya les yeux avec son bras nu et frêle, puis frémit.

— Ça fait cinq jours maintenant.

Transom et elle s'étaient disputés ce soir-là. Ils avaient prévu d'aller chez elle, mais elle était rentrée seule. Quand elle l'avait appelé sur son portable le lendemain, et le surlendemain, il n'avait pas décroché.

— J'ai pensé qu'il était juste en colère, ajouta-t-elle, qu'il ignorait mes appels. Ce qui lui arrivait parfois, vous savez. Comme un petit jeu. Mais cette fois ça a duré un peu trop longtemps, et j'ai commencé à m'inquiéter.

Red prit quelques notes dans son carnet, et sa main droite, gagnée par l'arthrose, contre laquelle son médecin lui avait prescrit d'alterner deux types d'anti-inflammatoires, protesta lorsqu'il serra le stylo. Il inscrivit le chiffre cinq en haut de la page et regarda Teresa, attendit qu'elle poursuive.

— Je sais ce que vous devez vous dire, vous et tout le monde, reprit-elle en frottant ses deux poings serrés. Il a juste levé les voiles, encore une fois. Je vous le dis, moi, ce n'est pas ce qui s'est passé. J'en suis sûre, et j'ai besoin de votre aide.

Elle était drôlement jolie cette femme, avec ses cheveux bruns brillants, ses immenses yeux marron, sa large bouche parfaite, sa silhouette et ses traits délicats.

— Il m'en a parlé, il appelait ça ses « voyages ». Parfois ça le démangeait de tout plaquer et de partir, et il le faisait. Ça a l'air nul dit comme ça, mais ce n'était pas le cas. Il n'avait simplement pas de raison de poser ses valises quelque part. Cette fois, c'était différent.

Elle renifla en tremblant.

— On était amoureux.

Red tapota la table avec son stylo. Il n'aimait pas la direction que prenait cette conversation, le fait que Teresa soit si sûre que quelque chose était arrivé à Transom. Il appuya sur le bouton pour rétracter la pointe de son stylo.

— Les gens font ça, vous savez. Ils partent. C'est difficile à accepter, mais certains… certains n'arrivent pas à tenir en place.

Il cherchait à obtenir la réponse qui l'arrangeait, à orienter sa déposition. Il en avait conscience et en éprouvait une légère culpabilité, cependant son désir de classer cette affaire avant qu'elle puisse provoquer toutes sortes de répercussions était plus fort que tout. Il ne pouvait pas s'en empêcher.

— Ce que j'essaie de vous dire, c'est qu'avec le passé de Transom, ça risque d'être difficile de prouver que ce n'est pas ce qui s'est produit cette fois.

Teresa tendit sa main gauche au-dessus de la table pour la lui montrer.

— Ça vous irait, ça, comme preuve ?

Red observa les ongles rouge vif et la rose tatouée qui remontait le long du poignet.

— C'est plus d'un carat, précisa-t-elle. Transom a dessiné la bague lui-même et a fait appel à un bijoutier de Pittsburgh. Il m'a demandé de l'épouser la semaine dernière. Je vous le dis : il n'avait pas l'intention de partir.

Red étudia la pierre qui paraissait énorme sur les minuscules doigts de Teresa. Il avala une gorgée de café pour tenter de chasser l'angoisse qui s'était logée dans sa gorge.

— D'où venez-vous, Teresa ?

Elle n'était pas du coin, il le savait.

— Empire.

Soit un bourg encore plus petit que Fallen Mountains à une quarantaine de kilomètres au nord, par la route 666, surnommée l'autoroute du diable, une route étroite et sinueuse, qui traversait d'épaisses forêts de pins et se terminait là-bas. Pendant des années, Red avait entendu parler d'un réseau de méthamphétamines dans ses faubourgs, mais dernièrement la ville connaissait d'autres problèmes : des habitants usés par des difficultés incessantes avaient vendu les droits d'extraction sur des propriétés de cinquante hectares, ou sur des terrains plus petits. Avait suivi la valse des camions, des foreuses et des étrangers à bord de leurs pick-up, qui provoquaient des bagarres avec les locaux et mettaient des filles en cloque. Empire. Comment un joli brin de femme comme Teresa pouvait-il venir d'un endroit pareil ?

— Et vous êtes ensemble depuis combien de temps, Transom et vous ?

— Depuis février. On s'est rencontrés dans un bar à Empire.

— Donc tout juste quatre mois.

— Quand on s'est trouvés, on le sait, non ?

Difficile de la contredire. Il avait su qu'il voulait épouser Sue le jour de leur rencontre.

— Il avait beaucoup de pression. Surtout à cause de cette propriété, la ferme Hardy. Chase, les gens de la compagnie. Une fois qu'on leur a vendu les droits d'exploitation, on n'a plus son mot à dire sur la façon dont ils procèdent : le moment où ils débarquent, l'endroit où ils s'installent et ce qu'ils font. Ça marche comme ça, c'est tout.

Elle passa à nouveau son bras sur ses yeux.

— Il a changé d'avis, vous savez. Il a tenté de rompre le contrat dès qu'il a vu l'effet que ça avait sur Chase. Bien sûr, les pétroliers n'ont rien voulu entendre.

Red attrapa un mouchoir dans la boîte sur le meuble métallique derrière lui et le lui tendit. Il avait pris note, mentalement, de ce qu'elle venait de lui dire. Transom avait-il eu un désaccord avec un employé de la compagnie ? Un chef d'équipe ? Un ouvrier ? Il imagina une bagarre dans ce qu'il restait des bois Hardy, deux hommes qui se battent dans la chaleur, la situation qui dégénère. Un accident peut-être. C'était précisément pour cette raison que Red avait soutenu avec autant de vigueur l'arrêté municipal pour interdire à ces compagnies l'accès à Fallen Mountains. Ces gens-là ne faisaient qu'apporter toutes sortes d'ennuis : ils venaient troubler la terre, les routes, les cours d'eau et, surtout, les habitants. Rien que des ennuis.

— Il était tellement bouleversé, poursuivit Teresa. À cause de la ferme, de Chase. Il les aimait. C'est une chose qu'on ne sait pas à son sujet, Transom donne l'impression de ne tenir à personne, de ne faire que ce qui lui plaît, mais au fond de lui il tient aux autres. Il a un cœur tendre.

Elle s'interrompit pour fouiller dans son sac. Elle en sortit un chewing-gum qu'elle mit dans sa bouche, puis elle replia l'emballage argenté pour lui redonner sa forme d'origine.

— J'ai grandi dans un lotissement à Empire, et mes parents ne possédaient ni le mobile home où on vivait, ni la terre sur laquelle il se trouvait, alors je n'ai jamais vraiment compris comment on pouvait s'attacher à un endroit. Je lui ai dit : les affaires sont les affaires. Tu dois mettre tes émotions de côté. Il en était incapable.

— Parlez-moi à nouveau de la dernière fois où vous l'avez vu, dit Red. Que s'est-il passé ?

Elle essuya ses larmes.

— On avait été au concours de tir. On s'est disputés et je suis rentrée avec ma voiture.

Red l'interrompit.

— À quel sujet vous étiez-vous disputés ?

Elle soupira, réticente à répondre.

— Mademoiselle, dit-il en se penchant vers elle. Je ne tiens pas à me montrer indiscret, vous devez bien le comprendre. Je m'efforce juste d'assembler les pièces du puzzle.

Elle hocha la tête.

— Au sujet des comprimés qu'il prenait.

Des antalgiques. Elle ne savait pas où il se les procurait, mais ça durait depuis le jour de leur rencontre.

— Il augmentait sans arrêt les doses, et ça ne l'empêchait pas de prendre sa voiture et de faire des trucs. Il buvait. Il était parfois désorienté, il oubliait où il allait, pour quelle raison. Il avait cette expression vide, le regard vitreux, on aurait dit qu'il était absent. Je lui ai dit qu'il devait arrêter sinon…

Elle n'alla pas au bout de sa phrase et ses yeux marron s'embuèrent de larmes. Elle tenta de les retenir, pourtant il suffit d'un battement de cils pour qu'elles débordent et dévalent lentement le long de ses joues.

— Sinon quoi ?

Elle se mit à sangloter, pliée en deux.

— Sinon ce serait terminé entre nous, dit-elle, la tête sur les genoux.

Red aperçut alors Leigh qui s'était approchée sur la pointe des pieds et levait les mains de part et d'autre de sa tête, comme pour demander si elle pouvait faire quelque chose.

Il lui fit signe que non et posa une main sur l'épaule anguleuse de Teresa.

— Vous avez ajouté autre chose ? Et lui, qu'a-t-il dit ? Est-ce qu'il aurait évoqué la possibilité d'un départ ?

Il marqua un silence et se pencha vers elle plein d'espoir. Il se contenterait d'une simple mention de cette possibilité, il n'avait vraiment pas besoin de plus pour décider de clore le dossier. Transom s'était disputé avec sa fiancée, il l'avait menacée de partir et il avait mis sa menace à exécution, une fois de plus. Il demanderait à Leigh de taper un bref rapport. Il pourrait remettre sa lettre de départ à la retraite le lendemain et ce serait réglé.

— Il faut essayer de vous souvenir, c'est important.

— Je l'ai traité de tous les noms, j'ai dit des choses qu'on dit quand on est en colère. Que je ne voulais plus le revoir. C'étaient des mots en l'air, shérif. Ça nous arrivait de nous balancer ce genre de trucs, tous les deux, on fonctionnait comme ça, mais on se réconciliait au bout d'un jour ou deux. Je l'ai appelé tout le week-end, et il ne m'a pas donné signe de vie. Lundi, j'ai fini par téléphoner à la ferme, et Chase m'a dit qu'il ne l'avait pas vu non plus.

À ce moment-là, les pleurs de Teresa se transformèrent en une plainte déchirante et incontrôlable. Elle s'effondra sur la table de la salle de réunion en sanglots. Red ne savait pas très bien comment réagir : tendre la main vers elle pour lui tapoter le dos, ou quitter discrètement la pièce ? Il avait la sensation vertigineuse d'être complètement dépassé : Transom n'avait pas vraiment pris la poudre d'escampette cette fois, et il y avait cette histoire avec Possum, enfouie toutes ces années auparavant et qui venait de remonter juste sous la surface, prête à éclater. Red fit signe à Leigh d'entrer – Leigh la consolatrice, avec sa voix douce et son visage d'ange, Leigh sans doute bien plus apte à gérer la situation que lui. Elle se leva d'un bond et traversa rapidement la pièce, ses talons hauts claquant sur le linoléum à damier. Red sortit discrètement de la salle, puis du bâtiment, pour retrouver la chaleur abominable. Il pensa à la lettre dans le tiroir de son bureau, et regretta, regretta cent fois, regretta mille fois de ne pas avoir décidé de la remettre le mois précédent.

AVANT

Chase et Transom quittèrent la ferme et prirent la direction des terres à l'ouest. Le sol de décembre, gelé depuis des semaines maintenant dans le nord de la Pennsylvanie, était dur et saupoudré de neige. Leurs godillots crissaient à chaque pas.

— C'est beau ici, dit Transom comme ils s'étaient arrêtés et retournés pour observer les bâtiments derrière eux, les rangées de petites tiges de maïs sèches, les montagnes, grises et blanches, au loin. Tu vas rester, hein ?

Chase donna un coup de pied dans une brindille et haussa les épaules.

— Pas sûr de pouvoir.

Il demeura silencieux un instant, cherchant comment expliquer la situation. Pas plus tard que la veille, il était assis devant un immense bureau bien ordonné en ville, face à un avocat. Celui-ci s'était avachi dans son fauteuil en cuir sombre pour lui asséner la nouvelle :

— La situation est mauvaise, Chase. Je ne vais pas vous mentir. Votre grand-père, paix à son âme, a laissé un sacré bazar dans ses affaires.

Jack n'avait pas réglé les mensualités de son

prêt immobilier depuis huit mois. L'an dernier, il ne s'était pas acquitté des impôts fonciers. Il avait souscrit des emprunts pour du matériel, aussi. En tout, des dizaines de milliers de dollars de dettes.

— Vous avez de l'argent liquide ? avait-il demandé à Chase. Un compte d'épargne ? Il y a parfois moyen de trouver un arrangement.

Chase avait un peu d'argent de côté, mais il n'avait jamais eu de boulot en dehors de son travail à la ferme, et il était donc très loin d'avoir de quoi se sortir du genre d'embarras que l'avocat lui décrivait. Il avait secoué la tête puis s'était mis à contempler la rue devant le cabinet ; le vent projetait une pluie glaciale contre les carreaux anciens et irréguliers, couverts de buée par la chaleur qui se dégageait de leurs deux corps.

L'avocat avait ensuite voulu savoir si Chase avait envisagé de céder les droits d'extraction.

— Vous êtes situés sur le gisement de Marcellus, comme l'ensemble des fermes du coin. Ça pourrait être un moyen de conserver la propriété, la partie qui sert à l'exploitation agricole, si vous le vouliez.

Il s'était interrompu pour arranger une liasse de papiers sur son bureau.

— Je sais que Jack était contre cette idée, au départ. Les choses ont changé, néanmoins. Il comprendrait sans doute que vous vous retrouvez dans une situation épineuse.

Fracturation hydraulique. Il n'y avait pas si longtemps, deux hommes s'étaient présentés chez eux, avaient fait la conversation et posé des questions sur les vaches holstein. Ils avaient montré un modèle de contrat à Jack et lui avaient exposé les avantages d'une cession des droits d'extraction. Il les avait éconduits. Il était opposé à l'exploitation des sols depuis toujours, bien avant que les premières compagnies pétrolières et gazières ne viennent frapper aux portes alentour – il ne supportait pas l'idée que des étrangers puissent venir piétiner son terrain, creuser des trous profonds pour se servir au risque d'abîmer cette terre qu'il adorait. Chase ne s'imaginait pas prendre une décision qui aurait été à l'encontre des principes de Jack.

— La fracturation hydraulique est exclue, avait-il répondu à l'avocat.

Celui-ci lui avait remis une chemise contenant plusieurs documents.

— Prenez le temps de réfléchir à tout ça. Je vais faire de mon mieux pour tenir les usuriers à distance en attendant. Essayez de revenir vers moi d'ici une semaine.

Il l'avait raccompagné dans le hall d'entrée et lui avait quasiment fait la révérence pour lui dire au revoir avant de retourner dans son bureau.

À présent, tandis qu'il cheminait difficilement dans la neige avec Transom, Chase repensait à cette conversation ; dans son esprit il avait marqué d'une croix rouge la date correspondant à la fin de sa semaine de réflexion. Plus que six jours. Six jours pour trouver un moyen de sauver la ferme qui appartenait à sa famille depuis deux siècles, la ferme que son grand-père avait chérie et dont il s'était occupé, la ferme qu'il adorait, lui aussi. Il ne voyait aucun moyen de se sortir du bourbier dans lequel Jack l'avait laissé, et il fut pris d'une colère subite contre son grand-père qui l'avait placé dans cette impasse.

— Quand Maggie est tombée malade, il y a eu beaucoup de frais médicaux à régler, dit-il après avoir pris une profonde inspiration et expulsé sa colère dans un grand panache de buée blanc. On a dû faire des sacrifices. Enfin j'imagine que c'est ce qui s'est passé. Jack a laissé les autres factures s'accumuler, les impôts aussi. Je l'ignorais complètement jusqu'à hier. Tu connais Jack, il voulait sans doute éviter de m'« encombrer » avec ses problèmes… Bref, pour répondre à ta question, je ne suis pas sûr d'avoir les moyens de rester.

Transom souffla. Il sortit de sa poche un petit flacon brun de comprimés. Il en goba un, pencha la tête en arrière et l'avala.

— Je suis désolé.

Ils marchèrent en silence pendant quelques minutes. Ils enjambèrent une vieille clôture de barbelés pour pénétrer dans un champ à l'abandon, avec de hautes graminées et d'épais fourrés d'oléastres.

— Je pense que c'est un bon endroit pour charger, dit Chase.

Il n'avait pas envie de parler de son deuil et de son chagrin, et encore moins de ressasser combien Jack aurait été déçu que son petit-fils puisse perdre la ferme. Il n'avait pas envie de parler, en fait.

Transom chargea son fusil avec trois cartouches et mit le cran de sûreté.

Ils traversèrent le champ, leur souffle lourd formait des panaches blancs. À un peu moins de dix mètres devant eux, un lapin surgit d'un buisson et zigzagua dans la neige, visible par intermittences. Transom fut trop lent, il plaça son fusil contre son épaule d'un geste maladroit et tira bien trop tard. De la neige jaillit à l'endroit où les plombs mitraillaient la terre. Le lapin était hors d'atteinte, il avait disparu dans la végétation plus loin.

Transom regarda son ami et remit le cran de sûreté.

— Je manque d'entraînement, dit-il en riant, avant de cracher sur le côté. J'aurai le prochain.

Chase acquiesça d'un mouvement de la tête, et ils reprirent leur traversée du champ.

— Qu'est-ce que tu as fait, tout ce temps ?

La respiration de Transom était laborieuse, il peinait dans la neige.

— J'ai travaillé, à droite et à gauche. Fait des affaires.

Il sourit avant d'ajouter :

— J'ai vieilli.

Au lycée, Transom tenait une forme phénoménale. Il courait de la ferme au centre-ville, aller et retour, ce qui représentait une boucle de treize kilomètres. Joueur vedette de l'équipe de base-ball, il soulevait de la fonte dans la salle de musculation miteuse tous les jours après les cours. En troisième, Chase et lui avaient installé une barre en métal dans l'étable, et ils se mettaient au défi de tenir le plus longtemps, bras pliés, le menton au-dessus de la barre. Et de faire le plus de tractions. Pendant des années, Transom avait remporté les deux défis. Chase avait fini par perdre tout intérêt pour l'exercice à la longue, mais en première les choses avaient changé. Il n'y avait pas seulement que Chase avait gagné en force, même si ça jouait bien sûr. Transom semblait, bizarrement, s'affaiblir. Et d'ailleurs, à la fin de leur secondaire, il en était arrivé à ne plus vouloir utiliser la barre.

— Je dois préserver mes bras pour le match, prétextait-il.

Devant eux, un autre lapin détala, apeuré et affolé, filant à gauche, à droite. Cette fois, Transom était prêt : il épaula rapidement le fusil, le cala bien dans le creux de la clavicule, visa et tira, le tout dans un seul mouvement, leste et assuré. Ils avancèrent et Transom ramassa le lapin, qui formait un tas de fourrure et de sang dans la neige. Il le tint à bout de bras avec un sourire. La tête de la bête pendait mollement d'un côté, son corps était recroquevillé.

— On va rentrer le faire griller, proposa-t-il. Tu as un couteau ?

Il s'agenouilla dans la neige, et Chase sortit de sa poche celui que Jack lui avait offert pour ses onze ans. La douleur qui accompagnait ce souvenir – le cadeau emballé dans la page d'une bande dessinée, Jack lui ébouriffant les cheveux et lui disant qu'un homme avait besoin d'un couteau – l'assaillit, et il fut frappé de plein fouet par le chagrin. Encore une fois.

Transom empoigna le lapin par les pattes et tira sur la peau pour la retrousser sur chacune d'elles.

Chase se tenait quelques mètres en retrait et détournait le regard.

— Hé ! Et si je l'achetais ?

Chase pivota vers son ami et le dévisagea. Était-ce encore une de ses blagues ?

— Quoi ?

— La ferme. Je pourrais, tu sais. Tu resterais vivre ici, tu continuerais à exploiter les terres, comme depuis toujours. Ça serait encore la ferme Hardy. Il n'y aurait que le nom sur l'acte de propriété qui changerait.

Il se servit du couteau pour sectionner la tête et l'extrémité des pattes, qu'il jeta sur le côté. De la vapeur se dégageait du corps chaud.

— Pourquoi ?

L'odeur de la bête commençait à lui parvenir, et Chase recula.

— Comment ça, « pourquoi » ? On est en famille, non ?

Il ouvrit le ventre pour retirer les viscères. Puis il passa son doigt à l'intérieur de la cage thoracique et étala un peu de sang sous chacun de ses yeux. Il fit signe à Chase d'approcher.

— Nan, mec. Très peu pour moi.

— Comme tu veux.

Il nettoya ses mains dans la neige, où il laissa deux traînées de sang, et il se releva.

— Je ne me suis jamais autant senti chez moi qu'ici, avec toi, Jack et Maggie. Tu le sais. Et cet endroit m'a manqué. Ça me démange depuis un petit moment, j'ai envie de me poser, de m'installer quelque part.

La gorge de Chase se serra. Dans son état actuel de fragilité, la générosité de cette proposition le bouleversait. Il tourna le dos à son ami et donna un coup de pied dans un tas de neige.

— Je ne sais vraiment pas quoi dire…

Transom frotta les jambes de son pantalon, et bouscula légèrement Chase avec son épaule.

— Hé, tu vas pas pleurer, dis ? Je ne te fais pas l'aumône, tu sais. C'est un investissement pour moi. Une transaction financière.

Chase hocha la tête. Transom et ses innombrables contradictions : réfléchi et généreux un instant, dur et distant le suivant.

— Tu n'es pas obligé de me répondre tout de suite, ajouta-t-il. Promets-moi juste d'y réfléchir.

— Promis.

Ils redescendirent la colline, dérapant à moitié dans la neige, sur la couche verglacée recouverte par les flocons récents, qui s'accrochaient à leurs jambes et à leurs pieds, les alourdissaient. De loin la ferme, rectangle blanc dans ce royaume de blancs, paraissait chaleureuse et confortable, même si elle ne l'était plus autant qu'à une époque. Chase l'observa plus attentivement. Les bougies. Il y a longtemps, Maggie mettait des bougies devant toutes les fenêtres, à partir de Thanksgiving. Quand il quittait l'étable après la traite du soir, elles étaient toutes éclairées et lui envoyaient une onde de chaleur comme une invitation à rentrer.

À leur retour à la maison, Laney était partie. Chase se demanda ce qu'elle pouvait bien penser. Était-elle contrariée qu'il soit parti avec Transom sans lui dire un mot ni lui laisser un message ? Se faisait-elle des idées après cette nuit ? Il ne voulait surtout pas la blesser. D'ailleurs, depuis leur rapprochement consécutif au décès de Jack et surtout depuis leur nuit ensemble, il se demandait sérieusement s'il n'y avait pas autre chose que de l'amitié entre eux, s'il n'y aurait pas, peut-être, un autre avenir à envisager. Cependant, il avait la certitude de ne pas vouloir se lancer dans une histoire, en tout cas pas tout de suite, alors qu'il avait des décisions importantes à prendre.

Transom déclara qu'il était fatigué et s'affala sur le canapé. Chase garda sa veste et ressortit. Il grimpa sur son quad et prit la route de terre qui conduisait à l'extrémité de la propriété. Son véhicule tanguait à cause des ornières et de la neige. Arrivé au bout, il coupa le moteur et descendit. Il traversa d'un bon pas les bois qui lui semblaient interminables, et qui reliaient cette partie de leurs terres aux deux cent cinquante mille hectares de la forêt nationale d'Allegheny. Il se rendit à Church Hollow, l'endroit qu'il aimait le plus dans tout le domaine. À l'origine, ce vallon était simplement nommé The Hollow – *le Vallon*. Durant l'adolescence, Chase, qui refusait parfois d'accompagner Maggie à son église évangéliste, lui avait dit que ce vallon était son église. L'endroit où il pouvait mettre de l'ordre dans ses idées, se sentir plus proche que jamais de son Créateur.

Lorsque Chase refusait de l'accompagner, Jack, assis face à Maggie, autour de la table de la cuisine, tentait de lui communiquer avec le regard, sans un seul mot, qu'elle devait battre en retraite, le laisser respirer. Et un jour, The Hollow était devenu Church Hollow, *l'Église du Vallon*.

Le nom était bien trouvé. De gros rochers se dressaient au sommet de la colline et sur ses pentes, si bien que quand on se tenait au fond de la dépression et qu'on levait les yeux, on pouvait avoir l'impression d'être dans une ancienne cathédrale. Chase escalada son rocher préféré et s'assit dessus. L'humidité glaciale de la roche ne tarda pas à transpercer son jean. Il aimait ça, cette sensation profonde et déconcertante du froid. Il baissa son bonnet sur ses oreilles et porta son regard en direction des arbres. Orme d'Amérique, *Ulmus americana*. Frêne noir, *Fraxinus nigra*. Chêne rouge d'Amérique, *Quercus rubra*. Il avait appris ces noms dans son enfance.

Il passa son pouce sur une plaque rugueuse de lichen vert et en détacha un petit morceau. Il leva les yeux vers le ciel d'hiver gris, vers les nuages vaporeux en mouvement constant, presque imperceptible, au-dessus de sa tête. Il souffla, regarda la petite volute de buée se dissiper, et alors qu'il réfléchissait à l'offre de Transom, qu'il essayait d'aborder les problèmes avec logique pour parvenir à la bonne décision, il fut à nouveau submergé par le chagrin.

Pas uniquement parce que la ferme était liée à son grand-père, pour lui, mais parce que c'était toujours vers Jack qu'il s'était tourné pour prendre conseil. Il avait une façon de vous guider sans vous dire précisément comment agir ou quels mots prononcer. Et on ne se sentait jamais jugé avec lui. Aujourd'hui, Chase se retrouvait face à la décision la plus difficile de sa vie, et Jack n'était pas là. Il aurait donné n'importe quoi pour avoir quelques minutes – dans le pick-up cahotant sur une route de campagne, assis à côté de lui devant la maison après une longue journée de travail ou autour de la table de la cuisine pour manger un de ses plats mijotés – et lui demander conseil.

Le vent se leva, et Chase se pencha en arrière, prenant appui sur ses coudes. Les cimes des arbres, immenses et clairsemées à cette époque de l'année, se balançaient et gémissaient. Un écureuil détala dans un pin blanc avec un petit cri et un regard méfiant. Il remua sa queue touffue. Ce ne serait peut-être pas si mal de vendre la ferme à Transom. Sur le papier, elle n'appartiendrait plus aux Hardy, mais les gens continueraient à lui associer ce nom, et puis Transom était presque de la famille. Ils ne partageaient pas le même sang, d'accord, cependant son ami avait vécu dans la maison pendant deux ans, et il y avait passé des dizaines d'après-midi et de week-ends tout au long de leur enfance. Chase le considérait comme un frère, lui aussi.

L'année de leurs seize ans, ils avaient tous les deux vécu des choses terribles : les parents de Chase s'étaient tués dans un accident de voiture, ceux de Transom s'étaient séparés. Les deux garçons avaient toujours été amis, deux gamins réunis par les hasards de la vie. Chase et ses parents vivaient à cinq cents mètres de là, plus bas sur la route et, comme sa mère travaillait en ville, il avait toujours passé la plupart de son temps à la ferme. Pour arrondir les fins de mois, Maggie gardait Transom quatre jours par semaine. Ils avaient appris à ramper et à marcher ensemble. Ils avaient retiré les petites roues de leurs vélos le même jour, ils s'étaient entraînés de concert à garder l'équilibre. Ils avaient passé tellement d'après-midi à tirer des pigeons sur les poutres de l'étable, de soirées estivales à attraper des grenouilles-taureaux dans l'obscurité. La souffrance les avait rapprochés plus que jamais pourtant. Quelques mois après la mort des parents de Chase, Transom avait débarqué à la ferme un samedi avec deux énormes sacs de toile sur une épaule, ses chaussures à crampons et sa batte de base-ball. Il était resté planté sur le perron, triste et sans voix. Maggie l'avait attiré à l'intérieur et lui avait dit de poser ses affaires dans la chambre d'amis. La semaine précédente, sa mère avait fait une tentative de suicide : Transom n'avait pas besoin de leur fournir d'explications, ils comprenaient la raison de sa présence. Maggie avait appelé JT Shultz pour lui dire que son fils était le bienvenu chez eux aussi longtemps qu'il le souhaiterait. Transom n'était jamais reparti. Pendant des mois JT avait appelé. Pendant des mois il était venu chez les Hardy dans sa Lincoln et il avait tenté de le convaincre de lui parler. Il déposait des enveloppes d'argent liquide. Un an plus tard, lorsqu'il avait annoncé qu'il vendait son usine et qu'il quittait Fallen Mountains, Transom lui avait rétorqué qu'il était hors de question qu'il déménage en pleine année de terminale, et JT n'avait pas insisté.

C'était peut-être une bonne chose que Transom s'installe dans le coin maintenant. Cette idée séduisait

Chase. Il se baissa et cassa l'extrémité d'une fine branche de pin, avant de l'approcher de ses narines. Il adorait cette odeur, si franche et raffinée. Levant les poings vers le ciel, il s'étira pour chasser le froid, et se gorgea du parfum de la forêt. L'écureuil monta plus haut dans l'arbre. Chase descendit du rocher et fila chez lui. Sur le chemin du retour, il prit sa décision et, ainsi que Jack le lui avait appris, il s'y tiendrait. Il fermerait résolument la porte au doute. Il allait vendre la ferme à Transom.

APRÈS

Dès qu'il eut terminé son entretien avec Teresa, Red prit le volant de la voiture de police de Fallen Mountains, un tout-terrain blanc qui avait été, longtemps auparavant, le plus beau véhicule de la ville, exception faite de la petite flotte de Lincoln, des berlines luxueuses, collectionnées par JT Shultz. C'était d'ailleurs lui qui avait acheté le tout-terrain et en avait fait don à la ville, pour « le maintien de l'ordre », à l'occasion d'un de ses grands rassemblements à l'usine. À l'époque, Red adorait conduire cet engin, explorer les petites routes sinueuses de la forêt nationale d'Allegheny, apprendre tous leurs noms, ainsi que ceux des fermes. Passer prendre son fils, Junior, à la sortie de l'école, pour voir son expression de fierté en le découvrant adossé au capot dans son uniforme de shérif beige.

Aujourd'hui, néanmoins, JT Shultz était parti depuis longtemps et plus personne n'était en position d'acheter un nouveau véhicule, même si celui-ci requérait tout un rituel pour démarrer : appuyer trois fois sur l'accélérateur, tourner la clé dans le contact, la maintenir et attendre. La plupart du temps, si Red faisait bien les choses, le moteur se réveillait dans un grondement. L'air conditionné était cassé depuis l'été précédent. Red n'avait pas l'intention de payer la réparation, et il n'avait pas réussi à convaincre quelqu'un d'autre de mettre la main à la poche. « Je n'ai pas non plus la clim dans ma camionnette, lui avait rétorqué l'adjoint à la mairie, et je ne me plains pas, moi. » Le mois dernier, Red avait nettoyé le véhicule. En retirant le tapis de sol côté passager il avait découvert un trou dû à la rouille, à travers lequel on voyait la chaussée. Il doutait que le véhicule passe le contrôle technique en octobre, mais avec un peu de chance ce ne serait plus son problème.

Il faisait encore chaud à l'heure du dîner, et l'atmosphère était étouffante à l'intérieur. Tant que Red roulait au-dessus de soixante, suffisamment d'air s'engouffrait dans l'habitacle, par les fenêtres ouvertes, et ça restait supportable. Il prit la route 28 pour se rendre à la ferme Hardy. Le chemin qui y menait était plus large et plus défoncé que dans son souvenir, à cause des va-et-vient incessants dus au chantier des pétroliers. Le tout-terrain tangua et le bas de caisse toucha le sol à deux reprises. Red se demanda si le trou côté passager ne risquait pas de s'élargir considérablement... Ce serait peut-être le moyen de retenir enfin l'attention de l'adjoint à la mairie.

Il se gara à côté du pick-up de Chase, descendit et traversa la cour pour se rendre à la maison. Comme personne ne répondit à la porte, il jeta un coup d'œil à travers les voilages en dentelle des fenêtres de devant. Le salon. Un parquet en bois massif sombre. Un poêle à bois. Un canapé et deux fauteuils. Un immense tapis tressé au centre de la pièce. Tout était resté dans l'état dans lequel Maggie Hardy l'avait installé des dizaines d'années auparavant, après son mariage avec Jack et son emménagement. Sur le perron, une guêpe se mit à tourner autour de Red. Levant la tête, il découvrit un nid dans le coin d'une fenêtre : un petit cocon brun aussi compact qu'un poing. Il chassa la guêpe qui s'en prenait à lui et recula vivement.

Il voulut se rendre à l'étable, mais voyant les holstein se bousculer nonchalamment puis lui lancer un regard méfiant, il fit demi-tour. Il n'aimait pas les vaches, et ce depuis toujours. Leur odeur, bien sûr, était intolérable, pourtant ce n'était pas tout. Red était un garçon de Pittsburgh, il avait grandi dans la banlieue de McKee's Rocks, sur la rive sud du fleuve Ohio. Les Rocks, comme on disait. Quand il avait visité, lors d'une sortie scolaire en CE1, une ferme laitière dans la campagne voisine, il avait été obnubilé par une idée fixe : une seule de ces bêtes avait le pouvoir de broyer les os de son pied sous son poids. Il imagina aussi que son petit corps pourrait s'enfoncer dans la boue qui lui arrivait au genou et disparaître. Tous les autres enfants de sa classe avaient adoré cette excursion, ils s'étaient d'ailleurs bousculés pour presser, à tour de rôle, un pis et faire jaillir le lait dans un seau en métal – ils en avaient parlé pendant des semaines après… Red, lui, avait détesté cette expérience de la première à la dernière minute. Face à l'étable, aujourd'hui, il ressentait exactement la même aversion.

Il s'arrêta pour observer les terres agricoles : un grand champ de maïs aux rangées parfaitement alignées et qui ne devaient pas encore lui arriver au genou à cette saison de l'année, trois champs pour le foin, un peu de soja. Enfin, au-delà de l'étable, dans celui que Jack avait laissé retourner en jachère l'été où Maggie était malade, il aperçut l'immense construction aux flancs métalliques, les réservoirs rouges, la tractopelle jaune vif qui griffait la colline, les énormes turbines à l'arrière de trois camions. Et puis l'agitation humaine tout autour, des petits points se déplaçant sur le terrain gris, calciné et trop plat. C'était la première fois qu'il voyait un site d'extraction, et c'était plus imposant qu'il ne l'avait imaginé. Plusieurs hectares. D'autres sites allaient voir le jour, il le savait. Les Witherspoon venaient de vendre. Les Franklin aussi. Transom avait initié le mouvement.

Il s'approcha du SUV noir de ce dernier, sortit son appareil photo de sa poche et le photographia. Il enfila une paire de gants en caoutchouc bleu qu'il avait pris dans l'armoire à fournitures avant de partir. Ils étaient trop serrés et lui arrachaient les poils des doigts – Leigh s'en servait pour nettoyer les toilettes. Il essaya la portière avant côté passager. Elle n'était pas verrouillée. À l'intérieur, sur la console centrale, un désodorisant à la vanille. Un vieux gobelet en polystyrène. À part ça c'était propre, très propre. Red prit une autre photo. Il ouvrit la boîte à gants. Un flacon de médicaments sur ordonnance roula vers le bord. Red photographia l'ensemble puis retourna le flacon marron dans sa paume pour lire l'étiquette. Vicodine prescrite à Transom par un médecin de Philadelphie. Red prit une nouvelle photo. Il glissa délicatement le flacon dans un sachet en plastique, avant de poursuivre son exploration de la boîte à gants. Portefeuille, téléphone portable. Il sortit ce dernier : la batterie était déchargée, sans surprise. Ça faisait au moins cinq jours qu'il se trouvait dans cette voiture. Red l'ajouta dans le sachet, ainsi que le portefeuille. Rien sur la banquette arrière, ni dans les vide-poches des portières. Le coffre était plein, lui : une balle de base-ball et un gant, une glacière avec un pack de six bières Rolling Rock, un sac de couchage, deux oreillers en plumes, hors de prix. Et une pochette à soufflets remplie de documents. Il sortit une feuille. Une facture de portable. Dans un autre compartiment, une liasse épaisse agrafée : un contrat d'une compagnie pétrolière. Étrange, se dit Red. La plupart des gens ne gardaient pas leurs papiers importants dans leur coffre. Il fourra la pochette sous son bras pour aller la déposer dans son tout-terrain.

Il s'arrêta en chemin pour observer le potager devant la ferme. Plants de tomates, de courgettes, dont il reconnaissait les feuilles. Des cosmos, pas encore ouverts. La fleur préférée de sa femme, Sue. Elle se serait baissée et aurait passé ses doigts le long d'une tige puis autour des boutons délicats. Il s'agenouilla pour en toucher un.

— Hé !

Red se redressa si vivement que ses genoux protestèrent et il pensa à de vieux gonds usés par la rouille et le temps. Il se retourna et faillit perdre l'équilibre.

Chase Hardy se tenait derrière lui, un immense sac de jute sur l'épaule. Il portait une casquette, un jean déchiré, un tee-shirt bleu et des bottes en caoutchouc qui lui montaient jusqu'aux genoux.

— Shérif ? Désolé, je ne voulais pas vous faire peur. Vous allez bien ?

Il se rapprocha et posa une main puissante sur l'épaule de Red.

— Vous m'avez collé une sacrée frousse, ajouta Chase. Je n'ai pas entendu votre voiture arriver, et je ne m'attendais pas à avoir de la visite. J'ai cru que vous étiez un employé de la compagnie qui venait fourrer son nez jusqu'ici.

— Désolé. J'ai frappé, personne ne m'a ouvert et j'en ai déduit que tu étais absent.

— J'étais dans le cellier, derrière.

Il se baissa pour déposer le sac par terre, en appui contre sa jambe. Puis il fit un geste en direction du potager.

— Maggie les adorait, elle aussi. Les cosmos. Je continue à en planter chaque année.

Il leva les yeux vers le ciel et haussa les épaules.

— C'est une façon de penser à elle. Et parfois je me dis que si elle peut voir la ferme de là-haut, ça doit lui faire plaisir d'en apercevoir dans son ancien potager.

Red n'avait rien planté depuis deux ans maintenant, depuis la mort de Sue, partie après un combat perdu d'avance contre un cancer du pancréas, qui n'avait eu que le mérite d'être expéditif. Certaines choses, il l'avait compris, étaient encore trop dures, et le jardinage en faisait partie.

— C'est une visite professionnelle ou de courtoisie, shérif ?

Red sortit son mouchoir de sa poche et se tamponna le front.

— Professionnelle, malheureusement. La petite amie de Transom est passée au poste hier. Sa fiancée, devrais-je dire. Elle a déclaré sa disparition.

Il tenta d'interpréter la réaction de Chase à cette annonce. Surprise ? Nervosité ? Inquiétude ? Il avait un regard d'une sérénité sans égale, des traits doux. Red les scruta, sans succès.

— Tu étais au courant ? Qu'elle se faisait du souci pour lui ?

Chase délogea une pierre avec la pointe de sa chaussure.

— Elle a appelé ici pour lui parler.

— Et ?

— Je lui ai dit qu'il n'était pas là. Ça m'arrive de ne pas le voir pendant plusieurs jours. Je pensais qu'il était chez elle. Sincèrement, shérif, je ne suis pas ses déplacements à la trace.

Il retira sa casquette, se passa une main dans les cheveux, avant d'ajouter :

— Vous le connaissez.

Red pensa aux yeux de biche de la fiancée, à son joli visage.

— Elle vient souvent ici, Teresa ?

— Oui, ça lui est arrivé de rester une semaine ou plus. Ça me rendait presque dingue. Transom montait parfois chez elle, aussi, à Empire.

— Ils n'avaient pas de travail, l'un et l'autre ? Parce que pouvoir s'absenter comme ça, plusieurs jours d'affilée… c'est peu courant.

Les yeux de Chase s'assombrirent.

— Transom est son propre patron. Ce que vous savez sans doute déjà.

Il remit sa casquette.

— Écoutez, shérif, je dois aller traire les vaches. Vous êtes le bienvenu si vous voulez m'accompagner et me filer un coup de main. Je suis tout à fait prêt à discuter avec vous, mais les vaches n'attendent pas, vous savez.

Red n'avait pas vraiment le choix : il suivit Chase dans l'étable, la pochette à soufflets toujours sous le bras. Une bande de chats observaient les mouvements du fermier avec intérêt. Ils filèrent dans sa direction et lui tournèrent autour en miaulant et en ronronnant.

Il les chassa d'un petit coup de pied et poursuivit son chemin. Un chat jaune maigrichon fit le dos rond et agita la queue en crachant vers Red.

Chase se fraya un passage au milieu des chats pour atteindre une grande poubelle en métal. Il souleva le couvercle et transvasa de la nourriture pour chat dans un petit seau blanc. Puis il déplia son couteau de poche, fit une encoche dans le sac qu'il transportait et remplit la poubelle avec de nouvelles croquettes. Les chats se jetèrent aussitôt sur leur repas, plongeant leurs petites têtes dans le seau et se bousculant avec une violence gracieuse.

— Par ici, dit Chase en s'enfonçant dans les profondeurs de l'étable.

Red apprécia la fraîcheur apportée par l'ombre, malgré l'odeur nauséabonde. Les vaches approchaient dans leur direction, leurs sabots claquaient sur le ciment. Quelques-unes meuglèrent, comme pour protester contre la présence d'un étranger.

— On n'en a plus autant qu'avant, dit Chase. Quand j'étais petit, il y en avait cent quatre-vingts, je crois. J'imagine que vous vous rappelez. Aujourd'hui, je n'en ai plus que soixante-seize. Je ne peux pas en gérer plus. Et pour être sincère, ça vaut à peine le coup, tellement le prix du lait est bas.

Red se pressa pour caler son pas sur celui de Chase, si grand qu'il avait une foulée impressionnante.

— Tu me disais que ce n'était pas le grand amour entre Teresa et toi ?

Chase s'arrêta, le dévisagea et pencha la tête sur le côté.

— Je n'ai pas dit ça.

— Très bien, alors développe. Tu m'as dit qu'elle te rendait dingue. C'est surprenant venant de ta part, tu es un homme raisonnable. À dire vrai, je n'ai jamais rencontré personne avec qui tu avais du mal à t'entendre. Sois franc avec moi : est-ce quelqu'un de stable ? Je veux dire mentalement ?

Une lueur d'espoir : et si Teresa était à l'origine de cette histoire ? Et si elle ne lui avait pas tout raconté au sujet de sa dispute avec Transom ? Il avait très bien pu quitter la ville après tout. Red repensa aux sanglots de la jeune femme, à la façon dont elle s'était écroulée sur la table dans la salle de réunion. Peut-être qu'elle était folle.

Chase ricana. Il déplaça une grande pelle qui se trouvait dans le passage et alla l'appuyer contre le portail en métal à l'intérieur de l'étable.

— Non, elle est stable, c'est juste... je ne sais pas comment dire. Elle se croit chez elle, finit-il par lâcher.

— Tu pourrais être plus précis ?

Chase soupira.

— Je ne sais pas moi... Le parfum dans la salle de bains, les bougies partout. Ça lui arrive de déplacer mes affaires, de s'en débarrasser sans me demander la permission. Ce genre de manies agaçantes. Écoutez, ajouta-t-il en se tournant vers Red. Transom, ça lui est déjà arrivé de partir sur un coup de tête. Vous le savez bien. Pour être honnête avec vous, il a causé beaucoup de dégâts ici, et maintenant c'est à moi de trouver des solutions.

Il tendit le doigt en direction du champ où se trouvait une pelleteuse.

— Je ne sais pas ce qu'ils fabriquent là-bas, ils apportent du nouveau matériel tous les jours. Il y a même un préfabriqué, je crois que les ouvriers dorment dedans. Où vivraient-ils sinon, hein ?

Il n'y avait pas d'hôtel à Fallen Mountains. Chase soupira.

— Et il y a toutes les chances qu'il finisse par redébarquer ici, à un moment ou à un autre.

Il fit signe à Red de le suivre dans une pièce entièrement cimentée avec douze machines. La salle de traite. Une douzaine de vaches les suivirent d'un pas traînant et gagnèrent chacune un poste, six de chaque côté de la pièce. Chase emprunta une volée de marches pour descendre dans une sorte de fosse.

— Tu ne trouves pas ça bizarre, qu'il ait laissé sa voiture ici, avec toutes ses affaires à l'intérieur et qu'il ait tout simplement…

Red agita les mains pour l'emphase.

— … disparu ?

Chase haussa les épaules.

— Ça ne serait pas la première fois.

— Il aurait besoin de ses affaires pour aller quelque part. Et de sa voiture, non ?

Le portefeuille dans la boîte à gants, le téléphone. En s'entendant prononcer les mots suivants, Red prit alors conscience que c'était une réelle possibilité.

— Tu n'as pas envisagé que quelque chose ait pu lui arriver ? Qu'il puisse être blessé ? Ou mort ?

Chase s'affairait dans la fosse, il badigeonnait les pis de chaque vache avec une épaisse substance orange, puis plaçait dessus des manchons métalliques reliés à des tuyaux en plastique. Ses gestes étaient efficaces et naturels, son corps les avait intégrés depuis longtemps. Quand il avait terminé avec une bête, il passait à la suivante. La salle dégageait une puissante odeur d'eau de Javel qui brûlait les narines de Red.

— Non, c'est vrai, reconnut Chase en se baissant.

— Et si tu l'envisages maintenant ?

Chase s'interrompit dans sa tâche et leva la tête vers le shérif.

— J'ai vécu ça trop de fois, je me suis trop souvent demandé s'il allait bien dès qu'il disparaissait pour être capable d'envisager le pire maintenant. Je n'ai jamais compris ce qui lui prenait, pourquoi il nous quittait d'un coup. Il y a beaucoup de choses que je ne comprends pas chez Transom. On a beau avoir grandi ensemble, on reste très différents, lui et moi. Vous avez un frère, shérif ? Vous connaissez peut-être ça ?

Red pensa à son frère aîné, Tim. Ils avaient l'habitude, quand leur mère avait le dos tourné, de sortir sur la véranda de la maison pour jouer à celui qui taperait le plus fort. L'un d'eux finissait toujours par brailler. Un jour, Red avait délogé une des incisives de son frère. Un vrai carnage qui avait provoqué les hurlements de leur mère. Il se rappela que Tim avait invité Tammy Jamison au bal du lycée lorsqu'il avait su que son petit frère en pinçait pour elle. Et Red s'était vengé en cachant un œuf dans la poche arrière du pantalon de Tim, qui s'était assis dessus au moment de monter en voiture. Le smoking avait été taché et empestait à la fin de la soirée. Tim… Tim qui fonçait dans les rues des Rocks à bord de la Chevelle paternelle de 1969, Red sur le siège passager, poings serrés, songeant à la citation de Faulkner accrochée au mur et convaincu qu'ils allaient avoir un accident, qu'ils en paieraient le prix pour l'éternité. Tim qui rugissait de plaisir. Red comprenait les relations entre frères, oui. Il passa d'un pied sur l'autre.

— Est-ce que quelqu'un aurait pu en vouloir à Transom, une personne qu'il aurait mise en colère ?

Chase haussa les épaules.

— Beaucoup ne l'apprécient pas. Ça a toujours été le cas, depuis l'arrivée de sa famille à Fallen Mountains. Enfin vous savez ça bien mieux que moi…

Il poussa gentiment une holstein.

Red sortit son carnet de la poche arrière de son jean.

— Et Possum ?

Il tentait d'adopter un ton détaché, pourtant il perçut le tremblement dans sa voix. Le souvenir de cette fameuse nuit revenait à nouveau l'assaillir : Possum, sale et amoché dans ce coffre, Transom qui se cachait entre les arbres.

— Possum ?

Chase plissa le nez, perplexe.

— Pourquoi Possum saurait-il quoi que ce soit ?

Red referma son carnet d'un geste sec.

— Aucune idée. J'essaie juste d'envisager toutes les pistes.

Chase finit de brancher la dernière vache à la machine et remonta les marches pour rejoindre Red. Il actionna plusieurs leviers qui firent résonner un grand bruit dans la pièce : bourdonnement motorisé et bruit de succion.

— Je peux faire autre chose pour vous, shérif ? Vous voulez jeter un coup d'œil dans la maison ?

— La prochaine fois, dit-il, pensant soudain qu'il vaudrait mieux demander un mandat de perquisition avant.

Il tendit la main à Chase, qui retira un de ses gants en plastique, empoissés de substance orange, puis la serra.

— Je risque de revenir, tu t'en doutes.

— Bien sûr.

— Sauf s'il réapparaît.

— Oui.

Red retourna à son véhicule. Le soleil l'avait chauffé au point que c'était presque insoutenable à l'intérieur. Il prit sa gourde et avala de grandes gorgées d'une eau plus chaude que l'intérieur de sa bouche et qui ne parvint donc pas à le rafraîchir. Qu'est-ce que Transom avait mijoté pour laisser son portable et son portefeuille dans sa boîte à gants, sans parler de ces documents dans le coffre ?

Red s'engagea sur le long chemin qui menait de la ferme à la route. Le gravier crissait sous les pneus et l'air chaud commençait à circuler autour de lui. Il lança un regard en direction de la colline que Chase lui avait indiquée. Qui était là-bas, qui faisait venir tous ces engins pour creuser profondément le sous-sol d'une terre qu'une famille avait travaillée, aimée et respectée pendant deux siècles ? Et que s'était-il exactement passé au cours des six derniers mois ?

AVANT

Laney avait passé Noël et le Nouvel An dans le Maryland, avec sa mère, mais elle était désormais de retour à Fallen Mountains. Elle ouvrit sa penderie à manteaux, où se trouvait son coffre-fort. 46 à gauche. 58 à droite. 93 à gauche. Elle sortit son revolver et prit soin de vérifier que le cran de sûreté était bien mis avant de le glisser dans son étui. Elle enfila ensuite son anorak et son gilet orange, puis enfonça son épais bonnet orange fluo sur ses oreilles. On était en janvier, la saison de la chasse au plomb était terminée, mais il y aurait encore quelques irréductibles de sortie, équipés de fusils à silex et d'arcs, et si elle tombait sur l'un d'eux pendant sa promenade du soir dans la forêt, elle préférait être bien visible.

C'était Jack Hardy qui lui avait appris à tirer, à porter une arme sur elle, à se sentir à l'aise avec – même si elle avait par la suite pris l'initiative d'approfondir le sujet, bien plus que Jack ne l'aurait soupçonné. Une de ses amies, Joanna Dean, avait été agressée à la sortie d'un bar, et même si l'attaque s'était produite à Empire et non à Fallen Mountains, Laney en avait été secouée. L'agresseur de Joanna l'avait observée avant. La police avait découvert, en fouillant le domicile du type, des photographies, ainsi qu'un bijou qu'elle croyait avoir perdu. Ça durait depuis des mois, et Joanna ne s'était doutée de rien. Laney était de ces femmes qui s'enorgueillissaient de leur capacité à vivre, et être heureuse, seule, mais tout avait changé après cet incident. Elle regardait sans arrêt par-dessus son épaule, croyait repérer un mouvement dans l'ombre, derrière sa fenêtre. Obsédée par l'idée que quelqu'un puisse l'observer, elle fermait les stores dès qu'elle était chez elle. Elle ne profitait plus comme avant des longues balades dans la forêt voisine. Elle tâchait d'être rentrée à la nuit tombée. Le gaz lacrymogène, qu'elle rangeait dans son sac à main ou sa poche, ne parvenait pas à la tranquilliser, et après quelques mois à vivre dans une peur qui lui semblait constante, elle avait décidé de prendre les choses en main. Elle s'était inscrite à un cours d'autodéfense dans un centre d'arts martiaux à une cinquantaine de kilomètres. Elle avait adopté un berger allemand, Kip, qui l'accompagnait lors de ses promenades et avait développé pour elle une affection farouche. Un après-midi où elle rendait une visite à la ferme Hardy, Jack lui avait proposé de la laisser essayer son revolver, et elle avait sauté sur l'occasion. À l'époque, elle n'avait encore jamais tiré de sa vie.

Elle n'oublierait pas cette première fois : le poids de l'arme dans sa main, le bras tendu, l'alignement de la mire sur le D d'une cannette de Mountain Dew, à dix mètres de l'endroit où elle se trouvait. L'euphorie – la puissance qu'elle avait ressentie –, au moment d'appuyer sur la détente, lentement et délicatement, comme Jack le lui avait montré, puis de voir la cannette bondir de la souche d'arbre sur laquelle elle était posée. Elle avait su immédiatement qu'il lui en fallait une. Il lui avait suffi de quelques semaines de recherches après sa première leçon pour se décider : elle se procurerait un revolver à canon court, une arme de poche, sans trop de recul, avec une précision très correcte pour les tirs à faible portée. C'est vrai, le barillet ne pouvait contenir que cinq munitions, mais cette arme représentait un compromis idéal pour ses besoins. Elle se rendit dans un magasin de sport et paya comptant. Une semaine plus tard, elle apportait les documents nécessaires et vingt dollars en liquide au tribunal le plus proche, et elle repartait avec un permis de port d'arme cachée. C'était aussi simple que cela.

Elle siffla Kip, qui l'attendait près de la table de la cuisine, à l'affût du moindre de ses mouvements. Sa queue épaisse frémissait d'excitation. Étonnamment, dès que l'envie prenait Laney de sortir marcher dans la forêt, Kip se mettait à aller et venir avec frénésie, à la suivre dans la maison, en poussant des gémissements d'impatience. Ils passèrent par la porte de derrière. Elle sortit le revolver de son étui et le rangea soigneusement dans la boîte à gants, avant de faire signe à Kip de sauter sur la banquette de la camionnette côté passager.

Le plus souvent, Laney se rendait à l'un des accès de la forêt nationale d'Allegheny, qui se trouvait à moins de trois kilomètres de chez elle, soit environ quatre minutes de route. C'était le départ d'une boucle agréable, qui la conduisait jusqu'à un cours d'eau puis la ramenait au parking. Elle aimait particulièrement ce sentier à cause des épais massifs de laurier des montagnes qui le bordaient, comme si quelqu'un avait creusé ce chemin dans la végétation.

L'été, on traversait un tunnel de fleurs blanches. En prime, personne ne se promenait jamais dans ce coin, même si elle l'avait montré à son cousin Possum, qui venait parfois y ramasser des champignons. Et une fois, il y a bien longtemps, elle avait emmené Transom.

Kip levait une patte et l'autre d'excitation, en poussant des gémissements discrets. Un long filet de bave finit par tomber sur les genoux de Laney. Elle garda les yeux sur la route mais tendit une main pour lui gratter le poitrail.

Passer les fêtes avec sa mère avait été une distraction bienvenue après la rafale d'événements du mois de décembre. On lui avait confié la mission de préparer un glaçage royal pour des gâteaux vendus au profit d'une église du coin ; elle avait taillé les arbres ; elle avait fait rôtir du jambon et de la dinde. Ce qui ne l'avait pas empêchée d'avoir tout le loisir de réfléchir à son deuil. La mort de Jack Hardy l'avait précipitée dans une tristesse redoublée. Elle détestait voir Chase souffrir – il était son meilleur ami, et elle savait combien le départ de son grand-père et tous les ennuis avec la ferme pesaient lourd sur lui –, mais derrière les efforts qu'elle faisait pour garder bonne figure en sa présence, elle était accablée par son propre chagrin. Si Chase ne s'était pas noyé dans le sien, il s'en serait rendu compte, il aurait compris que cela représentait une grande perte pour elle aussi. Et pourtant il n'avait rien vu. Laney savait que la tristesse pouvait être aveuglante, qu'elle vous recouvrait entièrement comme une violente tempête de neige et empêchait les sentiments des autres de vous parvenir. Elle s'efforçait d'ailleurs de ne pas en vouloir à Chase.

En vérité, aussi loin que remontaient ses souvenirs, elle avait aimé Jack et Maggie, et la ferme, bien sûr. À l'époque où sa mère était trop déprimée pour s'occuper d'elle, où Laney devait se lever seule, se nourrir et s'habiller pour aller en CE1, tandis que celle-ci restait couchée, le regard perdu par la fenêtre donnant sur Locust Street, c'étaient Jack et Maggie qui lui avaient tendu la main, qui lui avaient ouvert la porte de leur monde.

Et quel monde c'était en ce temps, celui où la ferme résonnait d'une activité débordante : les ouvriers agricoles filaient d'une tâche à une autre, Jack fumait sa pipe en bricolant son vieux tracteur, Maggie se chargeait de la récolte des fruits et légumes, ainsi que de la cuisine, et tout le monde se réunissait autour de la grande table à midi, pour le déjeuner. Laney n'avait jamais vu un endroit pareil, aussi animé et pourtant aussi ordonné. Maggie y veillait – elle aimait dire que son rôle était de s'assurer que chacun faisait bien son travail, et dans le temps imparti. Ce que Laney n'avait pas mesuré à l'époque, mais qu'elle avait admiré beaucoup plus tard, c'était l'aisance avec laquelle Maggie l'avait accueillie dans cette existence, comme si ça ne dérangeait nullement, comme si elle avait toujours été là. Laney lui avait dit des années plus tard qu'ils l'avaient sauvée.

Maggie avait ri en entendant ces mots.

— Sauvée, avait-elle répété en secouant la tête. C'est moi qui avais besoin d'être sauvée, oui. Avec tous ces hommes et garçons. Il me fallait de la compagnie féminine, une petite fille.

Elle avait alors pris Laney dans ses bras et avait collé sa joue contre la sienne.

— Tu fais partie de la famille, ma chérie, depuis toujours.

Maggie et Jack étaient ainsi – et tout le monde les aimait pour cette raison –, ils ne vous donnaient jamais l'impression d'être redevables de quoi que ce soit, de vous reposer sur eux, même lorsque c'était le cas.

Laney avait aussi pu profiter des vacances pour réfléchir à la façon dont sa relation avec Chase évoluait. Ou pourrait évoluer. Plus jeune, elle l'avait regardé avec une forme d'émerveillement. Transom aussi, bien sûr, mais différemment. Ce dernier exerçait une fascination inexplicable sur elle, une attraction qui la faisait à la fois se pâmer tout en lui donnant envie de fuir. Avec Chase, ça tenait plus de l'osmose complète. Ils portaient le même regard sur le monde, ils se comprenaient. Eux deux, c'était logique, et à la mort de Jack elle l'avait compris : toutes ces heures passées à la ferme pour s'occuper des détails à régler et de Chase ne lui étaient pas apparues comme un poids. Au contraire, même : elle avait eu l'impression d'être faite pour ça. Quand Chase lui avait demandé de rester pour la nuit, quand elle l'avait suivi au premier, dans sa chambre, le lendemain de l'enterrement de Jack, ça lui avait paru naturel : elle s'était sentie à sa place.

Aujourd'hui, avec le retour de Transom en ville, et son intention manifeste de rester un temps – en tout juste trois semaines il avait acheté la ferme Hardy et s'y était installé –, Laney craignait que les choses ne demeurent finalement au point mort avec Chase. Parce que tôt ou tard les ennuis arriveraient. Tôt ou tard, Transom débarquerait chez elle.

*

Depuis son premier départ, Transom opérait toujours de la même manière. Il allait d'abord à la ferme Hardy, puis il finissait par venir chez Laney. Elle lui avait montré l'endroit où elle cachait un double des années auparavant, dans une poche qu'elle avait cousue sous le coussin de la balancelle, installée sur la galerie de la maison. Pourtant, il ne l'avait jamais utilisé. Il se garait dans la ruelle et allait frapper doucement à la porte de derrière. Quand elle soulevait le rideau jaune sur la vitre, pour voir qui c'était, il lui souriait.

Elle le faisait entrer. Il n'y avait ni bonjour, ni interrogations, ni discussions pour rattraper la longue période d'absence. Ils avaient un accord tacite tous les deux : ce n'était qu'une question de corps, de désir et besoin, ceux de deux êtres qui, à leur façon, tenaient l'un à l'autre, même si, au fond, ils tenaient davantage à eux-mêmes. Elle se disait parfois qu'il y avait, peut-être, une forme d'amour dans cet arrangement.

Le matin du retour de Transom, elle était dans le lit de Chase lorsque les voix avaient traversé le parquet. Et sa première pensée, juste après avoir identifié le visiteur, avait été de se demander quand il viendrait la voir. Elle avait eu aussitôt honte de son réflexe, de ce petit assaut de désir qui avait parcouru son corps en imaginant Transom à la porte de chez elle. Elle n'était pas ce genre de femme. Elle se trouvait encore dans le lit de Chase, bon sang !

Laney gara sa camionnette sur le petit parking de la forêt nationale, son endroit préféré pour sa promenade du soir. Elle ouvrit la boîte à gants pour en sortir son revolver. Kip grattait doucement sa cuisse, réclamait de sortir en geignant. Elle descendit et il la suivit. Elle enfila une paire de gants épais. Le froid nocturne arrivait. Elle regarda l'heure à sa montre : il restait une quarantaine de minutes avant la tombée de la nuit. Laney rangea le revolver dans l'étui et s'enfonça dans les bois enneigés.

APRÈS

Red s'échinait toujours à imaginer différentes explications à la disparition mystérieuse de Transom Shultz – dispute avec les pétroliers, accident de voiture sur une petite route de campagne isolée, envie viscérale de larguer les amarres et de quitter Fallen Mountains –, et pourtant, malgré tous ses efforts pour ne pas y penser, il revenait constamment à Possum. Possum Miller, avec ses yeux immenses, son tee-shirt blanc et sa doudoune rouge sans manches, qu'il portait 365 jours par an, même en juin, par une chaleur accablante. Un an après l'incident dans la carrière de schiste, Possum s'était armé d'un petit aigle en bronze et avait roué de coups son ivrogne de beau-père au point qu'il avait un œil qui partait désormais sur la gauche et qu'il ne pouvait plus prononcer une phrase complète. Avait-il fait une nouvelle dépression ? Et perdu pied une nouvelle fois ?

À l'époque, le poste de Leigh n'avait pas encore été créé, alors Red travaillait seul. Il avait quarante-trois ans, et il était heureux. À l'époque, JT Shultz avait la mainmise sur Fallen Mountains, comme un roi malhonnête. Il était maire de la ville, car personne ne voulait de cette responsabilité vu le maigre salaire qui l'accompagnait, mais surtout il possédait l'usine de composants électroniques, dans laquelle un membre de chaque famille locale, au moins, était employé. C'était le cas de la femme de Red, Sue. Si JT ne payait pas bien, il proposait des avantages en nature. Deux fois par an, au printemps et à l'automne, il organisait un grand pique-nique avec un buffet de nourriture si incroyable que les gens en parlaient pendant des semaines après. Il y avait des jeux, aussi. Il s'asseyait lui-même au-dessus d'un bassin, et on payait un dollar pour tirer un panier dans le but de le faire tomber dans l'eau. Personne à Fallen Mountains n'aimait travailler pour Shultz, et personne ne l'appréciait – cet homme autoritaire, qui bombait le torse, beau et cruel –, néanmoins personne n'était en position de refuser un poste, point. Encore moins un poste qui garantissait une assurance santé.

Red et Sue avaient acheté, dans Crocus Street, une maison avec deux chambres, de style Cape Cod, qui avait cruellement besoin d'un coup de peinture mais dont les fondations étaient solides et les fenêtres en bon état. Red officiait alors comme shérif depuis six ans. Et il ne vivait à Fallen Mountains que depuis une année de plus, si bien que les gens continuaient à voir en lui un étranger, un petit gars de la ville qui avait épousé Sue Phillips. Il n'avait accédé à ce poste que parce que le shérif précédent était mort d'une crise cardiaque, au beau milieu de son mandat. Red avait un BTS en droit, ce qui le rendait, dans une certaine mesure, plus qualifié que tous ses prédécesseurs à Fallen Mountains, même si sa mauvaise connaissance de la topographie et des excentricités politiques locales lui avait compliqué la tâche dans un premier temps, évidemment. Aujourd'hui, Red avait plus de vingt années de métier derrière lui, et une bien meilleure compréhension de la vie à Fallen Mountains. Junior avait terminé ses études supérieures et était autonome ; ses problèmes d'oreilles étaient désormais de l'histoire ancienne, et les opérations, réglées par l'assurance santé que Sue avait obtenue grâce à son poste à l'usine, ne constituaient, avec le recul, qu'un petit chapitre de l'histoire familiale. JT Shultz et ses pique-niques ridicules n'étaient plus d'actualité, eux non plus. Red était donc en position de régler les choses différemment.

Possum s'en était pris à son beau-père le jour des six ans de Junior ; Red s'en souvenait. Ils faisaient des bulles dans le jardin, et son fils portait un costume de Spider-Man bleu et rouge. Il avait bien sûr une boule de coton dans l'oreille gauche pour absorber d'éventuels écoulements. La grande opération avait eu lieu plusieurs mois auparavant, et le pronostic était bon. Il ne s'était pas réveillé en hurlant et en se tordant de douleur depuis des semaines, et ses parents avaient enfin, enfin !, la possibilité de dormir la nuit.

Les beaux-parents de Red étaient présents à la fête d'anniversaire, ses parents étaient aussi venus de Pittsburgh. Ils étaient tous dehors, et Sue venait d'apporter le gâteau, rouge et bleu, à l'effigie de Spider-Man bien sûr. Le téléphone avait sonné dans la maison, la mélodie avait traversé les portes moustiquaires pour lui parvenir dans le jardin, inlassablement. Red connaissait la règle : les gens avaient le numéro de son domicile, et il devait décrocher coûte que coûte. C'était avant l'époque des bipeurs et des téléphones portables, avant le raccordement de Fallen Mountains au numéro national d'urgence, le 911, en 2002.

Il rentra décrocher dans la cuisine.

— Redifer, dit-il.

— Possum Miller à l'appareil, répondit celui-ci d'une voix calme et douce. J'appelle pour signaler un crime.

Le cœur de Red dévala dans sa poitrine. Il agrippa le plan de travail de la cuisine et pensa « oh, non ». On était en juin, c'était un nouvel été. Les cigales de l'année précédente étaient mortes depuis longtemps, et l'incident dans la carrière remontait à dix mois : il pensait avoir réussi à esquiver ses répercussions. Il pensait que l'affaire était close.

— Possum, reprit Red, où es-tu ?

— Dans le mobile home de ma mère.

— J'arrive tout de suite.

Il engloutit la fin de sa part de gâteau, récupéra sa carabine dans le coffre, croisa le regard de Sue et inclina la tête en direction de la voiture. Il articula en silence le mot « désolé », et elle acquiesça, même si sa mine s'était assombrie. Il ne sortit pas dans le jardin dire au revoir à Junior, parce qu'il passait un merveilleux moment, entouré par ses quatre grands-parents affectueux, à courir comme un fou dans son costume de Spider-Man, à jouer avec son nouveau camion télécommandé. En l'interrompant, Red n'aurait réussi qu'à gâcher la fête. Il passa par la porte d'entrée, monta dans son tout-terrain encore flambant neuf et longea les quatre pâtés de maisons qui le séparaient du lotissement.

À l'intérieur du petit mobile home gris dans lequel Possum vivait avec sa mère, Lissette, et son beau-père, Vance Taylor, le jeune homme était assis par terre près des deux corps, un aigle en bronze dans les mains. Il y avait du sang, tellement de sang, sur le linoléum jaune par terre, les portes des placards et les corps.

— Je vous attendais avant, murmura Possum, lorsque Red entra dans le mobile home.

Il posa sur lui ses immenses et terribles yeux marron.

— Vous aviez promis de revenir.

Red eut du mal à déglutir. Il savait de quoi Possum parlait, l'affaire de l'été précédent… Lui maigre, amoché, sali, et Transom qui observait la scène à la lisière des bois, avant de disparaître entre les arbres. Red voulut répondre quelque chose – présenter des excuses, s'expliquer, parce qu'il y avait une explication –, mais aucun mot ne parvenait à franchir ses lèvres, tant il était submergé par ce qu'il sentait et ce qu'il voyait. Il s'agenouilla pour prendre le pouls des deux victimes, le sang imbibant les genoux de son jean. Ils étaient encore en vie, pour le moment.

Possum jeta un regard noir au corps inerte de Vance.

— Ce salopard l'avait cherché.

— C'est sûr, dit Red, la gorge nouée par la quantité de sang.

La salade de pâtes, le burger et le gâteau d'anniversaire menaçaient d'être régurgités.

L'odeur. Possum qui regardait dehors : un chardonneret sur la mangeoire, d'un jaune éclatant au soleil d'été, la tête penchée. Red se leva pour décrocher le combiné du téléphone de la cuisine et composa le numéro de l'hôpital le plus proche, numéro qu'il avait mémorisé dès la première semaine à son poste. Vingt-cinq kilomètres au sud de Fallen Mountains. Il donna son nom, quelques précisions, l'adresse, puis il alla s'accroupir à l'autre bout de la pièce, loin de

Possum, et se dit : vingt minutes, max. Il devait tenir vingt minutes, faire en sorte que les lieux restent exactement dans l'état où il les avait trouvés et le jeune homme toujours aussi calme. Ensuite les renforts arriveraient. Il imaginait une ambulance et une voiture de police, qui se traînaient sur la route 28 en direction du nord, dépassaient la ferme laitière des Orvetto, l'usine de Shultz, le terrain de base-ball, la maison de Red et la fête d'anniversaire dans le jardin.

— C'est sûr, fiston, répéta-t-il à Possum, en ordonnant à sa voix de conserver son calme.

Montre-toi conciliant, ne dis rien qui pourrait le provoquer. Fais en sorte qu'il reste à l'endroit exact où il se trouve et dans vingt minutes tu pourras sortir de ce mobile home, respirer de l'air frais et réfléchir à la suite des événements.

— Il l'avait bien cherché, murmura Possum.

Le chardonneret s'envola, éclair jaune derrière la fenêtre. Possum n'ajouta rien d'autre, mais répéta ces mots en boucle. Il l'avait bien cherché.

*

Et c'était à ça que Red ne cessait de penser à présent, lorsqu'il s'interrogeait sur Transom Shultz. Vance, le visage réduit en bouillie par une figurine de la taille d'un poing, et Possum, ce gamin de seize ans maigrichon aux grands yeux, qui répétait, d'un ton si tranquille que Red en rêverait pendant des années, que son beau-père l'avait bien cherché. Après ce que Transom avait fait, on pouvait dire la même chose de lui : il l'avait bien cherché. Red le savait. Pourtant obtenir un mandat pour perquisitionner le mobile home de Possum et l'énorme remise en métal qui contenait Dieu sait quoi, ou même le convoquer au poste pour un interrogatoire était, eh bien, en quelque sorte exclu. À ce que Red en savait, seules trois autres personnes sur terre étaient au courant de l'incident dans la carrière, et Red n'était pas pressé d'en exposer le moindre aspect au grand jour, surtout si près de la retraite.

Il y avait toutefois une autre perspective bien plus inquiétante que celle d'exhumer cette vieille erreur et de la faire connaître à toute la ville, et alors qu'il roulait sur la route 28, dans son tout-terrain traversé par un courant d'air chaud, il sentit qu'elle se frayait un chemin dans son esprit. Et si Possum avait effectivement décidé de se venger de Transom ? Et si Red était le suivant sur la liste ? Des images défilèrent aussitôt devant ses yeux, comme des cartes battues puis empilées les unes sur les autres : des années et des années de rencontres perturbantes. Possum qui soutenait son regard au *diner*, refusant de se détourner. Possum qui le suivait au supermarché, s'attardant devant le présentoir des œufs.

Dans l'immédiat, se dit Red, il devait conserver son calme et rester concentré. Ça ne servirait à rien de brûler les étapes et de provoquer les ennuis. Il garderait un œil sur Possum et chercherait à grappiller quelques informations sans semer la pagaille ni tirer de conclusion hâtive.

Voilà pourquoi le second jour de son enquête, six jours après que Transom Shultz avait été vu pour la dernière fois, Red prit la direction de la forêt nationale d'Allegheny, à un peu plus de trois kilomètres au nord de la ville, et plus précisément d'un petit point d'accès près duquel il avait régulièrement aperçu le pick-up rouge de Possum Miller au cours du printemps. À ce qu'il avait entendu dire en ville, Possum s'y rendait pour cueillir des champignons. C'était une explication parfaitement plausible qui n'avait, bien sûr, rien d'un crime. D'autant que les gens étaient libres de se garer sur un parking s'ils en avaient envie et qu'ils le faisaient d'ailleurs sans arrêt, ouvriers qui se donnaient rendez-vous pour se rendre en covoiturage à l'usine d'Empire, adolescents qui venaient s'encanailler les soirs d'automne.

Red avait le pressentiment que si Transom n'avait pas disparu de son plein gré – s'il n'était pas parti se promener à Tahiti, au Costa Rica, ou Dieu sait où –, s'il était vraiment mort, alors il se trouvait quelque part dans cette forêt. Celle d'Allegheny s'étendait sur deux cent cinquante mille hectares, surface qu'aucune battue n'aurait bien sûr pu couvrir. En toute honnêteté, Red avait du mal à se représenter ce que cette étendue représentait en termes concrets, combien de collines, de ravines, d'arbres et de cours d'eau. Le corps pouvait être n'importe où. Ne t'emballe pas, Red. Voilà ce qu'il ne cessait de se répéter. Peut-être n'y avait-il pas de corps. Dieu qu'il l'espérait.

Red gara sa voiture sur le parking désert, une petite zone de gravier sur le côté de la route, où seul un triste panneau marron sur lequel étaient peintes des lettres blanches indiquait que vous vous trouviez au bon endroit. Un sentier étroit et envahi de végétation s'enfonçait dans les bois sur la droite du parking. Il enfila le gilet orange fluo qu'il avait acheté pour deux dollars à la station-service. La saison de la chasse avait beau être terminée, mieux valait se montrer prudent. Avant de quitter le poste, il avait précisé sa destination à Leigh. Occupée à saisir des contraventions, elle avait baissé la tête pour le regarder par-dessus ses lunettes à double foyer.

— Vous voulez que je vous accompagne ?

C'était une vieille blague entre eux. Comme si Leigh, âgée de cinquante-trois ans et pesant à peine quarante-cinq kilos, Leigh avec ses jupes et ses talons hauts, avec sa mise en plis impeccable, pouvait l'accompagner lors de ses rondes.

— La prochaine fois, avait-il répondu avec un sourire.

— Soyez prudent, mon chou.

Leigh appelait tout le monde « mon chou ».

Ce matin-là, Red avait commencé à passer en revue le contenu de la pochette à soufflets qu'il avait trouvée dans le coffre de Transom. Après avoir examiné le chéquier qui y était rangé et passé trois coups de fil, il avait déjà établi que le disparu avait un don pour identifier les bonnes parcelles de terrain, les acheter à bas prix, pour se faire ensuite beaucoup d'argent. Par le passé, il avait eu la chance de s'associer avec un promoteur immobilier qui divisait les parcelles en lots de taille correcte, pour séduire une clientèle très précise. Ça lui avait rapporté gros au cœur de l'État de Pennsylvanie, entre Harrisburg et le coin de l'université, State College. Plus récemment, il avait changé de stratégie pour se concentrer sur la partie occidentale de l'État, où il achetait des terres dont il cédait ensuite les droits d'extraction à des compagnies pétrolières intéressées par le gisement de Marcellus. La ferme Hardy était la troisième propriété sur laquelle Transom avait jeté son dévolu. Red ne pouvait s'empêcher de se demander si celui-ci avait planifié depuis le début son retour juste après le décès de Jack Hardy, dans le but de racheter les terres à Chase, au moment où son vieil ami se retrouvait aux abois. Cette pensée s'accompagnait d'une seconde, plus perturbante, qui débouchait sur toute une série d'hypothèses inquiétantes : Chase Hardy l'avait-il compris ? Et avait-il agi en conséquence ?

— Jamais de la vie, dit Red tout haut.

On ne pouvait pas être plus flegmatique que Chase Hardy ; c'était un homme fiable et inoffensif.

Red descendit du véhicule. Il fut assailli par les effluves de la grande benne verte installée à côté du panneau, autour de laquelle des guêpes bourdonnaient. Il prit son sac à dos. Il s'arrêta devant la benne et enfila une paire de gants en caoutchouc avant de se débattre avec le couvercle du caisson métallique, équipé d'un système de protection contre les ours. Des sachets de fast-food étaient entassés au centre, et un vieux tee-shirt accroché sur un des côtés. Qui était chargé de ces ordures ? Des employés municipaux ? Des volontaires ? Depuis combien de temps la benne n'avait-elle pas été vidée ? Autant de déchets n'avaient pas pu s'accumuler en une semaine. Il prit un bâton pour fouiller les restes de nourriture décomposés dans les sachets, plaquant son mouchoir sur son visage, tant la puanteur lui soulevait le cœur. Au bout de quelques minutes, il referma le couvercle dans un fracas de métal assourdissant. Pas de cadavre ici.

Il s'essuya le front avec son mouchoir et soupira. Il resta un instant à la lisière de la forêt, les yeux plissés par la lumière éblouissante du soleil, hésitant sur la suite. La carte qu'il sortit de la boîte en bois sur le parking n'était pas très encourageante : elle n'indiquait qu'une ligne de pointillés sinueuse en direction du sud. Le balisage du sentier consistait en de petits cercles blancs, peints à la bombe, et situés à hauteur des yeux.

Il avala une gorgée d'eau à la bouteille en plastique qu'il avait achetée avec le gilet orange et se mit en route. Il avait beau transpirer abondamment dans la chaleur de la mi-journée, il ressentait le besoin pressant de bouger. Il s'arrêta pour vérifier le pistolet, un Ruger, qu'il avait glissé dans sa poche. La municipalité de Fallen Mountains lui avait fourni une carabine Winchester à levier, mais personne n'avait envie de se trimballer avec sur le terrain, et il n'allait quand même pas la porter en bandoulière. Voilà pourquoi des années auparavant, il avait demandé à Sue de lui offrir une arme de poing pour leur anniversaire de mariage. C'était lui qui l'avait choisie, bien sûr, et réglée. Elle s'était chargée de l'emballer dans du papier cadeau. Quant à lui, il lui avait acheté un assortiment d'herbes aromatiques à planter dans le jardin.

— Quel genre d'homme s'achète un pistolet pour un anniversaire de mariage ? lui avait-elle lancé. Tu as conscience que c'est étrange, non ?

— Il tient pile dans ma poche, lui avait-il répondu. Regarde, on ne le voit même pas. Et pour répondre à ta question : le genre d'homme qui veut protéger ceux qu'il aime.

Il lui avait souri avant de l'embrasser.

Le sentier conduisit Red à des fourrés, hauts et épais, de laurier des montagnes, qui formaient un arc au-dessus de sa tête, et il se retrouva dans une sorte de tube de végétation, parfois contraint de baisser la tête pour avancer. Des fleurs blanches, odorantes et délicates, aussi grosses que des tasses à thé, étaient accrochées aux branches. Des pétales jonchaient la terre du chemin. On entendait, à proximité, un cours d'eau, mais dans ce tunnel de laurier des montagnes, impossible de savoir de quelle direction le son provenait : peut-être l'entourait-il, peut-être provenait-il de plus bas.

Lorsque Red s'arrêta pour boire, il crut entendre le bruit sec d'un bout de bois qui se casse sous le poids de quelque chose. Il se retourna lentement, fouilla du regard la forêt derrière lui. Sa visibilité se limitait à quelques mètres à la ronde. Le laurier était si dense qu'il masquait une grande partie de la forêt.

— Ohé ? demanda-t-il en mettant sa main sur le Ruger, dans sa poche.

Son cœur battait à tout rompre.

— Il y a quelqu'un ?

Seul le silence lui répondit.

— Qui est là ?

Possum, songea-t-il aussitôt, le nom tonnant dans son crâne. Possum venu cueillir des champignons, ou faire ce qu'il faisait dans ces bois, et qui avait décidé de saisir l'occasion se présentant à lui.

Il pouvait aussi s'agir d'un animal, se raisonna Red. Un ours, un cerf, ou quelque chose de plus petit peut-être. Son pistolet suffirait-il à arrêter un ours ? Avait-il intérêt à tirer un coup de semonce en l'air ?

Peut-être n'y avait-il pas eu de bruit finalement. Il doutait de lui parfois, de ses propres sens – il ne dormait plus très bien depuis deux ans, depuis le décès de Sue. Il ne parvenait pas à s'y habituer, au vide à côté de lui dans le lit, au silence. Et donc ce bruit : l'avait-il imaginé ? Il attendit un moment avant de se remettre en route. Puis il l'entendit à nouveau. Une branche qui craque. Il fit aussitôt volte-face cette fois et brandit son arme. Il avait l'impression que ça provenait de sa gauche.

— Qui est là ? cria-t-il.

Red revit Vance étendu sur le linoléum du mobile home, la mare de sang qui se formait sous sa tête. Et l'adolescent, assis à côté, l'aigle en bronze dans les mains, qui regardait fixement le réfrigérateur. Et aussi le chardonneret qui frémissait derrière la fenêtre.

Red regretta d'avoir un champ de vision aussi réduit, aussi assombri. Pas un son, pas un mouvement. Soudain il fut sûr de lui : un repli, une agitation dans la végétation ; des brindilles brisées, des bruits de pas. Il resta sur le sentier, entouré de toutes parts par les branches arquées du laurier des montagnes, ses grandes feuilles épaisses. Ses fleurs blanches. Il réalisa un tour sur lui-même, pour observer les environs, puis se rendit compte avec un coup au cœur qu'il pourrait facilement perdre tout repère et ne plus savoir d'où il était arrivé. Il comprit alors qu'il n'avait pas d'autre choix que de rebrousser chemin. Il devait admettre ses limites et s'arrêter là pour aujourd'hui. La sueur de son front lui coulait dans les yeux, et il épongea son visage avec son mouchoir. Sa chemise était trempée, son pouls s'emballait. Il serrait si fort le pistolet dans sa main qu'il en avait mal au poignet. Il retourna vers le parking, dans la direction de l'animal, ou de l'humain, qui l'avait suivi.

AVANT

Possum avait été affublé de ce surnom l'année du CE2, lorsque sa classe étudiait la faune locale et que l'une de ses camarades, Katie Johns, avait fait remarquer que Tommy Miller ressemblait à un opossum. Aussitôt, tous les élèves s'étaient retournés vers lui. Même Possum comprenait ce qui lui avait inspiré une idée pareille : il avait en effet des traits communs avec ce petit mammifère efflanqué aux yeux comme des billes, connu pour feindre la mort. Il avait un épi récalcitrant à l'arrière du crâne, qui faisait se dresser ses cheveux châtain clair, et en dépit de son solide appétit il avait toujours été maigre. Ses yeux étaient beaucoup trop grands pour son visage en pointe, et malgré ses efforts pour s'en empêcher, il avait la fâcheuse habitude de fixer les gens, bouche entrouverte, ce qui lui donnait en permanence l'air ahuri. Il avait fini par se résoudre à ce surnom, pour la principale raison qu'au bout d'un temps personne ne l'appelait plus autrement. Dans leur petite ville de neuf cents âmes, les adultes avaient eux aussi pris le pli, notamment les enseignants.

Aucun d'entre eux ne semblait se demander s'il n'aurait pas préféré être appelé par son véritable prénom, Thomas, ou par une de ses déclinaisons – par n'importe quoi d'autre que « Possum » en réalité. À dire vrai, on ne lui accordait pas beaucoup d'attention, du moment qu'il s'occupait de ses affaires, ce qui lui allait très bien. Près de vingt ans plus tard, la ville lui avait pour ainsi dire pardonné ce qu'il avait fait à Vance – certains ne lui en ayant jamais tenu rigueur d'ailleurs –, et il était devenu un marginal discret et gauche, qui cueillait des champignons et accumulait tout un bric-à-brac.

Ce que personne ne savait, à l'exception de sa cousine Laney, néanmoins, c'était qu'il se faisait une petite fortune en revendant ses trouvailles sur Internet. Lorsqu'il avait offert à sa mère Lissette une nouvelle voiture à Noël, qu'il avait payée comptant à sa grande fierté, elle s'était renfrognée.

— Tu dois me promettre que tu l'as achetée grâce à la vente de tes vieilleries, là, et pas d'autre chose.

Ce qu'il lui avait certifié.

Possum vivait dans un mobile home à côté de celui de sa mère, à la sortie de la ville, juste en face du pont de Ninth Street. Juste à côté se trouvait une remise, où il stockait tous ses objets. La remise faisait deux fois la taille de son mobile home, et Possum l'avait organisée avec méticulosité pour être sûr de la place de chaque article. Il écumait la Pennsylvanie, et poussait même parfois jusque dans les États voisins du Maryland et de New York pour assister à des ventes aux enchères, des vide-greniers, des marchés aux puces, où il constituait son stock. Il connaissait bien son sujet, savait quel type de porcelaine en forme de poule couveuse avait plus de succès que d'autres, quel était le meilleur angle pour photographier la vaisselle en verre de style Art déco. Plus important encore peut-être, il savait comment vendre ces objets en en proposant une description attrayante mais pas mensongère. C'était, en était-il convaincu, ce qui lui donnait l'avantage. Il avait toujours eu une bonne plume, du moins à en croire ses enseignants de littérature au lycée, avant qu'il arrête ses études. Récemment, il avait acheté un service en porcelaine rose de Spode de douze pièces, pour une centaine de dollars dans un vide-greniers, qu'il avait revendu neuf fois ce prix en ligne. Ça n'arrivait pas souvent, évidemment, mais il avait eu de quoi vivre plusieurs semaines, ensuite.

Après ce qui était arrivé avec son beau-père, Vance, Possum n'était jamais retourné au lycée, même s'il avait décroché son diplôme de fin du secondaire en prison. C'était là-bas qu'il avait commencé à s'intéresser aux vieilleries. Il avait multiplié les lectures, mémorisé les noms, les dates et les chiffres. Sa mère empruntait les livres à la bibliothèque et lui en apportait un ou deux chaque semaine, à l'occasion de ses visites. Dès qu'il avait été libéré, Possum lui avait demandé de lui prêter de l'argent, qu'il avait utilisé pour acquérir une poignée d'objets lors d'une vente aux enchères : une figurine en porcelaine Metzler Ortloff signée Walter Bosse, un pendentif en grenat et une sonnette de comptoir en laiton. Il les avait revendus, et grâce au bénéfice il avait pu rembourser sa mère puis acheter deux autres articles. En quelques mois, il avait une affaire qui tournait bien.

Il allait aussi à la cueillette aux champignons, au printemps et à l'été. Sa toute première lecture en prison provenait de la pile misérable de titres oubliés par des prisonniers et que les gardes osaient appeler la bibliothèque. Un mince ouvrage intitulé : *Champignons comestibles de Pennsylvanie.* Il l'avait lu très attentivement, de bout en bout, avant de le reprendre du début pour apprendre les noms – cèpe blanc, polypore soufré, trompette de la mort, morille –, ainsi que leur description et les endroits où les trouver. À sa libération, il avait commandé l'ouvrage en question et s'était mis en quête de champignons, arpentant les sentiers de la forêt nationale voisine. Il suivait aussi les instructions du livre pour les préparer.

Il avait parlé de son nouveau centre d'intérêt à Chase Hardy, qui lui avait proposé de venir chercher des morilles sur les terres de la ferme. Les meilleurs coins qu'il avait dénichés étaient là-bas et, comme tout chasseur de morilles qui se respecte, il n'avait jamais parlé de sa bonne fortune à personne – la cueillette des champignons était une entreprise secrète. Pas très loin de la ferme se trouvait un tulipier de Virginie qui en abritait à son pied, mais le vrai trésor était caché plus loin, au fond des bois, près de leur jonction avec la forêt nationale. Là-bas, deux ormes mourants qui perdaient leur écorce constituaient un environnement propice aux morilles et depuis des années, au printemps, Possum s'y rendait avec son panier à champignons, qu'il pouvait porter sur le dos. Il les cueillait par poignées.

*

Il pensait à ce coin sacré dans les bois, sur le seuil de son mobile home, pendant qu'il terminait sa cigarette, les pieds dans la neige. Maintenant que Transom Shultz était rentré à Fallen Mountains et qu'il avait repris la ferme Hardy, qu'allait-il bien pouvoir faire pour ses morilles ? Lui demander l'autorisation ? Passer devant la ferme en voiture en priant pour que personne ne le remarque ? Se rendre dans les bois par un autre moyen ? Il avait encore quelques mois pour trouver une solution, mais à la seule idée que Transom allait encore lui pourrir la vie il enrageait.

Pour tout dire, il n'avait aucun mal à imputer la totalité de ce qui avait mal tourné dans son existence à Transom Shultz. Sans lui, Possum aurait peut-être été meilleur élève. Il serait peut-être allé à l'université et aurait quitté Fallen Mountains. Il n'aurait peut-être pas perdu les pédales un jour après les cours, en première, en découvrant, à son retour à la maison, sa mère par terre, inconsciente suite aux coups de son beau-père, et Vance planté là, si ivre mort qu'il n'avait même pas reconnu Possum. Sans Transom, il aurait peut-être fini par mener une vie normale. Par devenir normal.

Ces dernières années, il s'était entraîné à ne pas penser à lui, et il s'était ainsi convaincu qu'il s'était débarrassé de toute la colère et de toute la haine qui lui avaient rongé le ventre, comme un charbon ardent cherchant à sortir. C'était le passé, se répétait-il. Ils n'étaient que des gamins, des gamins stupides. Il avait tourné la page. Il s'était construit un quotidien respectable à Fallen Mountains. Il était doué dans son travail, ça lui plaisait. Il avait quelques économies à la banque. Dernièrement, il avait même commencé à échanger avec une Russe, Alla, sur un forum en ligne.

Avec le retour en ville de Transom Shultz, Possum avait soudain l'impression d'être replongé dans l'adolescence. Il revoyait Transom le pousser dans le placard à balais du lycée, usant de sa force surhumaine en lui crachant au visage, avec son haleine brûlante : « Tu le répètes, tu en parles à quelqu'un, et je te jure que je te ferai regretter de pas être mort. » Puis la chaleur, l'odeur de la Javel et du nettoyant au pin dans le réduit. Les souris aussi. Ses camarades qui passaient dans le couloir, sans savoir qu'il était enfermé là, leurs ombres vacillant à travers le petit jour sous la porte. Et bien sûr, cette autre fois, l'été de l'invasion de cigales qui étaient remontées jusqu'à la cime des arbres ; Transom dressé au-dessus du coffre, l'aspergeant d'essence et lui disant : « Tu ne dois pas avoir peur », et le couvercle qui se refermait lentement.

Dans la cuisine de son mobile home, Possum déballa un petit cake industriel et se laissa tomber sur sa chaise, devant son ordinateur. Ses mains tremblaient encore lorsqu'il se connecta. Il avait besoin d'une distraction, d'une activité qui l'aiderait à se détourner de la peur. Il avait adopté cette technique par le passé : penser à autre chose, se concentrer dessus jusqu'à ce que son corps se ressaisisse et que les tremblements disparaissent.

Depuis trois semaines maintenant, il discutait avec Alla, une brocanteuse, dont il avait fait la connaissance sur un forum en ligne spécialisé. Il avait acheté un œuf de Pâques ukrainien peint à la main dans un marché aux puces et il cherchait à estimer son ancienneté et sa valeur ; il avait posté quatre photos et une description. Alla avait répondu à sa publication. Elle vivait à Moscou et s'y connaissait en artisanat slave. Ça avait bien accroché entre eux deux, du moins du point de vue de Possum.

Il se surprenait parfois à regarder la photo de profil d'Alla, sur laquelle elle avait la tête légèrement inclinée sur le côté et ses cheveux blonds, soulevés par le vent, brillaient au soleil. Ça le mettait un peu mal à l'aise, il détestait les tordus qui espionnaient les gens en ligne, mais c'était plus fort que lui. Elle était belle, à couper le souffle. Bien sûr, Possum avait suffisamment de jugeote pour savoir qu'Alla pouvait être un type grassouillet dans la quarantaine, qui avait pris une inconnue en photo dans la rue, pourtant quelque chose lui disait qu'elle était bien réelle, que la femme qu'il voyait sur cette image était celle avec laquelle il discutait. Possum n'était pas de ceux qui s'autorisent le luxe d'imaginer se marier un jour, avoir une famille, être heureux. Il n'avait jamais eu le sentiment que c'était une option pour lui, et il était en paix avec cette idée. Ce qu'il vivait avec Alla était donc inédit pour lui, et effrayant – il n'arrêtait pas de penser à elle.

Ce jour-là, pourtant, sa discussion avec Alla ne fut d'aucune aide. Ses mains continuaient à trembler, il transpirait abondamment, son cœur battait à tout rompre. Au bout de quelques minutes, il lui écrivit qu'il devait partir et se déconnecta. Dans son armoire à pharmacie, il avait un flacon marron d'anxiolytiques. Il aurait pu en avaler un, il le savait, mais il préféra ressortir dehors, par ce froid matin de janvier, et se rallumer une cigarette. Transom Shultz était de retour à Fallen Mountains. Éprouvant à nouveau la peur qui l'avait dévoré durant toutes ces années, percevant à quelle vitesse la rage d'autrefois le submergeait à nouveau, il comprit qu'il s'était bercé d'illusions tout ce temps. Il n'avait absolument pas tourné la page. Il ne s'était débarrassé de rien, et il ne le ferait jamais.

APRÈS

Allongé dans son lit, Red cherchait le sommeil dans l'air de juin toujours aussi immobile et lourd, avec sa chaleur accablante. Les cigales chantaient juste derrière sa fenêtre ouverte, et leur raffut, qui ne le dérangeait pas en temps normal, le mettait à cran. Il se rendit compte combien elles étaient assourdissantes, combien elles limitaient sa capacité à entendre autre chose. Un intrus qui rôderait autour de la maison de Crocus Street par exemple. Ou une voiture qui se garerait devant.

Il restait obnubilé par son expérience de l'après-midi dans la forêt nationale d'Allegheny, qu'il ressassait sans fin. Qu'avait-il entendu dans les bois ? Un animal ou quelqu'un qui le suivait ? Il repensa aux paroles qu'il avait entendues dans ce mobile home il y a longtemps. « Il l'avait bien cherché. Ce salopard l'avait cherché. » Comme une mauvaise chanson qui tournait en boucle à la radio, impossible de la fuir. Peut-être que Red l'avait bien mérité, lui aussi ? Son esprit passait en revue à toute allure des questions et des hypothèses.

Puis venait le doute. Il s'agissait peut-être d'un animal dans la forêt. Pire, il avait peut-être imaginé ce bruissement dans les lauriers des montagnes. Et s'il avait tout inventé ? Devenait-il paranoïaque avec l'âge ? Était-ce ainsi que la démence débutait ?

À côté de lui, dans la lumière blanche tamisée provenant du lampadaire à deux maisons de la sienne, les draps et le couvre-lit étaient complètement plats, et la tristesse familière l'envahit. Le plus cruel, dans le chagrin, c'était sans doute cette façon qu'il avait de revenir à la charge, encore et toujours. On ne perdait pas l'être cher une mais plusieurs fois. Cela remontait à deux ans, et il lui arrivait encore, au réveil, d'avoir oublié que Sue l'avait quitté pour toujours. Il tendait la main vers elle, vers le creux de ses reins ou son épaule, et quand sa main rencontrait le vide puis retombait sur le lit il se souvenait.

Red ne savait pas très bien ce qu'il imaginait des gens qui avaient franchi le seuil de l'au-delà – flottaient-ils parmi nous, présences immatérielles que nous pouvions sentir sans les voir ? Nous observaient-ils d'en haut, défiant les lois de la nature, sautillant dans les nuages ? Il n'avait aucune certitude, mais il lui arrivait de lui parler, là, dans son lit, alors que toutes les maisons alentour étaient plongées dans le noir, immobiles, et que personne ne pourrait entendre la voix du shérif solitaire traverser les minces fenêtres de son domicile de Crocus Street. Tard, très tard dans la nuit. Une Sue-Imaginaire, une Sue-Fantôme.

— J'ai merdé, dit-il à présent, dans un murmure. Il y a longtemps, quand Junior était petit. J'ai caché une information que je n'aurais pas dû garder pour moi.

Il regarda le plafond, taché dans un angle à cause d'une fuite provenant du toit, datant de l'automne précédent.

— Je sais que ça te déçoit, parce que je ne connais personne de plus honnête que toi. Tu ne te serais jamais retrouvée dans une situation aussi embarrassante. L'ennui c'est que je ne sais pas quoi faire aujourd'hui.

Il avait rencontré Sue au mariage d'un ami commun, un mariage auquel il ne voulait pas assister parce qu'il savait que, comme toujours, il en repartirait déprimé. Il avait décroché son BTS, mais il était toujours vendeur dans une boutique de pièces détachées pour automobiles des Rocks et vivait dans une maison délabrée juste à côté de celle de ses parents. Le soir, il ouvrait la fenêtre et regardait les phares des voitures glisser sur les ponts, le fleuve scintiller en dessous. Tout était si vivant et mouvant, lui si immobile. La plupart de ses amis étaient déjà mariés et avaient au moins un enfant, parfois trois, et il était devenu ce type, le célibataire que les maris envient parfois et qui fait tellement pitié aux épouses qu'elles cherchaient à le caser avec une amie, des femmes seules pour des raisons qui lui sautaient toujours aux yeux. Red avait pour ainsi dire renoncé à l'idée de rencontrer quelque de merveilleux avec qui fonder une famille. Jusqu'à ce mariage, où il avait été placé à côté de Sue lors du dîner sur la pelouse. Sue, qui avait onze ans de moins que lui et qui venait d'une ville dont il n'avait jamais entendu parler. Sue qui rejetait la tête en arrière tant elle riait fort, Sue aux cheveux auburn qui brillaient dans la lumière d'octobre. Elle l'avait invité à danser, il lui avait demandé son numéro et un an plus tard ils étaient mariés et installés à Fallen Mountains dans la maison de Crocus Street.

À présent, il imaginait, dans son lit, Sue-Fantôme se rapprocher de lui sous les draps pour le prendre dans ses bras. Tout le monde fait des erreurs, disait-elle. Tu trouveras une solution, tu en trouves toujours une. Et regarde-moi, John Redifer. Regarde-moi bien dans les yeux. (C'était ce qu'elle lui disait quand elle voulait absolument obtenir son attention : « Regarde-moi, John Redifer », alors que le reste du temps elle l'appelait Red, comme tout le monde.) Tu es quelqu'un de bien, disait Sue-Fantôme. Tu es quelqu'un de bien.

Pendant tant d'années il s'était convaincu qu'il s'agissait de la vérité. Était-ce vraiment le cas ? Peut-être que, tout ce temps, il s'était simplement nourri de la bonté de Sue. Cette bonté qui se dégageait d'elle, une énergie, et il avait pu en absorber une partie. Peut-être était-il très doué pour jouer la comédie. Il avait réussi à convaincre tout le monde autour de lui qu'il était quelqu'un de bien, y compris Sue… et il avait fini par y croire lui-même.

*

Ce terrible été, dix-sept ans plus tôt, avait été chaud, autant que celui de cette année – une chaleur qui donnait l'impression que l'air pesait lourd, que les vêtements n'étaient jamais complètement secs, alors pourtant qu'il n'y avait pas une goutte de pluie, que l'herbe avait grillé dès le mois de juin, transformée en touffes jaunes désespérantes. Il y avait plus de crotales cette année-là que de coutume, ils descendaient de leurs habitats en hauteur pour trouver de l'eau près des sources et des ruisseaux. Red conservait néanmoins surtout le souvenir des cigales périodiques, qui après avoir passé dix-sept ans sous terre, sortaient par milliers, et leurs cocons bruns, semés partout, qui crissaient sous les semelles. Sans oublier leur chant, d'une intensité paranormale et nauséeuse, si assourdissant qu'il fallait se rapprocher de son interlocuteur pour l'entendre parler.

Junior avait cinq ans et il était malade. Il souffrait d'otites depuis qu'il avait cinq mois, mais cette année-là le médecin avait décidé de l'opérer, et comme la première opération n'avait pas marché il fallait en prévoir une seconde. Elle était programmée pour septembre. Otite moyenne aiguë à répétition. Hypertrophie adénoïdienne. Les chirurgiens avaient étudié les examens et leur avaient montré, à Sue et à lui, une oreille en plastique avec des plis roses et des canaux bleus – trompe d'Eustache, oreille moyenne et oreille interne. Rien de tout ceci ne leur avait paru clair, ils savaient seulement que Junior ressortirait de cette épreuve avec des oreilles qui fonctionneraient correctement, qu'il retrouverait son équilibre et que la douleur lancinante qui étreignait son corps aurait disparu. En tout cas ils l'espéraient.

Le soir de l'incident à la carrière, Red et Junior étaient assis sur la galerie de la maison, et ils observaient des cigales que le petit garçon avait attrapées dans un bocal.

— Elles font peur, hein ?

Junior, qui avait une obsession pour les insectes, avait secoué la tête.

— Non, pas peur. Elles sont différentes. Regarde les ailes.

Il dévissa le couvercle, en fit tomber une dans sa paume et la laissa remonter le long de son bras.

C'était la cousine de Possum, Laney Moore, qui avait appelé sur le téléphone fixe, ce soir-là, pour expliquer que l'adolescent ne s'était pas rendu à son travail de vendeur, et qu'il n'était pas chez lui.

— Shérif, avait-elle insisté au bout du fil, quand il avait tenté de la convaincre qu'elle n'avait aucune inquiétude à se faire, il y a un problème. Il ne manquerait pas le boulot. Je le connais, ce n'est pas dans ses habitudes.

Après avoir raccroché, Red retourna s'asseoir à côté de Junior et pressa les minuscules mains du petit garçon entre les siennes pour prier, comme chaque soir. *Seigneur, apporte, s'il te plaît, un sommeil paisible et profond à Junior. Fasse, s'il te plaît, que ses oreilles ne soient pas une source de souffrance cette nuit. Amen.* Il dit à son fils d'être sage et d'aller se coucher lorsque sa mère le lui demanderait, puis il les embrassa tous les deux et sortit la carabine du coffre au fond de l'entrée.

Il démarra le tout-terrain et décida d'aller d'abord à la carrière de schiste le long de la route 28 – si c'était une histoire entre jeunes, cet endroit constituait toujours un bon point de départ. Ils y allaient pour s'amuser avec leurs quads, faire la fête, ce dont témoignaient les traces de pneus, les cannettes de bière légère, les mégots de cigarettes et les emballages de biscuits. Après coup, Red se ferait la réflexion que s'il ne s'était pas rendu en premier là-bas, il aurait pu arriver trop tard. Il aurait pu arriver après, quand les choses auraient vraiment dégénéré.

Il se gara sur le parking. La nuit se repliait sur la terre, il n'y avait plus qu'un mince soupçon de bleu dans le ciel, le soleil avait disparu, et il faisait encore plus noir dans la carrière, avec les immenses tas de schiste comme autant de petites montagnes. Il prit sa carabine et mit une balle dans la chambre, effleura le cran de sûreté avec son pouce. Les cigales se calmaient avec le déclin du jour, relayées par les grillons.

Red alluma sa lampe torche.

— Ohé ?

Les insectes, toujours trop bruyants.

— Il y a quelqu'un ? Ohé ?

Impossible de tenir la lampe et la carabine en même temps. Il mit la carabine sur son épaule. Au détour du virage, il aperçut une silhouette au sommet de l'un des monticules de schiste, la forme sombre se découpait à contre-jour sur le ciel. Red braqua la lampe dans sa direction, et même si l'individu détala aussitôt vers les bois, il eut le temps de voir son corps, son visage et d'acquérir la certitude, absolue, que cette grande silhouette dans la pénombre appartenait au fils Shultz, lanceur dans l'équipe de base-ball dont le nom apparaissait sans arrêt à la rubrique sport de la *Gazette de Fallen Mountains*. Transom.

— Hé ! cria Red dans le noir. Qu'est-ce que tu fabriques ici ?

Et puis un martèlement, boum boum boum, une voix étouffée, il entendait à peine avec les grillons qui emplissaient la nuit de leur concert. Red promena sa lampe sur les alentours, la dirigea une fois de plus vers les bois, qu'il balaya de gauche à droite. Une vieille voiture était garée à une quinzaine de mètres, entre deux tas de schiste. Y avait-il quelqu'un à l'intérieur ? Il prit la carabine à deux mains, la gauche sur le canon, la droite sur la crosse. Il tenait maintenant la lampe torche entre ses dents. Il se rapprocha, le martèlement s'intensifia et s'accéléra, de plus en plus désespéré. Le coffre. Il déposa le fusil par terre et se battit avec l'ouverture, ancienne et rouillée, qui refusait de fonctionner. Il dut utiliser ses deux mains, la lampe toujours dans la bouche, la mâchoire endolorie par l'effort. Le couvercle finit par céder dans un gémissement, et là, dans le coffre de la vieille bagnole, les pieds et les poings liés, la bouche bâillonnée, le tout avec des morceaux de tee-shirt, le sien en l'occurrence, se trouvait un adolescent maigrichon et torse nu, le dos couvert de contusions bleues et violettes, ébloui par la lumière. Une odeur d'urine et d'essence monta vers Red alors qu'il se penchait vers lui.

— Possum ? dit-il, reconnaissant le fils de Lissette Miller, ce gamin aux cheveux en bataille et aux grands yeux.

Red lui retira son bâillon. Possum fut agité de violents tremblements, son corps entier se convulsait.

— Possum, ça va, fiston ? Qu'est-ce qui s'est passé ?

Red se redressa et orienta une dernière fois le faisceau de sa lampe vers les arbres. Les ombres s'étiraient, immenses, sur le sol de la carrière, le raffut des insectes résonnait et la nuit se refermait sur lui. Il n'y avait aucun signe de présence dans les bois.

*

Dix-sept années s'étaient écoulées depuis, mais combien de fois Red avait-il revécu cette soirée, les cigales attrapées avec son fils, le coup de fil de Laney, puis la route jusqu'à la carrière, la fuite de Transom dans les bois et la découverte de Possum dans le coffre ? Un mauvais rêve qui revenait le secouer. En dépit de ses efforts, Red ne parvenait pas à s'en libérer. Le passé : jamais mort. Peut-être que si la suite de l'histoire avait été différente, peut-être que s'il en avait parlé à la mère de Possum et l'avait poussée à porter plainte, peut-être que s'il avait informé les autorités régionales, peut-être que s'il avait fait ce qu'il aurait dû faire, les événements de cette nuit ne continueraient pas à le hanter ainsi. Sauf qu'il ne pouvait pas revenir en arrière maintenant, réécrire l'histoire.

Red s'assit dans son lit et alluma, ébloui par la lumière soudaine. Derrière la lampe, sur la table de chevet, se trouvait la pochette à soufflets verte provenant du coffre de Transom, et il l'attrapa. Il sortit ses lunettes de lecture de leur étui, les mit. Il avait exploré le contenu de cette pochette avec méthode, soufflet après soufflet. Dans l'un d'eux, les talons de chèque d'une compagnie forestière. Apparemment, Transom faisait appel à la même équipe pour récupérer le bois de construction, peu importait la localisation de la propriété. Plus tôt dans la soirée, Red s'était installé derrière son bureau au poste de police avec un repas réchauffé au micro-ondes et une calculatrice, lunettes sur le nez, pour consulter tous les documents, additionner des chiffres. Transom avait gagné près de cent mille dollars, en une année, rien qu'avec l'abattage des arbres. Six terrains, disséminés dans l'ouest de la Pennsylvanie. Dans un autre soufflet, trois contrats de compagnies pétrolières, la cession perpétuelle de droits d'extraction, qui concernaient tous le gisement de Marcellus, et des parcelles situées à moins d'une heure de Fallen Mountains. Le dernier, signé en février de cette année-là, soit quatre mois plus tôt, concernait le 8818 Old Oak Lane, l'adresse de la ferme Hardy. Depuis combien de temps Transom était-il propriétaire lorsqu'il avait cédé les droits d'extraction ? Red avait traversé la rue pour se rendre au tribunal et consulter les archives. Cinq semaines. Pas très longtemps, donc. La compagnie d'exploitation forestière était même venue plus tôt. À nouveau, cette réflexion : Transom avait-il tout planifié depuis le début ? Acheter la terre, vendre le bois utilisable et signer avec une compagnie pétrolière… Était-il au courant de la position intransigeante de Jack sur le sujet ?

Il restait un soufflet à explorer, le dernier. Red en sortit une enveloppe. Une agence de voyages à Pittsburgh, Sea to Sea. Le soulagement l'envahit : il allait trouver une facture et un itinéraire. Transom avait remis les voiles et il tenait entre ses mains de quoi le prouver. Il pourrait enfin remettre sa lettre de démission le lendemain, à la première heure, et il préciserait aussitôt à Leigh qu'il avait eu l'intention de la lui donner plutôt, mais que l'affaire Transom Shultz avait bousculé ses projets et qu'il ne se sentait pas capable de partir tant que le dossier ne serait pas clos. Il appellerait Junior et prendrait date pour venir voir son nouvel appartement à Shadyside, ils iraient assister à un match des Pirates, l'équipe de base-ball de Pittsburgh. Il pêcherait le bar, il faisait trop chaud pour la truite.

L'enveloppe ne contenait pourtant pas de facture, mais des billets d'avion, au nombre de deux. Red parcourut les noms des voyageurs : Transom Shultz et Teresa Bradley. Départ de Pittsburgh à destination de la Jamaïque, avec escale à Atlanta. Red vida le reste du contenu de l'enveloppe sur le lit. Une réservation d'une semaine dans un hôtel luxueux sur la plage à Negril. Une brochure sur la plongée sous-marine, une autre sur une sortie en mer au coucher du soleil, avec cocktails à volonté. Et un programme personnalisé, tapé à l'ordinateur, qui ne mentionnait pas seulement leurs noms, les dates et les horaires, mais aussi une foule de détails : une cérémonie intime sur la plage, des orchidées roses, des torches, une table pour deux.

Red se souvint de la jolie Teresa assise en face de lui dans la salle de réunion du poste de police, main tendue pour lui montrer son brillant clinquant sous l'éclairage au néon. Son cœur se serra. Il regarda la place vacante à côté de lui dans le lit. Un mariage. Transom avait organisé son mariage.

AVANT

À la mi-janvier, Laney s'était faite à l'idée qu'elle devait se préparer à la visite de Transom chez elle et trouver un moyen ou un autre de lui expliquer que la situation avait changé. Sa relation avec Chase n'était pas officielle, mais elle espérait qu'avec le temps ça viendrait. Entre Transom et elle, il y avait une alchimie confortable, ils partageaient un bref moment de chaleur, à l'improviste, qui ne se prolongeait jamais au-delà. Avec Chase, elle envisageait un avenir sur le long terme, une vie commune, une famille. Et c'était à cela qu'elle devait se raccrocher, oui, ce qu'elle devait se rappeler. Parce que le jour où Transom se pointerait à la porte de sa cuisine, et qu'elle découvrirait par la vitre son beau visage impatient, elle devait être prête à le renvoyer.

Elle mit au point un plan. Elle ne pouvait pas le laisser entrer chez elle, elle le savait, et donc, peu importait le froid qu'il ferait, la force du vent descendu des montagnes, elle lui ouvrirait et elle sortirait lui parler dehors. « Les choses ont changé, lui diraitelle. Ça ne peut plus durer. C'est terminé. » Elle imaginait la scène, répétait leur dialogue. Dès que ses pensées déviaient vers Transom, vers sa peau et son odeur, vers cette terrible attraction qu'il exerçait sur elle, elle les contraignait à retourner vers Chase.

L'ennui, ce fut que Transom ne se présenta pas chez elle. Non, en réalité, Laney se trouvait au rayon boucherie du supermarché pour acheter du faux-filet. Il faisait un froid polaire, et c'était une de ces journées où l'absence de Jack et de Maggie se rappelait constamment à son souvenir, comme un mal de dos. Chase ne lui avait pas reproposé de rester passer la nuit, et la dernière fois qu'elle l'avait vu il s'était montré distant – il se tenait loin d'elle, évitait de croiser son regard. Laney s'était donc dit qu'un bon steak, une bonne tranche de protéines additionnées de lipides pourrait lui remonter le moral. Elle était en train de lire les étiquettes des barquettes, à la recherche d'un morceau de taille suffisante pour en céder un peu à Kip sans se priver, lorsqu'elle sentit quelqu'un approcher dans son dos, si près que son corps effleura le sien.

— J'espérais bien que nos chemins finiraient par se croiser.

Cette voix, la proximité de celui à qui elle appartenait, après tant d'années de silence et de distance, la prirent au dépourvu, et un frisson la parcourut des pieds à la tête, car… elle ne s'était pas préparée à ça. Elle n'avait pas répété pour ça. Elle se retourna et découvrit les yeux bleu-vert pénétrants, le visage si familier et si charmant, par sa symétrie et sa grâce.

— Qu'est-ce que tu fais ici ?

— La même chose que toi, répondit-il avec un sourire. Je cherche un morceau de viande.

Il éclata de rire et lui donna un coup de coude. Les

centaines de rides qui plissaient ses traits, ses dents incroyables. Malgré le passage des années, Transom n'avait pas beaucoup changé. Il était juste un peu plus vieux, un peu plus buriné. Toujours beau, et plus costaud, en un sens. Plus fort.

— Tu as l'air en forme, lui dit-il en inclinant la tête sur le côté.

Il tendit la main pour écarter une mèche de cheveux sur son front. Elle se sentit aussitôt mal à l'aise avec son jean déchiré et sa parka sale. Elle s'en voulait d'être venue directement après sa balade avec Kip, d'avoir le visage rougi par le vent et le froid, de porter encore son bonnet orange fluo qui lui descendait bien sur les oreilles et faisait une pointe au-dessus de son crâne, ce qui devait lui donner l'air d'un lutin du père Noël un peu bizarre. Elle envisagea de le retirer et de le mettre dans son panier de courses, mais elle craignait de dévoiler une catastrophe encore pire : ses cheveux ébouriffés et frisottés, qu'elle n'avait pas lavés depuis deux jours.

Pourquoi était-elle aussi gênée par ces détails ? Pourquoi son cœur s'emballait-il et tambourinait-il dans sa poitrine ? Pourquoi, après toutes ces années, était-elle toujours aussi captivée par Transom, et aussi honteuse de l'être ?

— Tu cherches quelqu'un avec qui partager ton dîner ? lui demanda-t-il, une lueur dans l'œil.

— Je ne peux pas, répondit-elle en le bousculant pour prendre un morceau d'aloyau, dans la barquette la plus proche et qui lui évitait d'avoir à le toucher.

Elle devait partir d'ici, loin de lui.

Il effleura le dos de sa main avec le sien.

— Allez, c'est juste un dîner.

Elle frissonna. Son panier de courses rouge était passé sur son bras et plaqué contre sa hanche. Elle se retourna vers lui, voulut interpréter son expression, se demandant si Chase lui avait dit quelque chose. Enfin… il n'y avait peut-être rien à dire. Il s'était peut-être senti seul, et elle avait été là. Une amie, un corps. Après tout, il n'avait pris aucun engagement envers elle, il ne lui avait rien promis. Elle avait la tête qui tournait, soudain.

— C'est bon de te voir, ajouta Transom.

Tout ce qui s'était passé avec Chase, les conclusions qu'elle en avait tirées pendant les fêtes, se persuadant qu'ils étaient faits l'un pour l'autre… tout se brouillait et se déformait.

— Un dîner, dit-elle. Juste un dîner.

Et il n'y eut rien d'autre ce soir-là. Un dîner, de la viande rouge accompagnée de bière et de frites surgelées au four. Transom se remémora des anecdotes du lycée : les présentations d'avant-match, les tours de quad autour de la ferme et les fêtes débridées au lac. Billy Ferguson, si bourré qu'il avait oublié d'enclencher une vitesse sur son pick-up, qui avait lentement roulé dans l'eau. Et tous les autres, bien trop saouls pour faire quoi que ce soit en voyant des bulles remonter à la surface. À ce souvenir, Laney rit si fort qu'elle en pleura. Leur expédition le soir d'Halloween, à Chase, Transom et elle, déguisés en zombies, pour bombarder la porte du proviseur avec des épis de maïs provenant de la ferme. C'était en première.

— Tu te rappelles ? lui demanda-t-il en la dévisageant. C'était la première fois, toi et moi. J'avais d'abord déposé Chase.

La mère de Laney n'était pas là, et il s'était garé

derrière. Lorsqu'elle s'était penchée pour attraper son sac sur la banquette arrière, il l'avait embrassée dans le cou.

— Je me rappelle.

Elle sentit le pouvoir que Transom continuait à exercer, les yeux rivés sur elle, et elle se leva pour commencer à débarrasser la table.

— Écoute, je ne veux pas être grossière, mais j'ai des choses à faire.

— D'accord, je vais y aller.

Elle versa du liquide vaisselle dans l'évier, le remplit d'eau chaude et plongea ses mains dans la mousse.

— Merci d'être venu. C'était sympa de se voir.

Transom vint poser son assiette dans l'évier.

— Laney…

Elle ne pouvait pas le regarder, pas quand il se tenait aussi près, pas quand il prononçait son prénom sur ce ton. Elle secoua la tête et garda les yeux fixés sur la poêle qu'elle récurait, les avant-bras profondément immergés dans l'eau.

— C'est impossible.

Il recula.

— D'accord, dit-il en mettant sa veste. Merci pour le dîner. Je connais la sortie.

Par la fenêtre, elle le vit s'immobiliser près de son SUV, la regarder et la saluer. Une fois qu'il fut parti, une fois que les feux arrière de sa voiture eurent disparu au bout de Locust Street, où il avait tourné à gauche pour prendre la route 28, elle n'éprouva pas la moindre culpabilité d'avoir passé du temps avec lui. Au contraire même, elle s'affala sur le canapé et fut balayée par une vague de soulagement, teintée d'un soupçon de tristesse, de l'impression d'être passée à côté de quelque chose. Si elle avait fait ce qu'il fallait en le renvoyant, elle se demanda pourquoi elle ressentait un tel vide.

*

Laney n'avait toujours pas eu de nouvelles de Chase lorsque, deux jours plus tard, Transom fut de retour. Il frappa discrètement à la porte de derrière. Elle était en train de vérifier ses comptes avec son chéquier et une calculette à la table de la cuisine. Son intention de sortir pour aller le rejoindre dehors disparut sur-le-champ. Elle lui ouvrit, il entra, l'attira contre lui, et bientôt ils s'enlaçaient, hors d'haleine et assoiffés l'un de l'autre, traversaient le salon en titubant. Et sur l'instant, déjà, elle avait su qu'elle ne pourrait jamais se libérer de cette attraction qu'elle éprouvait depuis des années : comme les lucioles qui grillaient en tressautant dans le destructeur d'insectes à l'arrière de chez elle, chaque été, elle était incapable de résister à la lumière bleue.

Juste après, cependant, elle sentit sa décision lui peser, la tourmenter, laide et accablante. Elle se leva du lit, fonça à la salle de bains et vomit, les doigts recroquevillés sur le bord de la cuvette en porcelaine blanche, le corps pris aux tripes. Agenouillée sur le vieux carrelage, elle ferma les yeux et se ressaisit. La pièce tournait, blanche et jaune, le sol était si froid dans cette vieille maison aux fenêtres mal isolées et aux couloirs balayés de courants d'air. Elle repensait à toutes ces fois où ils avaient arpenté les terres Hardy, tous les trois, aux fois, aussi, où ils avaient insisté pour qu'elle ne les accompagne pas, parce qu'ils voulaient rester entre garçons, entre frères. Petite, elle leur en avait voulu de l'abandonner, même si elle avait aussi admiré leur proximité, qu'elle enviait. Transom et Chase, les inséparables, deux amis qui se frayaient un chemin parmi les obstacles de l'adolescence sans broncher. Aujourd'hui, elle avait réussi, sans le décider, à se mettre entre eux.

— Ça va ? lui demanda Transom à travers la porte.

Elle se releva, recueillit de l'eau dans ses mains en coupe et s'aspergea le visage avant de sangloter dans un essuie-mains. Elle se brossa les dents puis retourna dans la chambre.

— Il faut que je te dise quelque chose, lui annonça-t-elle d'une voix rauque.

Il roula sur le côté et se redressa sur un coude.

— Qu'est-ce qu'il y a ?

— On ne peut plus continuer, dit-elle en secouant la tête. On ne peut plus, c'est tout.

— J'ai déjà entendu ça.

Il se frotta les yeux et haussa les épaules en souriant, avant de se laisser retomber sur les oreillers.

— Et on est là, pourtant, ajouta-t-il.

— Non, c'est différent cette fois. Les choses ont changé.

— Qu'est-ce qui a changé ?

— Chase.

— Comment ça, Chase ?

— Je suis avec lui.

— Quoi ? demanda Transom en s'asseyant.

— Enfin, je veux dire qu'on pourrait se mettre ensemble. J'en ai envie.

Elle prit une profonde inspiration.

— C'est compliqué.

— Je suis censé comprendre ce que tu veux dire par « C'est compliqué » ? rétorqua-t-il, la mine renfrognée. Parce que ce n'est pas le cas.

Elle s'assit au bord du lit.

— Il n'y a rien d'officiel. On ne s'est rien dit.

— Mais vous couchez ensemble.

Elle se mordit la lèvre.

— C'est arrivé une fois.

— Récemment ?

Elle confirma d'un mouvement de tête.

— Pourquoi tu ne m'as rien dit ?

Il se leva et enfila son jean.

— Pourquoi tu ne m'as pas prévenu ? Je n'aurais jamais…

Il se tut le temps d'enfiler sa chemise. Ses épaules s'affaissèrent sous le poids de la nouvelle qu'elle venait de lui apprendre. Il soupira.

— Il est au courant pour les autres fois, entre toi et moi ?

Elle fit non de la tête.

— Je ne lui en ai jamais parlé. Et toi ?

— Non.

Il eut du mal à boutonner sa chemise.

— C'est mon meilleur ami, Laney. Je n'ai pas la prétention d'être le type le plus intègre qui soit, tu le sais bien. Enfin j'ai des limites, quand même.

Elle enfouit son visage dans un oreiller pour pleurer.

— Je sais. C'est juste… tu sais comment il peut être. Si opaque parfois, si distant. Et puis on a dîné ensemble. Tu es venu ici.

— Je suis venu parce que je ne savais pas.

— J'aurais dû te le dire. C'était une erreur. Je suis désolée.

— On devrait peut-être lui en parler, tout lui raconter. Je lui expliquerai que je ne savais pas.

— Non, Transom, tu n'as pas le droit de faire ça, dit-elle en lui prenant la main. Tu ne peux pas me lâcher. Je t'en supplie…

Il parut réfléchir.

— Écoute, essaie de me comprendre, insista-t-elle. Tu vas et tu viens, ça a toujours été le cas.

Avait-il accusé le coup à ces mots ou avait-elle imaginé l'émotion fugace sur ses traits ?

— Ma vie à moi est ici. On reste là, Chase et moi. On n'ira jamais nulle part, ni l'un ni l'autre. Et j'ai envie que ça marche avec lui. Vraiment.

Elle songeait à toutes ces années où Chase avait vécu avec sérénité dans l'ombre de Transom, plus beau, plus fort, plus populaire. Chase, discret et modeste, qui ne s'était pas plaint de cette position. Et pourtant quelque chose lui disait que si elle voulait avoir une chance que leur histoire, à Chase et à elle, existe, il ne devait pas savoir pour Transom et elle. Ni pour les nombreuses fois avant, ni surtout pour la nuit dernière. Dans un instant de lucidité subite, elle sut ce qu'elle désirait du fond du cœur : Chase, la ferme, une vie commune.

— Il ne doit jamais savoir.

— C'était chouette, ce truc qu'on avait, tous les deux.

Était-ce de la tristesse qu'elle percevait dans sa voix ? L'avait-elle blessé ? Elle n'arrivait pas à savoir.

— Je suis désolée, dit-elle alors qu'il s'engageait dans l'escalier.

— Promets-moi de ne rien dire à Chase, s'il te plaît.

Il se retourna pour la regarder par-dessus son épaule.

— Je connais la sortie, Laney.

Et cette fois il passa par la porte d'entrée.

APRÈS

Red dépassa lentement la paisible ferme Hardy, les holstein qui paissaient. Dans le rétroviseur, il voyait la poussière propulsée en l'air dans le paysage aride ponctué par le rugissement des cigales, ça faisait comme un brouillard tenace. Un souvenir lui revient brusquement en mémoire : Junior et lui, à quatre pattes dans le jardin pour attraper ces affreuses créatures noires aux énormes ailes repliées et aux yeux rouges diaboliques, puis les mettre dans un vieux pot de mayonnaise. Quand ils allaient chez les parents de Sue, ils jetaient ces petites bestioles aux poules, et regardaient celles-ci se précipiter pour les picorer. Junior adorait ça.

Red engagea le tout-terrain sur la route de gravier conduisant au plateau sur lequel la compagnie pétrolière était en pleins travaux de construction : une immense zone de terrain dégagé, creusé dans le flanc de la colline et aplati. Des citernes métalliques partout, un réseau de tuyaux. Sur sa gauche, un chariot élévateur et, il dut les compter, neuf pick-up. Sur sa droite, un préfabriqué marron clair, sans fenêtres, et un autre derrière. Red coupa le moteur et observa les environs. Il n'eut même pas le temps de descendre, déjà un homme avec un casque de chantier, un gilet jaune fluo et des lunettes de soleil approchait. Bedonnant, et pourvu d'une grosse moustache menaçante, il s'approcha du tout-terrain et cogna à la vitre. Red l'entrouvrit.

— Vous êtes qui ?

— John Redifer.

— Et qu'est-ce que vous voulez ?

— L'homme à qui appartient cette propriété, Transom Shultz, est porté disparu. Est-ce que je pourrais parler à quelqu'un ? Un responsable ?

— Ne bougez pas.

L'homme sortit un talkie-walkie de sa poche arrière, et dans le mouvement son tee-shirt se souleva, dévoilant le pistolet qu'il portait à la taille. Il fit signe à Red de descendre de son véhicule.

— Le patron est dans le bureau. Venez.

Profitant du fait que son interlocuteur se détournait pour cracher, Red glissa discrètement son Ruger dans la poche de son pantalon en toile. Il avait un mauvais pressentiment au sujet de cet endroit… Et il se souvenait de la remarque de Teresa, sur les tentatives de Transom pour rompre le contrat. Bref, il préférait être armé, par simple mesure de sécurité. Il suivit l'homme jusqu'au préfabriqué à une centaine de mètres de là.

À l'intérieur se trouvaient trois autres employés de la compagnie, deux habillés comme celui dont Red avait déjà fait la connaissance, et le troisième vêtu d'un polo bleu ciel, assis derrière un bureau.

— Bonjour, dit Red, avec un mouvement de tête.

— En quoi pouvons-nous vous aider ? lui demanda l'homme au polo en se calant dans son fauteuil pivotant.

Tout en parlant, il serrait sans relâche le poing sur un petit appareil de musculation violet.

— Je l'ai expliqué à votre collègue, dit Red, le propriétaire de ces terres a disparu et je suis venu voir si vous aviez eu de ses nouvelles.

— Vous êtes flic ?

— Je suis le shérif de Fallen Mountains.

— Vous avez un mandat ?

Red reconsidéra aussitôt sa stratégie, regrettant de ne pas être passé voir le juge Hess avant. Il aurait dû prévenir Junior qu'il venait ici, ou au moins Leigh. Depuis que Sue l'avait quitté, il n'y avait personne chez lui pour s'inquiéter de son absence, personne pour dire « il devrait être rentré à cette heure ». Chase avait peut-être vu le tout-terrain gravir la colline ?

— Je ne suis pas là pour fouiner, dit-il. Je veux juste savoir si quelqu'un l'a vu récemment.

— Il se pointait sans arrêt, répondit l'homme à la grosse moustache. Ça doit faire une semaine qu'on l'a pas vu, à peu près.

— Je voudrais que tu ailles vérifier si Sailor a fini de charger les palettes, Bill, lui dit l'homme au polo bleu. Vas-y maintenant.

Il avait un accent nasillard, il n'était pas du coin. Ces *gazpilleurs* venaient vraiment de partout. L'Oklahoma, le Texas. Ils prenaient leurs pick-up, installaient leurs tours de forage, semaient la pagaille puis repartaient. Voilà ce qu'ils faisaient. On ne pouvait même plus traverser la forêt nationale – la forêt nationale ! – sans les croiser. La dernière fois que Red était passé là-bas, pour aller pêcher, il avait vu deux hommes postés sur le bord de la route, en gilets orange et équipés de radios, qui faisaient la circulation. Il fallait s'arrêter à un poste de contrôle, décliner son identité et présenter son permis de conduire. Ils inscrivaient les informations dans un registre avant d'autoriser le passage.

Le moustachu, Bill, sortit du préfabriqué.

— Alors vous l'avez vu ? reprit Red.

— M. Shultz nous a cédé les droits d'exploitation minière, répondit l'homme au polo bleu en se penchant vers l'avant, les articulations blanchies par la pression qu'il continuait d'exercer sur son appareil de musculation. Et ça lui arrivait de venir ici, pour fouiner. J'ai une vidéo où on le voit rôder dans le noir. À trois ou quatre heures du matin. J'ai dû renforcer la sécurité, j'ai une équipe de nuit maintenant.

Il étira ses doigts épais.

— Une fois, il s'est pointé, il a déboulé ici sans se présenter, et il s'est mis à beugler au sujet du contrat. Mon patron se trouvait là ce jour-là, il était venu du Texas. Et ça a chauffé pour moi, parce que ça donnait l'impression que je ne savais pas maintenir l'ordre.

— Pourquoi Transom était-il aussi furieux ?

L'homme haussa les épaules.

— Il n'aimait pas la façon dont ça se passait ici, j'imagine.

Il secoua la tête avec dégoût.

— Vous n'avez vraiment pas l'air de piger le truc, vous autres. Vous signez un contrat et en échange vous touchez de l'argent, point. Il ne vous autorise pas à débarquer pour nous dire comment on doit faire notre travail.

Il se tourna vers son collègue et rit.

— Je crois que je vais dire à la boîte que j'ai une idée. Je pourrais me faire embaucher pour expliquer aux gens ce qu'est un contrat.

Il redoubla de rire, avant de se tourner vers Red.

— Vous avez des écoles dans votre cambrousse ?

Intérieurement, le shérif bouillonnait. Ce type se montrait impoli, il se moquait de la ville et de ses habitants, pourtant il se força à rester calme.

— Je veux juste savoir à quand remonte la dernière fois que vous avez vu Transom Shultz et ce qui s'est passé ce jour-là.

— Pas la peine de nous faire une crise de nerfs, mon vieux. J'ai pigé le problème, et je peux vous garantir qu'il n'est pas ici. Je ne l'ai pas vu depuis plus d'une semaine. On a des employés ici, du matériel, des machines.

Il planta ses yeux gris perçants sur Red.

— Vous êtes un homme de loi, vous êtes bien placé pour savoir qu'on a besoin de règles et de réglementations. D'ordre. On ne peut pas laisser monter ici des gens qui ne travaillent pas pour notre compagnie. C'est trop dangereux.

— Compris.

— Et c'est pour ça que je dois vous demander de quitter les lieux sur-le-champ.

Red grimaça en voyant le sourire suffisant sur le visage hideux de l'homme. Il ne pouvait rien faire dans l'immédiat, enfermé dans ce préfabriqué sombre et étouffant, seul contre deux hommes, et un de plus au moins dehors – avec tous ces pick-up, ils étaient nombreux dans le coin. Son poignet droit rongé par l'arthrose, ses genoux qui protestaient. Il soutint son regard.

— D'accord, finit-il par lâcher entre ses dents serrées.

— Laissez-moi votre nom et votre numéro. Vous avez une carte ?

Red hésita à lui en donner une, sa paranoïa bourdonnait dans son crâne, mais il sortit son portefeuille et lui remit une des cartes de visite, blanc et vert, que Leigh lui avait fait imprimer. C'était la première qu'il utilisait.

L'homme la rangea dans un tiroir sans même la regarder.

— S'il y a du nouveau, dit-il en reprenant son appareil de musculation, on vous passera un coup de fil.

Red marmonna un merci. Alors qu'il retrouvait le soleil aveuglant de cet après-midi de juin, que la chaleur lui fouettait le visage et que ses yeux peinaient à s'accoutumer à la lumière intense, l'homme au polo lui lança, avec son accent chantant et traînant :

— Soyez prudent, hein ?

AVANT

On était déjà en février, et Chase se couchait épuisé, tous les soirs, accablé par une fatigue hivernale qu'il sentait dans tous ses membres. Cette période de l'année aurait dû être plus calme pour lui, à la ferme, mais jour après jour il se retrouvait mêlé à un autre projet de Transom. Le boulot qui en découlait se rajoutait à ses corvées quotidiennes – nourrir et traire les vaches, deux fois par jour, nettoyer l'étable. Et Transom ne lui filait jamais un coup de main. Il répondait qu'il était trop occupé quand Chase le lui demandait.

Transom débordait d'une énergie brute – ça avait toujours été le cas –, qui pouvait être contagieuse. Il avait commencé par détruire une des salles de bains de la maison, effectivement affreuse – Chase avait bien dû le reconnaître une fois que son ami le lui avait fait remarquer. Les toilettes gémissaient et postillonnaient chaque fois qu'on tirait la chasse d'eau. Le carrelage était d'un immonde pêche-tirant-sur-le-rose, et le lavabo avait la forme d'un coquillage. Chase n'y connaissait rien en travaux d'intérieur, Transom, si. Ils se rendirent dans un magasin de bricolage à une cinquantaine de kilomètres, dont ils revinrent pourvus de tout le nécessaire dans le coffre de Chase : peinture, meuble-lavabo neuf, robinetterie en bronze foncé, lino pour le sol, cuvette de W-C, ventilateur et suspension. En six jours, à deux, ils avaient transformé la pièce. Transom lui montra comment raccorder le lavabo à la tuyauterie existante, brancher la suspension et le ventilateur. Ça lui plut, d'apprendre de nouvelles choses utiles avec son vieil ami.

Après la salle de bains, Transom avait insisté pour passer au « bureau » de Jack, une pièce qui servait davantage de débarras qu'autre chose. Ils y avaient déterré tout et n'importe quoi. Des souches de billets pour un match des Pirates datant de 1977. La facture du tracteur que Jack avait revendu dix ans plus tôt. Des calendriers, des albums de photos, des modes d'emploi, des cartes d'anniversaire, rangées avec soin dans une vieille boîte à chaussures, provenant pour certaines de Chase et de Transom. Et des pièges, en pagaille, récents ou qui n'avaient pas servi depuis des décennies. Transom s'assit par terre au milieu du bazar, subjugué. Il les tenait à bout de bras pour tenter de comprendre leur fonctionnement, faisait courir ses doigts le long des systèmes métalliques, enfonçait les créneaux acérés des mâchoires dans ses paumes.

— Fais attention, le mit en garde Chase.

La simple vue de ces engins hideux lui donnait la chair de poule. À une époque très lointaine, il avait posé des pièges avec Jack, mais il avait arrêté quand il avait renoncé à la chasse.

Dans la pénombre du bureau de Jack, Transom entreprit de trier les pièges en différentes piles. Chase l'interrogea sur sa méthode d'organisation, et il haussa les épaules.

— Rouillé ou non.
— Qu'est-ce que tu comptes faire avec ?
— On peut se débarrasser de certains, non ?
Il lui montra un tas derrière lui, qui contenait déjà des plateaux de semis, un aquarium, la lame du vieux motoculteur.
— Je pensais emporter tout ça à la décharge et voir si on nous rachèterait le métal.
Transom passait les doigts sur l'un des pièges en parlant.
— Les autres, je compte m'en servir. Essayer une nouvelle technique de chasse.
Il leva les yeux vers Chase et soutint son regard.
— Enfin du moment que ça ne te pose pas de problème.
Chase se tourna vers la fenêtre. Une neige légère venait de commencer à tomber, la chute lente, comme consciente, des flocons était hypnotique. Il savait pourquoi Transom prenait la température, pourquoi il essayait de décrypter ce qu'il ressentait. Ils se souvenaient tous deux très bien du jour, dix-huit ans plus tôt, qui avait conduit Chase à renoncer à la chasse, sous toutes ses formes. Il n'avait aucune envie de s'aventurer sur ce terrain, il ne voulait plus y penser.
— Ça demande beaucoup d'organisation, tu sais. Il faut toujours se souvenir du nombre de pièges posés et de leur emplacement précis.
— Ouais, je suis au courant, lâcha-t-il en ajoutant un autre piège rouillé sur la pile.
Chase savait très bien que, dans ce domaine comme dans beaucoup d'autres, Transom allait débattre, insister et revenir sur le sujet jusqu'à obtenir satisfaction. Et la plupart du temps ça ne valait pas la peine de s'opposer à lui. Mieux valait ne pas résister.

Chase était, pour l'essentiel, reconnaissant à son ami d'être là, d'avoir cette capacité à enrôler les gens, à les embarquer dans ses projets. Sans lui, Chase était convaincu que la tristesse l'aurait entraîné au fond d'un gouffre noir et tortueux. Au lieu de quoi, Chase était constamment occupé à se rendre utile, à se changer les idées, entre les nouveaux chantiers et les sorties. Ça se passait bien entre eux, avec simplicité. La présence de Transom avait aussi le grand avantage de lui éviter de penser à ce qui se passait entre Laney et lui. Il y avait encore tellement de problèmes en suspens, d'émotions qui semaient la confusion dans son esprit qu'il n'était pas prêt à s'engager. Il en était tout bonnement incapable.

Jack continuait à lui manquer, en permanence. Chase restait coincé dans ce chapitre de l'histoire où il parvcnait à penser à autre chose un bref instant avant d'être immédiatement replongé dans le chagrin, comme un baptême sinistre qui se reproduirait sans fin. Il suffisait d'un rien pour qu'un souvenir remonte à la surface. Une sittelle, l'oiseau préféré de son grand-père, qui venait se poser sur une branche juste derrière la fenêtre de la cuisine et inclinait la tête, curieuse, au lieu de s'envoler lorsque Chase bougeait. L'odeur âcre et sucrée du tabac à chiquer, dont il surprenait des effluves quand il faisait la queue derrière un type plus âgé au supermarché.

Il se rendait compte que Maggie lui manquait plus que jamais, elle aussi. À sa mort, Chase n'avait pas pu se permettre de la pleurer. La ferme était en désordre, et Jack aussi. Chase avait tenu bon, s'acquittant seul des tâches quotidiennes et laborieuses pendant que son grand-père prenait le temps nécessaire pour retrouver l'énergie de se remettre au travail. Maintenant que Jack était mort lui aussi, c'était presque comme si Chase devait faire un double deuil. Il se demandait d'ailleurs si le poids qui semblait s'être installé pour toujours sur sa poitrine disparaîtrait un jour. Pourrait-il à nouveau faire une nuit complète, avoir un sommeil profond et réparateur ? Il avait l'impression qu'il n'avait pas bien dormi depuis des années, alors que ça ne faisait que six semaines.

Chase continua à observer la neige par la fenêtre du bureau de Jack. Elle tenait à certains endroits du terrain.

Transom souleva un énorme objet métallique.

— C'est pour attraper quoi, ça ?

Il fronça les sourcils et plissa les yeux. Replié en deux et vu de profil, le piège évoquait l'immense sourire d'un singe montrant toutes ses dents. Chase savait qu'une fois déplié le dispositif ressemblait à une couronne.

— Un ours ? hasarda Transom.

Chase hocha la tête.

— Ah ouais.

Transom suivit du bout de son index le fil intraitable des créneaux.

— Jack l'a acheté dans une vente aux enchères, dit Chase. Il était au fond d'une boîte remplie de charnières. Il ne s'en est jamais servi. Regarde toute cette rouille. Il ne doit même plus fonctionner.

— Je pourrais le remettre en état.

— Transom, ces pièges sont interdits. Donne-le-moi, dit-il en tendant la main.

Son ami lui décocha un sourire, celui que Chase avait déjà vu si souvent et qui lui disait qu'il était un rabat-joie.

— Personne ne saurait rien. Qui est-ce que ça dérangerait ?

— Écoute-moi et oublie ce piège. Et puis pourquoi est-ce que tu voudrais tuer un ours noir ? Tu en as déjà vu un ?

Chase savait que Transom n'avait pas la persévérance nécessaire dans ce domaine pour mettre réellement à exécution ce projet, et pourtant à la seule vue de ces pièges, à la seule pensée de la souffrance des animaux, il sentit son estomac se soulever.

— Pour faire un tapis, voilà pourquoi. Qu'on mettrait devant la cheminée. Rien n'assied plus la virilité d'un bonhomme qu'une peau d'ours, je peux te le garantir.

Il sourit et poursuivit :

— Imagine un peu. Une peau d'ours, une femme. La belle vie.

Chase s'apprêtait à rétorquer quelque chose dans le genre de « pas chez moi », mais il se retint à temps. Le mois précédent, ils s'étaient rendus ensemble chez l'avocat pour signer, chacun, une épaisse liasse de documents. La ferme appartenait, techniquement, à Transom désormais. Et cette prise de conscience était douloureuse. Chase devait revoir sa stratégie. Il tendit à nouveau la main.

— Allez, donne.

— T'es vraiment devenu une chochotte, tu sais ?

Transom rassembla tous les pièges en un immense tas et jeta celui pour les ours dessus. Il poursuivit son tri des affaires de Jack, feuilletant de vieux reçus, déplaçant du matériel. Chase l'observa un instant, tout à fait conscient d'être ignoré. Irrité, il marmonna qu'il avait besoin d'aller acheter des bricoles en ville, prit son portefeuille, sa veste, et il sortit.

*

Plus tard, à son retour de sa virée en ville, Chase rangea les courses dans le réfrigérateur, puis alla voir Transom. Il était toujours dans le bureau de Jack, et la pièce avait été dégagée : les pièges, ainsi que l'aquarium, les plateaux de semis et la lame du motoculteur avaient disparu.

Transom explorait la malle d'anciens vêtements de chasse de Jack, dans le bureau. Il sortit une épaisse veste en Gore-Tex à motif camouflage et la mit de côté. Deux paires de caleçons longs se trouvaient sur le bras du fauteuil de Jack. La casquette préférée du défunt, avec oreillettes, celle qu'il devait remplacer tous les trois ans parce qu'elle s'usait et se salissait – et que Maggie ne tolérait pas un tel laisser-aller – était posée sur la tête de Transom.

— Au fait, Chase, je voulais te dire, je nous ai prévu un petit bivouac dans le coin de la Clarion.

Ils pourraient randonner, puis camper au bord de la rivière, précisa-t-il, boire des bières autour d'un feu de camp. Ça leur ferait du bien de s'aérer un peu la tête, de partir dans la nature. Comme au bon vieux temps.

— On est en hiver, observa Chase.

Transom ne se laissa pas décourager.

— C'est censé se réchauffer la semaine prochaine, monter au-dessus des cinq degrés. Alors, qu'est-ce que tu en dis ? Tu es partant ?

— Ouais, ouais, dit-il à contrecœur.

Il savait que s'il n'acceptait pas d'accompagner

Transom, celui-ci insisterait jusqu'à obtenir gain de cause de toute façon, autant éviter des débats inutiles.

— J'ai acheté des steaks hachés, ajouta-t-il. Je me suis arrêté chez Laney pour l'inviter demain soir.

Transom le dévisagea longuement, puis retira la casquette de Jack, qui rejoignit l'une de ses piles. Il baissa les yeux vers le sol.

— Ça va ? lui demanda Chase.

Transom tendit la main pour attraper la bière qu'il avait entamée et laissée dans un coin. Il inclina la tête en arrière.

— J'avais juste besoin de boire un coup, répondit-il. Elle était comment ? Elle a toujours ses jambes à tomber ?

Il s'humecta les lèvres et sourit.

Chase ramassa un vieux panneau « Propriété privée » par terre.

— Arrête, dit-il.

Il fut surpris par son propre instinct protecteur. Que venait-il de ressentir à l'instant, ce picotement sur la peau ? De la jalousie ? Un besoin de préserver Laney ? Et dans ce cas contre quoi ? Transom ?

Il la connaissait depuis la maternelle, depuis qu'elle s'était assise à côté de lui dans le bus, le jour de la rentrée. Pendant toute leur scolarité puis après, durant la vingtaine, ils étaient restés amis à cause de Jack et de Maggie. Ces dernières années, Laney lui avait offert l'amitié qu'il aurait reçue de Transom s'il était resté dans les parages. Ce qui était arrivé juste après la mort de Jack – la façon dont Laney et lui s'étaient rapprochés, la nuit qu'ils avaient passée ensemble, le contentement qu'il avait ressenti dans ses bras, la simplicité avec laquelle ça s'était déroulé – menaçait de tout compliquer, et il n'était pas en état de gérer les complications. Il lui laissait de temps en temps un message téléphonique quand il la savait au travail, dans l'incapacité de décrocher, mais il gardait surtout ses distances dans l'espoir qu'avec un peu de temps, et d'espace, il n'y aurait plus aucune gêne entre eux. Lorsqu'il était passé chez elle avant de rentrer, il s'était rendu compte qu'il avait fait erreur : l'éviter n'avait servi qu'à empirer les choses, en réalité. Il était à peu près certain d'avoir réussi à la blesser.

Il lança le panneau en direction de Transom, qui l'intercepta.

— Quoi ?

— Je suis sérieux, dit Chase. Arrête ça.

Transom se leva brusquement. Il lâcha le panneau. D'un mouvement leste, avec une rapidité dont un homme de son âge et de sa taille n'aurait pas dû être capable, il plaqua Chase au sol, sur la pile de vêtements de chasse.

— Pourquoi ?

Chase se débattit pour repousser Transom, qui était beaucoup plus lourd – mais, et il le constatait avec soulagement, pas beaucoup plus fort que lorsqu'ils étaient plus jeunes. Étendu sur le dos, il avait du mal à reprendre son souffle.

— Dégage, dit-il en se libérant enfin. Qu'est-ce qui tourne pas rond chez toi ?

Transom eut un de ses énormes rires gutturaux.

— Réponds à ma question ! Parle-moi de vous deux.

Et il roula sur le côté.

Chase s'assit et lui donna un coup dans le bras.

— Il n'y a rien à dire.

— Tu mens. Je suis ton meilleur ami, je sais quand tu mens.

Il était toujours couché sur le flanc.

— Bon sang, ajouta-t-il en se détournant.

Il sortit un comprimé de sa poche et l'avala avec une gorgée de bière.

— Tu es amoureux d'elle, asséna-t-il.

— Je ne suis pas amoureux d'elle, répondit Chase d'un ton sans appel.

Et pourtant, en prononçant ces mots à voix haute, il se rendit compte que Transom avait raison. Ils sonnaient comme un mensonge – et lui donnaient aussi cette impression. La panique enfla dans sa gorge : avait-il des sentiments pour Laney ? Était-il à ce point déconnecté de ses propres émotions qu'il n'avait pas su accepter cette réalité-là ?

— Vous avez…

Transom s'interrompit, puis prit le temps de choisir avec plus de soin les termes.

— Elle est déjà restée passer la nuit ?

— Je te le répète, il n'y a rien à dire, sauf qu'elle nous rendra visite demain.

— Je suis heureux pour toi, mec.

Transom était sincère. Il serra l'épaule de son ami, avant d'ajouter :

— Tu aurais juste pu m'en parler plus tôt.

*

Le lendemain, en s'engageant sur la route de terre qui conduisait à la ferme Hardy dans la lumière bleu-gris du jour déclinant, Laney ne put s'empêcher de s'interroger : n'avait-elle pas pris l'une des pires décisions de sa vie en acceptant de dîner avec Chase et Transom ? Depuis qu'elle avait vu Chase, la veille, elle se triturait les méninges avec toutes sortes de scénarios, dont l'issue était toujours catastrophique. Transom balançait tout à Chase juste avant son arrivée, et elle lisait la déception et le dégoût sur les traits de ce dernier. Ou alors Transom faisait une remarque cavalière pendant le dîner.

Quand Chase était passé l'inviter, son premier réflexe avait été d'inventer une excuse. Si la situation n'évoluait pas comme elle l'espérait, s'il ne s'intéressait pas vraiment à elle, il pouvait au moins avoir l'élégance de le lui dire. Et pourtant la veille, il s'était montré différent, moins réservé, un peu affectueux même. Peut-être qu'elle n'avait pas tout imaginé au fond ?

Arrivée à la ferme, elle fut accueillie par Chase à la porte de la cuisine. Il lui prit le brownie qu'elle avait apporté, puis passa un bras autour de ses épaules. Transom se trouvait derrière lui, dans la cuisine, bras croisés, joues rougies par la chaleur à l'intérieur de la maison et, sans doute, la bière qu'il avait à la main. Elle tenta de déchiffrer son expression : quelles émotions le traversaient ? Honte ? Jalousie ? Regret ? Rien de tout cela, peut-être.

— Laney, ça fait un bail, déclara-t-il en s'approchant d'elle.

Dix-neuf jours. Elle avait matière à espérer néanmoins : il semblait prêt à jouer le jeu.

Pourtant, lorsqu'il se pencha pour la prendre dans ses bras, elle sentit l'alcool dans son haleine, sur sa peau. Il la serra trop longtemps. Et puis il pressa sa joue contre la sienne, dans un geste trop ostensible, trop intime.

Elle voulut se dégager, le repousser, mais Chase ne se trouvait qu'à quelques pas d'eux, occupé à assaisonner la viande. Elle devait être prudente.

— Tu as déjà trop bu ? lui lança-t-elle en se forçant à sourire.

Elle se libéra doucement et proposa son aide à Chase pour préparer le dîner. Transom se mit à l'écart et vida sa bière d'un trait, tête rejetée en arrière. Elle espérait qu'il avait son content de boisson pour la soirée… Après combien d'autres bières risquait-il de perdre le contrôle, de laisser échapper quelque chose, de cracher le morceau ?

Chase coupait des champignons sur le plan de travail, les manches de sa chemise en flanelle retroussées jusqu'aux coudes. Il souriait.

— Il y a de la bière au frais, dit-il. Sers-toi.

Il emporta la planche avec la viande assaisonnée dehors, pour la faire griller.

— Je reviens, dit-il.

Laney en profita pour jeter un regard noir à Transom.

— Je croyais qu'on était d'accord pour tourner la page.

— Cette expression, tourner la page, répondit-il avec un sourire. Je ne l'ai jamais comprise. Et puis on ne s'est pas vraiment mis d'accord. Tu me l'as demandé, et je n'ai pas dit que j'acceptais.

Il sortit deux bières du frigo, les décapsula et lui en tendit une. Avant de secouer la tête.

— Je ne sais pas comment tu fais pour te conduire comme s'il ne s'était rien passé.

— S'il te plaît, Transom…

Chase rentra dans la maison. La planche à découper était rougie par la viande. Il la déposa dans l'évier et se lava les mains.

— Ça caille dehors, dit-il. Il pourrait y avoir de la neige plus tard.

Il régla le minuteur sur la cuisinière et reprit sa bière pour la lever en direction de Laney et Transom.

— Aux vieux amis, dit-il, avec un sourire.

— Oui, oui, répondit Transom. Aux vieilles histoires, ajouta-t-il en regardant Laney.

Elle piqua un fard, puis entrechoqua sa bouteille avec les leurs et avala une gorgée.

— C'est génial d'être tous les trois ensemble. Comme au bon vieux temps.

Chase semblait si heureux. Il ne se doutait de rien. Laney n'en fut que plus mal. Elle l'observa pendant qu'il s'affairait dans la cuisine en fredonnant : il fit cuire le brocoli à la vapeur, vida l'eau dans laquelle les pommes de terre avaient bouilli. Il était plein d'énergie ce soir-là, il n'avait pas été aussi joyeux depuis très longtemps.

— Tu es pire que Maggie, lâcha Transom, à t'activer dans la cuisine, à te mettre en quatre pour des légumes.

Il s'assit sur l'une des chaises de la cuisine.

— Je m'occupe des pommes de terre, proposa Laney.

Elle sortit le presse-purée du placard où Maggie l'avait toujours rangé, ajouta un morceau de beurre dans le saladier, du lait.

Le minuteur sonna.

Dès que Chase fut ressorti vérifier la cuisson de la viande, Laney se tourna vers Transom.

— Si tu tiens à quelqu'un d'autre qu'à toi, je t'en supplie, laisse tomber. Si tu ne le fais pas pour moi, fais-le pour Chase. Et ne dis pas un mot.

Transom croisa les bras.

— Tu es quand même gonflée de me demander si je tiens à quelqu'un d'autre qu'à moi.

Il la détailla de la tête aux pieds.

— Tu es injuste, protesta-t-elle en passant son doigt sur le rebord du saladier. Je tiens à lui, et j'ai envie de croire que toi aussi, Transom.

Il la dévisagea puis termina sa bière. Chase les rejoignit, et Laney se remit aussitôt à écraser les pommes de terre, l'ustensile faisait un boucan pas possible contre les parois du saladier en céramique. Chase coupa le feu sous le brocoli.

— Tu as l'air en forme, lui dit-il.

— Merci.

Elle baissa les yeux vers son pull et son jean – elle avait essayé six tenues avant de venir. Chaque fois, elle s'était étudiée dans le miroir, d'un côté puis de l'autre, en se répétant que c'était à Chase qu'elle voulait plaire.

Transom sortit un flacon marron de sa poche et avala un des comprimés qu'il contenait.

Le reste de la soirée se déroula avec une aisance surprenante étant donné la situation. Dieu merci, Transom avait décidé de lâcher l'affaire, et ils finirent par partager ensemble des souvenirs en riant, jusqu'à une heure avancée. Pourtant, derrière cette légèreté de façade, Laney ne parvenait pas à oublier qu'elle avait trahi Chase, et cette idée la rongeait. Elle se détestait d'avoir passé une nuit avec Transom, elle se détestait de ne pas avoir su mieux se contrôler. Et surtout elle se détestait de ressentir une telle confusion, car son cœur était toujours tiraillé entre deux directions contraires.

Il lui restait à espérer que cette soirée ne constituait pas un aperçu de sa vie future : un quasi-bonheur précaire, assombri en permanence par la proximité d'un nuage, Transom, qui menaçait d'éclater et de pleuvoir si fort qu'il causerait des ravages. Parce qu'il en était bien capable, d'éclater, de révéler son secret. Transom avait toujours été imprévisible. Et elle ne pouvait pas vivre comme ça, constamment sur ses gardes, de peur qu'une parole, un regard, un geste le provoque. Peut-être qu'il finirait par repartir. Peut-être que les choses s'arrangeraient avec le temps. Dans le cas contraire, il faudrait trouver un moyen d'agir.

APRÈS

Red plissa les yeux alors que la porte du poste de police de Fallen Mountains s'ouvrait à la volée et que la chaleur extérieure s'engouffrait dans la pièce, chassant l'air frais, laborieusement produit par le vieux climatiseur crachotant, une matinée entière réduite à néant en quelques secondes. L'homme restait planté sur le seuil de la salle et l'observait sans quitter ses lunettes de soleil. Quand il voyait ce modèle, Red pensait toujours au terroriste du Montana, « Unabomber », l'homme dont le portrait-robot avait été diffusé au journal du soir pendant des semaines, dans les années 1990. Enfin jusqu'à ce que Junior lui explique qu'on appelait ce modèle « aviateur, papa ».

— Je cherche le shérif Redifer, annonça le visiteur en retirant ses lunettes et en les rangeant dans la poche de son polo noir.

Red se leva et alla à sa rencontre, la main tendue devant lui.

— Lui-même.

Il regretta que Leigh soit absente. Elle avait un don pour détendre une atmosphère un peu crispée.

— Mick Dashel, se présenta l'homme en échangeant une poignée de main ferme avec Red, qui dut retenir une grimace, tant l'humidité réveillait son arthrose. Détective.

Le vendredi, après avoir découvert les billets d'avion et le projet de mariage de Transom en pleine nuit, Red avait, dès son arrivée au poste, consulté son fichier. Il s'était arrêté, à la rubrique des S, et avait sorti une vieille carte de visite que lui avait remise JT Shultz juste avant de fermer son usine et de quitter Fallen Mountains. « En cas de besoin, lui avait-il dit, n'hésitez pas à m'appeler. » À l'époque, Red avait surtout eu envie de la brûler. *En cas de besoin*, avait-il pensé, *vous seriez le dernier que j'aurais envie d'appeler*. Au lieu de quoi il avait conservé la carte, l'avait rangée dans ce fichier que Sue lui avait offert peu de temps après sa nomination au poste de shérif, et l'avait pour ainsi dire oublié. Junior l'avait aidé à se constituer un carnet d'adresses dans son téléphone portable, si bien que le fichier avait passé les dernières années dans le tiroir du bas de son bureau.

Après la découverte des billets d'avion et du projet de mariage, Red avait compris, toutefois, qu'il devait retrouver ce numéro et contacter JT Shultz. Même si cet homme était un crétin menteur doublé d'un manipulateur, il restait un père, et Transom restait son fils. Si, Dieu l'en garde, il arrivait quelque chose à Junior, Red espérait que quelqu'un aurait le même réflexe et l'appellerait.

Il fut d'abord mis en relation avec deux standardistes différentes, puis il patienta durant huit minutes, après avoir expliqué, à deux reprises donc, qu'il devait parler à JT en personne, que c'était au sujet de son fils et que non, il ne pouvait pas laisser de message. Lorsque JT avait fini par décrocher, Red venait de prendre un bonbon Werther's Original. Le cœur battant, il le recracha dans une serviette en papier sur son bureau.

— Monsieur Shultz ?

— Oui.

— Monsieur Shultz, ici John Redifer, de Fallen Mountains. J'étais shérif à l'époque où vous viviez ici. Et je le suis encore d'ailleurs.

Un silence. JT avait-il oublié ?

— Shérif Redifer, bien sûr. Que puis-je pour vous ?

La voix à l'autre bout du fil se teintait de soupçons maintenant.

Red prit une profonde inspiration.

— J'ai malheureusement des nouvelles un peu inquiétantes, monsieur Shultz. Votre fils a été porté disparu il y a quelques jours, et… eh bien, nous avons pensé qu'il avait sans doute simplement quitté la ville, comme ce n'était pas dans ses habitudes de faire des au revoir et tout le tintouin, mais nous nous devons d'enquêter malgré tout, parce que, bon, c'est notre mission après tout. Bref, j'ai un peu enquêté et hier soir je suis tombé sur deux billets d'avion dans un dossier lui appartenant, un pour lui et le second pour sa fiancée, Teresa. C'est elle qui a déclaré sa disparition. Des billets pour le week-end prochain. Il y avait aussi un programme précisant tout un ensemble de dispositions prises pour un événement en Jamaïque. Un mariage, apparemment.

Pas de réaction. Red meublait, il en avait conscience, les nerfs à vif d'avoir à expliquer de telles choses à un père. Peut-être avait-il donné trop d'informations, trop vite ? Peut-être n'avait-il pas été clair ?

— Bref, là où je veux en venir, monsieur Shultz, c'est que ça commence de plus en plus à donner l'impression que Transom n'a pas simplement levé le camp cette fois.

— Oui, j'avais compris, répliqua-t-il sèchement.

Nouveau silence interminable. Red tenta d'imaginer ce qui se passait à l'autre bout de la ligne. JT faisait-il signe à une bande d'assistants ? Tapait-il quelque chose à l'ordinateur ? Composait-il le numéro de Transom sur un autre téléphone ? Savait-il quelque chose, détenait-il une information dont Red ne disposait pas ? Son fils était-il avec lui ?

— Monsieur Shultz ?

Un long soupir.

— Je suis là. Écoutez, j'ai quelqu'un, je vais vous l'envoyer.

Bizarre, songea Red. Il savait que JT et Transom avaient eu un différend, des années plus tôt – il se rappelait ce que Jack et Maggie lui avaient raconté : Transom avait débarqué chez eux un week-end –, mais il ne pouvait s'empêcher de trouver la réaction de JT suspecte. S'il avait reçu, lui, un appel l'informant de la disparition de Junior, il n'aurait jamais l'idée d'envoyer quelqu'un à sa place. Il se déplacerait en personne. JT était-il au courant de quelque chose ?

— Ça ne sera pas nécessaire, monsieur Shultz.

— Un détective privé, avec beaucoup d'expérience. Il pourra reprendre la suite des opérations.

— Monsieur, je vous assure que nous employons tous les moyens dont nous disposons pour enquêter.

Red sentit un picotement lui parcourir la peau à ce

mensonge. Enfin moins un mensonge qu'une exagération. Tous les moyens. Autrement dit : lui.

— Il sera là lundi matin à la première heure.

— Entendu.

— Et shérif ?

Un nouveau silence, assez long pour que Red décèle un soupçon de souffrance dans la voix posée et menaçante.

— Je vous remercie d'avoir appelé.

*

Et donc, il était là, comme promis, ce détective privé envoyé par JT Shultz. Mick Dashel avec ses lunettes aviateur, son polo noir, son pantalon en toile à plis marqués, ses chaussures noires bien cirées. Il portait ses cheveux courts et coiffés en pointes – le gel qui les maintenait en place leur apportait une brillance qui manquait de naturel. Sa mâchoire puissante était serrée, alors qu'il restait planté là, mains croisées devant son entrejambe. Il accumulait tous les clichés du détective privé, selon Red. Jusqu'au sac à dos. Il était jeune, la trentaine. Mince, les épaules larges. Red se sentit plus complexé que jamais, avec ses genoux qui râlaient lorsqu'il s'accroupissait trop longtemps, sa main droite raide, sa bedaine. Quand avaient-elles commencé, ces petites trahisons de son propre corps ? Il n'avait que cinquante-neuf ans. Il n'y avait pas si longtemps encore, il accompagnait Junior dans le jardin avec un ballon de foot pour faire des passes, il était capable de creuser une allée et de poser lui-même les dalles.

Pendant que Red lui précisait les détails du dossier, Mick hocha la tête sans se montrer très intéressé. Il se déplaçait dans la pièce, jaugeait son environnement.

— Monsieur Shultz a fait mention de documents que vous auriez en votre possession ? lui dit-il une fois que Red eut terminé.

— Oui, ils sont là, dit-il en se tournant vers son bureau. Ils doivent rester au poste, j'imagine que vous comprendrez.

— Bien sûr. Ça vous dérange que j'y jette un coup d'œil ?

Red lui remit la pochette verte à soufflets et s'assit sur son fauteuil.

— Je peux ? demanda le détective en montrant une chaise de l'autre côté de la pièce.

— Faites comme chez vous. La cafetière est là, il y a de l'eau au frigo. Des sodas et des friandises.

Il lui indiqua la minuscule kitchenette au fond, à côté de la salle où se réunissait le conseil pédagogique, ainsi que le distributeur automatique, où Leigh mettait des pièces tous les mardis et tous les jeudis, pour faire tourner la spirale qui libérait la friandise, lui permettant de tomber en bas de la machine. Jusqu'à deux ans auparavant, Red avait rarement utilisé ce distributeur, mais depuis la mort de Sue il n'y avait plus personne pour lui préparer son déjeuner et il s'aventurait parfois dans ce recoin et sortait des pièces de ses poches, poussé par la faim.

Mick Dashel s'installa pour feuilleter les documents contenus dans la pochette. Il sortit une calculatrice de son sac à dos noir et tapa rapidement plusieurs chiffres. Sourcils froncés, il prit quelques notes sur une sorte de tablette avec un stylet électronique. Un lundi normal, Red aurait fermé le poste à clé et serait parti avec le radar se garer dans un de ses endroits de prédilection. Derrière l'étable blanche des Grayson sur la route 28. Le long de la haute rangée de pins d'Oregon dans Weaver Avenue, au pied d'une côte – les gens arrivaient toujours trop vite, et il y avait une école primaire à proximité. Ces derniers temps, il s'était risqué un peu plus loin du centre-ville, pour attraper les employés des compagnies pétrolières, qui filaient dans leurs pick-up sophistiqués, avec leurs plaques minéralogiques d'autres États. « Ben dis donc, j'aurais jamais cru qu'un flic pouvait rouler dans un tas de boue pareil », lui avait dit l'un d'eux la semaine précédente. Red lui avait collé une amende de deux cent cinquante-huit dollars. Il l'avait arrêté pour excès de vitesse, avec circonstances aggravantes – puisque c'était l'heure où les bus scolaires étaient sur la route.

Aujourd'hui, il ne mettrait pas de contravention. Il ne pouvait pas laisser Mick Dashel seul au poste de police. Red sortit son petit carnet et feuilleta les quelques pages de notes qu'il avait prises. Selon toute vraisemblance, Teresa avait finalement raison. Il se la rappela, assise en face de lui, yeux écarquillés, seins pressés contre le rebord de la table de la salle de réunion. « Je vous le dis, moi, ce n'est pas ce qui s'est passé. On était amoureux. » Si tout s'était déroulé comme Transom l'avait prévu, ils devraient être en train de faire leurs valises pour cet hôtel de luxe sur la plage.

Mick Dashel se leva de sa chaise.

— Vous êtes allés voir à la ferme Hardy ?

— Bien sûr. J'ai fouillé la voiture de Transom. C'est là que j'ai trouvé les documents.

— Vous aviez un mandat de perquisition ?

— Oui.

Se doutant que le détective risquait de lui poser ce genre de question, il s'était rendu chez le juge Hess juste après avoir raccroché avec JT Shultz.

— L'héritier Hardy, celui qui a vendu la ferme, comment il s'appelle ?

— Chase.

— Ouais. C'est sans doute lui.

Red tenta de se figurer une telle chose : Chase, coupable. Chase Hardy, qui nourrissait les chats errants, l'un des seuls hommes de Fallen Mountains à ne pas chasser. Chase, qui s'était toujours interposé quand il y avait des bagarres dans la cour, adoré des enfants qui l'admiraient. Le gentil géant, l'avait surnommé Sue.

— Qu'est-ce qui vous conduit à penser ça ? demanda Red.

Mick Dashel réunit ses affaires et les rangea soigneusement dans son sac à dos. Il remit les papiers dans la pochette et la tendit à Red.

— On dirait bien que, parce qu'il était sous pression, il a vendu cette ferme à un vieil ami de confiance. Et là je vais me mouiller, mais je dirais que Transom a trahi cette confiance en faisant abattre tous ces arbres et en vendant les droits d'extraction à une compagnie pétrolière. Il se trouve par ailleurs que Chase héritera de la ferme s'il arrive quoi que ce soit à Transom. Vous l'avez vu dans le dossier, non ? Chase Hardy a donc un mobile.

Il passa la bretelle de son sac à dos sur son épaule.

— Vous pouvez me conduire à cette ferme ?

Red récupéra le mandat de perquisition sur son bureau et le glissa dans sa poche. Il n'aimait pas du tout l'idée de débarquer à nouveau chez Chase Hardy dans son tout-terrain, accompagné de M. Lunettes-Aviateur et d'un mandat.

— La clim de ma voiture est cassée, dit-il. Prenons la vôtre.

AVANT

Possum avait un millier de regrets dans la vie, mais s'il y avait bien une journée qu'il aurait aimé revivre et réécrire, c'était celle où il avait trouvé les lettres. Cachées sous le lit de sa mère dans une jolie boîte en métal, des lettres par dizaines, de longueurs différentes, toutes écrites à la main et à l'encre noire, certaines accompagnées de coupures de presse, trois de poèmes. C'était en 2004. Il avait quinze ans et il était seul à la maison, comme d'habitude. Il regardait Pearl Jam et Stone Temple Pilots sur MTV, tout en explorant les pièces les unes après les autres pour tromper son ennui. Sa mère était au travail et ne rentrait pas avant vingt heures, il avait le temps. Il souleva délicatement le couvercle et explora le contenu de la boîte. Toutes les lettres étaient signées des mêmes initiales, JTS, précédées des mots « du fond du cœur ».

JT Shultz, pensa aussitôt Possum, perplexe. Après avoir lu les quatre premières lettres, il se rendit compte qu'elles étaient anciennes. Il se mit alors à les classer par date, parce qu'il se trouvait face à un mystère, une histoire à reconstituer, courrier après courrier, comme dans les enquêtes du Club des cinq qu'il adorait plus jeune, comme dans le roman de Christopher Pike posé sur sa table de nuit. Une par une, il avait remis les lettres dans leur ordre chronologique.

Seize années. La correspondance durait depuis tout ce temps. La liaison. Comment était-ce possible ? Comment pouvait-on garder un secret pareil dans un endroit comme Fallen Mountains ? Comment avaient-ils pu le lui cacher ? Lui, un vrai fouineur. Et pourtant il n'avait rien su, n'avait même rien suspecté. Un mauvais pressentiment vint brusquement nouer la gorge de Possum. Il chercha à le ravaler. Il lut la première lettre, qui menaçait de se déchirer à force d'avoir été dépliée puis repliée, et où l'encre bavait par endroits. Il lut ensuite la deuxième et toutes les suivantes, dans l'ordre. Certaines étaient obscènes, et il se sentit rougir en découvrant les mots que JT avait écrits à sa mère – à quinze ans, quoi de plus répugnant qu'imaginer sa mère en pleine liaison torride. Certaines étaient, au contraire, tendres, affectueuses et navrées. *J'aimerais que les choses soient différentes. J'aimerais pouvoir quitter Marjane, mais tu sais bien l'impression que ça donnerait – pas seulement pour moi, pour Tommy et toi, aussi.*

Il y avait aussi cette phrase, dans un courrier qui remontait à quatre ans – Possum avait fait le compte. *J'étais si fier quand notre garçon a gagné le concours d'orthographe.* Cette phrase, Possum le savait avec une certitude terrifiante, cette phrase parlait de lui. En sixième. Il avait remporté le concours d'orthographe du collège. *Notre garçon.* Possum s'était toujours entendu répéter que son père avait été tué dans un accident de voiture avant sa naissance, et il n'avait jamais eu aucune raison de douter de sa mère sur ce sujet.

À présent, pourtant, les souvenirs le submergeaient, torrent effroyable, et tout à coup il considéra son existence pour ce qu'elle était réellement : un tourbillon de mensonges, qui gravitaient tous autour de ce secret. Cadeaux somptueux au pied du sapin et pour son anniversaire, aussi – autant de choses que sa mère n'aurait jamais pu s'offrir. Le grand chariot à tirer en métal rouge, l'hélicoptère télécommandé, les jumelles, le microscope, le vélo rouge à dix vitesses. Il se souvenait aussi de concerts à Noël, de matchs de base-ball – JT passait les voir à la fin, et le regardait droit dans les yeux en lui donnant, sur l'épaule, une tape si étrangement affectueuse que Possum ne savait plus où se mettre.

Il fut soudain traversé par une nostalgie déconcertante. Toutes ces occasions où JT avait utilisé le terme *fiston* à son propos. Il l'avait fait des centaines de fois, sur le parking du collège, sur le terrain de base-ball. Alors pourquoi ces lettres ? Pourquoi ce secret de part et d'autre ? Si JT avait réellement aimé la mère de Possum, et à en croire ces lettres, il n'avait pas de raison d'en douter, pourquoi se cacher et mentir ? La nostalgie s'évanouit lorsque Possum entrevit la vérité : JT avait fait un choix. Et ce n'était pas Lissette et son fils.

Avec un désarroi tout aussi grand, il se fit soudain la réflexion que Transom devait avoir tout compris. Transom qui suivait son père comme son ombre lors de ces concerts et de ces matchs, l'air renfrogné. Sans parler de cette colère épouvantable que Possum semblait lui inspirer depuis près d'un an. Même s'ils avaient le même âge – seuls quelques mois les séparaient –, Possum avait hérité de l'ossature fragile de sa mère et de sa silhouette frêle, si bien qu'à quinze ans il ne pesait que quarante-cinq kilos. Transom, de son côté, était déjà entré dans la puberté, il avait acquis une densité menaçante, une force redoutable, tout en muscle et en rage. Possum n'avait pas la moindre chance face à lui. Quand Transom lui maintenait la tête sous l'eau pendant les cours d'EPS dès que tout le monde avait le dos tourné, quand il urinait sur ses chaussures aux toilettes, quand il lui murmurait des paroles cruelles, Possum ne protestait pas, il ne se défendait pas. « Ta mère est une traînée pouilleuse. Et toi tu es le fils pouilleux d'une traînée. »

En parcourant la correspondance de sa mère, Possum s'interrogea : y avait-il des lettres chez les Shultz, contenant des mots tendres et incriminants de Lissette cachés quelque part, dans un tiroir de bureau, ou une cachette du garage ? Transom les avait-il, comme lui, découvertes par un après-midi tranquille où il était seul à la maison ? Que savait-il exactement ? Puis une pensée encore plus terrifiante : le sang cruel qui parcourait les veines de son pire ennemi coulait aussi dans les siennes.

Dehors, la nuit tombait sur cette journée printanière. Le Dave Matthews Band donnait un concert sur MTV, les notes de la flûte et du saxophone alto s'envolaient, sous les yeux d'un public euphorique et hypnotisé. Possum se rendit dans la cuisine, où sa mère lui avait laissé un mot. *Il y a à manger dans le frigo. Je t'aime.* Il réchauffa une fricassée de poulet et la mangea dans la chambre de sa mère, assis par terre, en relisant les lettres. La colère se fraya un chemin de son ventre à sa gorge. Ça faisait beaucoup trop à digérer d'un coup. S'il était dans cette situation odieuse – Transom qui l'enfermait dans le placard à balais et lui balançait des mots cruels et obsédants, venant se planter dans sa poitrine –, c'était leur faute. À JT et à sa mère. Sans leurs secrets et leurs mensonges, rien de tout ceci ne se serait produit. Chaque jour de sa vie il payait au prix fort leur égoïsme et il en avait assez.

Possum prit alors une décision. Il empila les lettres, classées par date désormais, et les attacha avec un bout de ficelle marron trouvé dans le tiroir de la cuisine. Il rassembla les cadeaux – le microscope, l'hélicoptère télécommandé, les jumelles, le vélo –, puis mit sa casquette et sa doudoune. Dehors, il chargea tout dans le chariot rouge, celui qu'il avait reçu pour Noël l'année de ses cinq ans, et il prit la direction de l'ouest, où se trouvait, en dehors de la ville, un immense ranch, la plus grande maison à des kilomètres à la ronde. Le chariot grondait derrière lui, la pile de lettres chancelait et tanguait. Il jeta, par-dessus son épaule, un coup d'œil au soleil qui plongeait derrière la cime des montagnes. Le ciel était orange, rose et bleu. Il se remit en route, décidé à mettre un point final à cette histoire.

Chez les Shultz, la cuisine était allumée, et Possum aperçut Transom avec sa mère à l'intérieur. Marjane Shultz portait un tablier et mélangeait une préparation dans un immense bol en inox. Transom était à table et l'observait en souriant. Des feuilles et un manuel étaient étalés devant lui. Il faisait ses devoirs pendant que sa mère préparait un gâteau. Une scène si parfaite, si typiquement américaine. Si artificielle. Une scène qui représentait tout ce que Possum désirait dans la vie et n'aurait jamais. Il se baissa pour soulever le chariot et le porter jusqu'à la porte d'entrée, afin que personne ne puisse entendre le grondement des lourdes roues. Il sonna, puis s'enfuit en courant à toute vitesse dans la nuit.

*

Aujourd'hui, dix-sept ans après cette soirée déplorable, alors qu'il traversait la ville dans la nuit de février pour aller chez Laney, il repensait au tour différent qu'auraient pu prendre les choses s'il avait agi différemment, s'il n'avait pas fouiné dans la chambre de sa mère pour tuer son ennui, s'il n'avait pas ouvert cette boîte, ou même s'il l'avait fait, s'il avait lu les lettres mais gardé ce secret pour lui. Et qu'espérait-il en tirer, de toute façon ? Au fil des nombreuses années qui avaient suivi, il n'avait jamais vraiment réussi à le comprendre. Espérait-il faire payer JT et sa mère pour les souffrances qu'ils lui avaient causées ? Espérait-il faire dévier JT de la voie qu'il avait choisie, chasser Transom et Marjane de la grande maison blanche en dehors de la ville pour pouvoir s'y installer avec sa mère et vivre une autre existence plus dorée ?

Au lieu de ça, une semaine après que Possum avait fait sa petite livraison à domicile, Marjane Shultz, la belle, la parfaite Marjane Shultz avait tenté de se tuer avec un couteau de cuisine. Les gens racontaient qu'elle avait été internée dans un hôpital psychiatrique quelque part, mais il s'agissait de pures spéculations, Possum le savait. L'unique certitude était son départ définitif de Fallen Mountains. JT et Lissette avaient mis un terme à leur liaison. Il n'y avait plus eu ni lettres ni secrets. Possum avait surtout été accablé par la tristesse inédite qui avait germé chez sa mère et dont il se savait responsable. Peu de temps après l'épisode des lettres, elle avait commencé à fréquenter ce minable de Vance, qui buvait trop et les frappait tous les deux. Quant à Transom… eh bien Transom avait essayé de le tuer.

En gravissant les marches du perron de Laney, il chassa ces mauvais souvenirs de son esprit, enfouit à nouveau ses regrets tout en bas de la pile de choses auxquelles il pensait le moins possible et sonna à la porte. Laney et lui avaient instauré une tradition hebdomadaire le mardi soir, à laquelle ils se tenaient depuis des années, depuis que Possum était sorti de prison. À tour de rôle ils allaient chercher, au Wheeler's Diner, du poulet frit et de la purée de pommes de terre qu'ils mangeaient chez elle, parfois autour de la minuscule table de cuisine, parfois devant une émission de télévision, parfois, si le temps le permettait, à l'extérieur, sur la galerie. Leurs mères étaient sœurs – deux femmes instables avec un mauvais goût ahurissant en matière d'hommes –, et en dépit des hauts et des bas de leurs enfances et adolescences chaotiques, Possum et elle étaient restés proches.

Kip se leva d'un bond et sauta sur la porte pour griffer la vitre. Possum entra sans attendre que Laney lui ouvre, et le berger allemand posa ses pattes avant sur le torse osseux du jeune homme. Il faillit le faire tomber à la renverse.

— Kip ! Ça suffit ! lui dit sa maîtresse en l'attrapant par son collier pour l'éloigner des boîtes contenant le poulet. Désolée… Tu sais qu'il t'adore.

Il tendit le dîner à sa cousine et s'agenouilla pour gratter le chien derrière les oreilles et sur le dos.

— C'est réciproque, répondit-il en levant son

visage pour laisser Kip le lécher. Tu crois que je devrais en prendre un, moi aussi ?

Elle traversa la cuisine pour aller sortir deux sodas du réfrigérateur.

— Il ne serait pas d'accord, observa-t-elle en riant.

— Très juste.

Il gratta à nouveau les oreilles de Kip puis se releva.

— Comment tu vas ?

— Pas mal. Et toi ?

Il s'assit sur l'une des chaises autour de la table et ouvrit la boîte contenant son repas.

— Ça va. Bien, même. Je discute avec une fille, en ligne.

Il se sentait un peu gêné d'en parler à voix haute. Le visage de Laney s'éclaira aussitôt.

— C'est vrai ? Raconte !

Elle prit son premier morceau de poulet frit et épongea le gras avec sa serviette en papier.

— Elle s'appelle Alla. Elle est russe.

— Oh, tu veux parler d'une épouse sur catalogue ? J'en ai entendu parler.

Il roula des yeux.

— Non, enfin, pas du tout. On s'est rencontrés sur un forum pour antiquaires.

Pour être honnête, il s'était intéressé à la question de l'industrie matrimoniale dans l'est de l'Europe, un hiver où il s'apitoyait particulièrement sur son sort. Parfois, ces couples-là fonctionnaient. Parfois pas. Il avait lu une histoire horrible d'une femme qui avait empoisonné son mari pour hériter de sa fortune, et ça avait suffi à le décourager. Il plongea sa fourchette dans la purée.

— On a plutôt bien accroché. Enfin je crois.

Laney le dévisagea.
— Waouh.
— Je n'arrête pas de penser à elle.
Elle avala une gorgée de soda et lui prit la main.
— Ne t'énerve pas, hein, mais… tu es sûre qu'elle existe vraiment ?
— J'en sais rien. Je n'ai jamais pensé que je pourrais avoir des sentiments pour quelqu'un. J'ai bien conscience de ne pas être séduisant. Et de vivre dans un mobile home, dans une petite ville paumée. Ici, à Fallen Mountains, c'est quasiment impossible de faire oublier son passé. J'imagine que ça m'a fait prendre conscience que le monde était plus vaste que ce que je croyais.
Elle se pencha vers lui, les doigts gras à cause du poulet.
— Possum, lui dit-elle avec un sourire. Je ne t'ai jamais vu comme ça. Tes yeux, ton visage… Tu as l'air heureux.
— Je sais.
Il but du soda à son tour puis sourit, incapable de contenir sa joie.
— Ça fait peur.
Il réfléchit un instant.
— J'ai l'impression de toucher brusquement du doigt une chose que je désire vraiment, et que si ça ne marche pas, s'il ne se passe rien, alors le monde entier s'effondrera. Désolé, je raconte n'importe quoi.
— Pas du tout, je comprends parfaitement ce que tu ressens. Crois-moi, soupira-t-elle en se laissant aller contre le dossier de sa chaise.
— Ah oui ? Du neuf avec Chase ?
Possum connaissait les sentiments de sa cousine, et il les approuvait de tout son cœur. Il appréciait

le jeune Hardy et il adorait Laney. S'ils pouvaient être heureux ensemble, il en aurait été enchanté.

— Avec le retour de Transom, c'est devenu un peu plus compliqué…

Le visage de Possum s'assombrit et il donna plusieurs coups de fourchette dans la purée de pommes de terre. Jusqu'à présent, il avait réussi à éviter Transom. S'il avait bien une certitude, c'est qu'il ne voulait pas se retrouver nez à nez avec ce monstre. Il n'avait pas non plus envie de discuter de lui autour d'un dîner de poulet frit.

— Qu'est-ce que ce minable vient faire dans l'histoire ?

Laney suivit le contour d'une boîte avec son doigt.

— On a eu une histoire, lui et moi.

Possum mastiqua plus lentement sa bouchée.

— Je sais, oui. Il y a longtemps.

Il se rappelait très bien quand il l'avait appris, de la bouche de Jill Rispoli en cours. « T'es au courant pour Transom et ta cousine ? » Il avait essayé de l'avertir, à l'époque. De lui expliquer que c'était un garçon dangereux et imprévisible, très différent de l'impression qu'il pouvait donner, et qu'elle avait tout intérêt à garder ses distances. Et pourtant, comme il ne lui avait jamais raconté ce qui s'était passé à la carrière, son avertissement était tombé à plat.

Laney déglutit.

— Disons que c'est un peu plus compliqué que ça…

— C'est-à-dire ?

— Ça ne s'est pas terminé au lycée.

Il fronça les sourcils.

— Je ne comprends pas.

— On a continué à se voir de loin en loin, chaque fois qu'il rentrait ici.

Possum abattit son poing sur la table : les couverts s'entrechoquèrent, le Pepsi pétilla dans les verres.

Laney s'écarta de la table, bouche ouverte.

C'était l'une des choses qu'il détestait le plus chez lui, cette tendance à glisser si vite dans la noirceur. L'intransigeance, la rage. En dépit de tous ses efforts, il ne parvenait pas à la contrôler, cette colère qui pouvait surgir à la moindre provocation. Il desserra le poing, prit une inspiration.

— Désolé.

Laney se mordilla la lèvre un moment avant de rapprocher sa chaise de la table et d'essuyer son poulet avec une autre serviette en papier.

— Je sais que tu l'as toujours détesté. Je sais qu'il s'est montré cruel avec toi parfois, au lycée. Il l'a été avec tout le monde.

Il a essayé de me tuer, envisagea-t-il de dire, de confesser. Et pourquoi, s'étonna-t-il, alors qu'il n'avait rien fait de mal à part être celui qu'il était – autrement dit laid, maigrichon, bizarre et pauvre, le fils de deux personnes qui n'auraient jamais dû s'aimer –, ressentait-il l'impression qu'il s'agirait de cela, une confession ? Qu'il s'agirait de se délester d'un poids, de se libérer, comme si c'était lui qui avait besoin d'une absolution. Il regarda Laney puis mordit dans son poulet.

— Et Chase ?

Elle secoua la tête.

— Il ne le sait pas. J'ai vraiment envie que ça marche entre lui et moi, ajouta-t-elle en roulant sa serviette en boule. Je l'ai compris maintenant. Je tiens à lui. Je vois un avenir avec lui. Ou en tout cas j'en désire un. Et j'ai l'impression que lui aussi. À l'époque, c'était différent. Je veux dire… Il n'avait même pas parlé de nous deux à Transom.

Possum arracha un morceau de chair de poulet.

— C'était peut-être par souci de discrétion, tu sais. Chase a un côté vieux jeu. Il n'est pas comme ces types qui le clament au monde entier dès qu'ils ont mis une fille dans leur lit.

Il repensait au tableau de chasse de Transom au lycée, aux nombreux noms de filles qui résonnaient dans le gymnase ou l'amphithéâtre. Possum en avait la nausée. Transom débarquait et semait le bazar, profitant de son avantage, bien sûr. Échapperait-il un jour aux destructions qui semblaient accompagner ce type dans son sillage, où qu'il aille ?

Laney saisit son verre d'une main tremblante.

— J'étais amoureuse de lui, il y a longtemps. De Transom. C'était mon premier. Et je crois qu'une part de moi l'aimera toujours, peut-être que les gens qu'on a aimés continuent à occuper une petite place dans un coin de notre cœur, une place qu'on ne peut jamais vraiment récupérer.

— Je peux pas te dire, lui lança Possum, incapable de contenir l'amertume dans son ton.

Le poulet et la purée qui macéraient dans son estomac se mêlaient à la rage, ce qui ne faisait pas bon ménage. Il pouvait pardonner à Laney d'avoir fréquenté Transom autrefois, à l'époque où ils étaient des gosses débiles, où Transom était une star du base-ball, riche et populaire, et elle une adolescente écervelée… mais que ça ait duré tout ce temps ? Il avait cru qu'elle était devenue une adulte maintenant, qu'elle avait un peu de plomb dans la cervelle. Et que les choses étaient bien engagées avec Chase – qui, le pauvre, se retrouvait au milieu de cette histoire.

Laney lui adressa un regard sévère, sourcils froncés.

— J'ai déconné, je suis d'accord. Mais ne me juge pas, Possum. S'il te plaît.

Il n'avait aucune envie de le faire, vraiment. À sa sortie de prison, quand tout le monde à Fallen Mountains n'avait vu en lui qu'un type bizarre et violent, quand les mères avaient serré leurs enfants contre elles dès qu'elles le croisaient, quand les vieilles avaient traversé pour l'éviter, Laney l'avait invité à dîner chez elle. Il ne voulait pas la juger, enfin là ? C'était écœurant.

— Je ferais mieux d'y aller.

— Possum… Je ne sais pas ce qui s'est passé entre vous, mais ça remonte à très longtemps.

Il aurait aimé que ce soit aussi simple.

— Écoute, lui dit-il d'une voix grêle et tremblante, je veux juste que tu sois prudente, rien d'autre. Transom n'est pas qui tu crois.

Il aurait voulu ajouter : *Rappelle-toi, au lycée, le soir où tu as appelé le shérif parce que je n'étais pas venu au travail... Le lendemain je t'ai raconté que j'étais malade et c'était un mensonge. En vérité, voilà ce qui s'est passé : je partais bosser et Transom m'a enlevé dans la rue. Il m'a jeté dans son coffre et il a repris le volant. Il a fini par couper le moteur, par ouvrir et par m'asperger d'essence en me disant que j'allais cramer.* Possum avait envie de tout lui dire. Il avait envie qu'elle sache. Pourtant les mots, l'horreur de cette nuit-là restaient coincés dans sa gorge, paralysés par la honte de tout ce qui avait conduit à cet événement.

— Tu me l'as déjà dit ça, que Transom n'est pas celui que je crois.

Elle secoua la tête.

— Je ne comprends pas ce que ça veut dire, Possum.

— Il est capable de… il a fait des choses graves. Des choses très graves.

Elle se pencha vers lui pour recouvrir sa main avec la sienne. Puis elle lui murmura ce que seul un proche peut se permettre de dire sans risquer des conséquences :

— Toi aussi.

Il arracha un morceau de poulet et siffla Kip. Il le laissa manger dans sa main, et la douce langue du chien lui lécha la paume. Il referma sa boîte en polystyrène, la jeta à la poubelle et se lava les mains dans l'évier.

Laney fronça le nez.

— Ne pars pas, lui dit-elle. Ne sois pas fâché. Et si on mettait la télé ?

Il se força à sourire.

— Je ne suis pas fâché. J'avais juste oublié que j'ai des articles à expédier, mentit-il.

Il sortit son paquet de cigarettes de la poche de sa doudoune rouge sans manches. Un de ces quatre, se répétait-il constamment, il arrêterait.

— À mardi prochain, lui dit-il.

Une fois dehors, il prit une cigarette, l'alluma et s'éloigna dans la nuit hivernale et amère.

APRÈS

Red était assis sur le siège passager lorsque Mick Dashel gara sa Buick gris métallisé devant la ferme Hardy. Il le regarda, atterré, récupérer son sac à dos sur la banquette arrière, sortir de la voiture et monter les marches du vieux perron. Il frappa à la porte, attendit une minute puis, comme personne ne venait lui ouvrir, actionna la poignée. Il parut surpris un instant : la porte n'était pas fermée. Il passa la tête à l'intérieur et cria quelque chose, avant de se retourner vers Red, qui n'avait toujours pas défait sa ceinture. Il leva les deux mains.

— Vous venez ou quoi ?

Red descendit péniblement du véhicule et ses genoux l'élancèrent quand il se redressa. La chaleur l'assaillit alors qu'il traversait la cour, l'herbe jaunie crissait sous ses semelles.

— Vous comptez entrer comme ça ? demanda-t-il à Mick.

— On a un mandat. On peut faire ce qui nous chante.

Il pénétra dans le salon et posa son sac sur la table d'appoint près du canapé.

— C'est juste que… ça paraît… incorrect.

Red observa la pièce qu'il avait si souvent vue au fil des années, soit parce qu'il était passé chercher Jack Hardy pour aller chasser, soit parce qu'il avait été invité. Malgré la différence d'âge, ils avaient été de bons amis, tous les quatre. Avec Sue, ils passaient souvent boire un café au coin du feu, ou alors dîner. Il y avait du monde autour de la table à manger. Jack, Maggie, souvent Chase et ses parents. Transom aussi, de temps en temps. Laney Moore, une fois. Maggie tenait un semi-orphelinat, voilà ce que disait Sue de son amie, parce qu'au fil des ans l'épouse de Jack avait pris sous son aile ces enfants en difficulté. Maggie, elle, disait qu'ils avaient juste besoin d'un endroit où être des enfants. Voilà le genre de foyer qu'ils avaient bâti, Jack et elle. Ils percevaient un manque, et faisaient tout leur possible pour le combler. Red ressentit soudain cruellement leur absence, à tous – Jack, Maggie et Sue –, et sa solitude l'étouffa, là, dans ce salon. Pourquoi avait-il eu la chance de pouvoir refermer ce chapitre de sa vie si triste et vide, où il était condamné à regarder seul les lumières des Rocks, pour en ouvrir un autre en compagnie si douce et généreuse ? Et pourquoi avait-il eu la malchance d'être le dernier à survivre ?

— Incorrect ? répéta Mick Dashel en sortant deux paires de gants en latex de son sac avant de lui en tendre une. Vous mélangez tout, là, mon vieux. Ce qui est incorrect, c'est de vendre sa terre pour éponger ses dettes une bonne fois pour toutes, ne pas aimer ce qu'elle devient et tuer l'acquéreur, ou pire, lui faire subir un truc bien moche, puis raconter partout qu'il a quitté la ville. Ça, c'est incorrect.

Red avait du mal à faire entrer ses grosses mains dans les gants, et la transpiration n'arrangeait rien, parce qu'elle plissait le latex. Son petit doigt menaçait de le transpercer. L'idée que Chase Hardy soit mêlé à toute cette sale histoire lui faisait horreur.

— Ne mettez pas la charrue avant les bœufs, dit-il à Mick. On n'a encore rien trouvé.

Le détective privé fouilla dans son sac à dos et en sortit un petit boîtier en plastique contenant de quoi relever des empreintes digitales. Tout en l'ouvrant, il rétorqua :

— Ne le prenez pas mal, mais peut-être que si vous n'avez rien trouvé c'est parce que vous ne savez pas chercher.

Il s'équipa ensuite d'une lampe à UV.

— Je ne cherche surtout pas à vous manquer de respect, croyez-moi. JT m'a expliqué que c'était une ville à l'ancienne ici, qu'il n'y avait jamais de crimes graves, que vous étiez surtout là pour vous assurer que tout roulait. Et c'est formidable, vraiment, je vous envie. Moi, j'ai suivi un double cursus en expertise scientifique et en psychologie. Ça fait huit ans que je fais ce métier. C'est…

Il agita les mains au-dessus de son matériel, on aurait dit un magicien avec son chapeau.

— C'est mon quotidien.

Red pensa à JT Shultz, qui savait ce qui s'était passé dans la carrière une éternité plus tôt, entre les deux garçons. Si Red avait envisagé la possibilité que Possum puisse être derrière cette disparition, JT ne l'avait-il pas fait aussi de son côté ? Et dans ce cas aurait-il parlé de cette fameuse nuit à Mick Dashel ? À moins que JT n'ait été habitué à garder des secrets toute sa vie et qu'il s'agisse d'un squelette de plus oublié dans son placard…

Mick se trouvait dans la cuisine, où il ouvrait les

tiroirs les uns après les autres, d'un geste brusque qui faisait s'entrechoquer les couverts et la vaisselle en Pyrex. Il regarda aussi à l'intérieur du réfrigérateur, du congélateur et du garde-manger, parcourant les boîtes de haricots et de fruits au sirop, les paquets de biscuits.

— Rien, conclut-il avant de passer dans la pièce juste à côté, celle qui servait d'antre à Jack Hardy, où il rangeait son matériel de chasse, où il rédigeait des chèques et commandait des graines.

Le shérif referma les tiroirs que Mick avait laissés ouverts dans la cuisine puis le suivit.

La pièce avait été entièrement transformée depuis la dernière visite de Red, à l'automne précédent. À l'époque où elle était le domaine de Jack, elle était encombrée de cartons remplis de vieilles babioles, de tas de vêtements de chasse, de piles de papiers sur le bureau. Tout ça avait disparu, et il régnait un ordre soporifique. Sur le bureau, une balle de base-ball dédicacée placée sous verre. Deux photographies encadrées de Transom et de Teresa. Et une troisième, ancienne, représentant une femme et un petit garçon pressé contre elle, un seau à la main, l'océan derrière eux.

— Sa mère, je suppose ? s'enquit Mick.

Red se pencha pour observer le cliché de plus près. C'était bien elle, Marjane Shultz, grande, mince et ravissante. Sue lui avait dit un jour que toutes les femmes de Fallen Mountains la jalousaient, avec ses belles robes, son style sophistiqué qu'elles étaient incapables d'imiter, son charme. Tout le monde avait été choqué d'apprendre qu'elle s'était brusquement tranché les veines avec un couteau d'office. Elle qui semblait si heureuse, si parfaite. Red confirma d'un hochement de tête.

— Oui. C'est la mère de Transom.

Il y avait aussi une carte du domaine Hardy sur le bureau, avec des notes et des post-it. Mick l'étudia.

— On dirait bien que Transom s'était installé ici, qu'il utilisait cette pièce pour travailler.

Il entreprit ensuite de fouiller les tiroirs du bureau. Un, deux, trois. Il souleva les papiers à l'intérieur. Puis l'autre côté. Dans l'un des tiroirs, il découvrit un petit tas de photographies qu'il tendit à Red.

— Vous reconnaissez quelqu'un ?

Le shérif les prit pour les parcourir. Jack, Maggie, Chase et Transom, réunis sur les marches du perron. Les garçons étaient jeunes, douze ou treize ans, Transom déjà grand et costaud, dépassant tout le monde, même Jack. Sur une autre, Chase et Transom brandissaient, souriants, des bars qu'ils tenaient par la bouche. Ils étaient plus vieux sur celle-ci, plus grands. Il y en avait aussi une de Transom, enlaçant Maggie par les épaules. Toute petite, les cheveux blancs, elle levait son visage vers lui en riant. Une photo de la ferme, de l'étable. Et deux autres, en noir et blanc, de Laney Moore, qui dataient de cinq ou dix ans sans doute, même si Red n'en était pas certain. Elle fixait l'objectif, le photographe, un sourire mystérieux aux lèvres, épaules dénudées, une couverture coincée sous les aisselles. Sur la suivante – Red en déduisit qu'elles avaient été prises dans la foulée, l'une et l'autre –, Laney riait aux éclats, la tête penchée sur le côté, toujours nue sous la couverture.

— Qu'est-ce qu'il y a ? lui demanda Mick en refermant un tiroir.

Red fronça les sourcils.

— Sans doute rien.

Il observa à nouveau la photo. Laney faisait partie de ces chanceux que les années ne semblaient pas atteindre – elle aurait pu se faire passer pour une jeune femme de vingt-deux ans à l'époque du lycée et ne donnait toujours pas l'impression d'avoir beaucoup plus, alors qu'elle devait être dans sa trentaine, maintenant. Et puis l'âge était encore plus difficile à déterminer avec le noir et blanc.

— Il y a deux photos d'une jeune femme. Chase Hardy et elle ont une histoire ensemble, ils sont en couple.

Il les retourna pour les montrer à Mick.

— C'est un peu étrange, non ? Que Transom garde ce genre de souvenir dans son tiroir, même s'il est ancien. C'est la petite copine de son ami, et en prime il est fiancé.

Le détective haussa les épaules.

— Les gens sont attachés à ce genre de trucs. Ma femme a gardé des photos de son bal de première, de terminale, des photos du collège, rangées dans une boîte au grenier. Anciens amis, petits copains…

Il s'interrompit pour regarder par la fenêtre une minute.

— Non qu'on ait une relation idéale, notez. Quand je lui ai annoncé que je partais pour ici, elle m'a dit de ne pas revenir.

— Jamais ?

Mick étudia le talon d'un billet dans sa main.

— Je crois.

— Désolé.

— Je n'étais pas souvent à la maison. Avec mon travail…

Il se racla la gorge, puis reprit :

— Comment s'appelle-t-elle, la femme sur la photo ?

— Laney. Laney Moore.

Une pensée traversa alors l'esprit de Red : la cousine de Possum, son amie la plus proche. Red les voyait souvent ensemble. Cette idée associée à la découverte de ce cliché le fit grimacer : Laney s'était-elle retrouvée mêlée à un coup tordu ? Entraînée par Possum ?

— On va la faire venir au poste pour lui poser quelques questions, suggéra Mick.

— Oui, ça ne peut pas faire de mal.

Mick se dirigea alors dans le coin de la pièce où les armes à feu de Jack Hardy étaient rangées dans une vieille armoire forte vitrée. Il passa la main sur le dessus pour trouver la clé. Il sortit sa lampe à UV et éclaira chaque arme, l'une après l'autre. Rien. Il prit ensuite son kit pour relever les empreintes.

— Vous m'aidez à étiqueter les prélèvements ? dit-il en tendant un feutre à Red.

— Je ne vois pas l'intérêt, observa-t-il. Ces armes appartenaient à Jack Hardy. Chase en a hérité. Elles vont être couvertes d'empreintes.

Mick sortit la première de l'armoire et étala de la poudre dessus. Il jeta un coup d'œil à Red.

— N'oubliez pas que j'ai l'habitude. C'est mon métier. Il y a une méthode à suivre. Ayez confiance.

Red l'observa avec intérêt, pendant qu'il examinait les armes, l'une après l'autre, rapide et efficace, avec des gestes agiles, assurés. Ils restèrent plus d'une heure dans le bureau de Jack, jusqu'à ce que Mick s'estime satisfait et annonce qu'ils pouvaient prendre leur pause déjeuner. Tout le temps de leur visite, Red ne cessa de se demander si Chase allait débarquer et les trouver en train de fouiller chez lui, d'ouvrir des tiroirs, d'appliquer de la poudre sur des armes à feu et de regarder des photos. Même s'ils avaient un mandat et n'enfreignaient aucune loi, Red ne pouvait s'empêcher d'avoir le sentiment que c'étaient eux qui agissaient mal.

AVANT

Le vent de février soulevait la neige sur le toit du SUV, pendant que Chase chargeait les dernières affaires dans le coffre – l'attirail de pêche, un sac résistant à l'eau, du bœuf séché pour le trajet et un guide des randonnées en Pennsylvanie. Il referma délicatement la porte pour ne surtout rien casser. Pour la dernière fois, il repensa à tout ce qu'il avait à faire en prévision de cette virée. Il avait pris des dispositions pour que Cliff Miller, l'un des anciens ouvriers agricoles employés à la ferme, vienne s'occuper des vaches pendant deux jours. Il avait rempli au maximum le bol de nourriture pour les chats. Il avait vérifié que le feu était bien éteint dans le poêle. Cela faisait des années qu'il n'avait pas passé une nuit loin de la ferme, et ça le rendait nerveux, il était persuadé d'oublier une chose importante, persuadé qu'un problème surviendrait alors qu'il ne serait pas là pour le régler.

Sans très bien pouvoir expliquer pourquoi, il s'était retrouvé à prendre en charge presque seul les préparatifs de leur bivouac, à réunir aussi bien la nourriture que le matériel, pendant que Transom enchaînait les coups de fil dans le bureau de Jack, qu'il avait investi depuis plusieurs semaines. Son ami avait beau lui avoir décrit son métier à plusieurs reprises, en termes flous et ennuyeux, Chase n'avait toujours pas très bien compris comment il gagnait sa vie.

Chaque fois qu'il l'interrogeait, Transom lui sortait en général une phrase toute faite, pour dire que c'était compliqué et ennuyeux, et Chase en avait déduit que, quelle que soit la nature de ses activités, elles n'étaient sans doute pas tout à fait légales. Il avait décidé de ne pas insister – si son ami trempait dans des affaires un peu louches, mieux valait ne pas le savoir. Ainsi, il n'aurait pas à mentir pour lui, comme il avait dû le faire si souvent par le passé, devant Jack et Maggie. Il avait toujours détesté ça, se retrouver dans la position de devoir choisir entre trahir ses grands-parents et attirer des ennuis à Transom. De toute façon, s'ils voulaient pouvoir se construire une vie commune à l'âge adulte, ils devaient respecter leur intimité, chacun. Ne pas se montrer indiscret, ne pas insister pour obtenir des réponses. D'ailleurs, alors que Chase craignait que Transom ne provoque un malaise lorsque Laney était restée pour la nuit après leur dîner – qu'il se permette une remarque désobligeante, frappe à la porte de sa chambre ou fasse des gestes obscènes quand elle avait le dos tourné –, ce n'était pas du tout ce qui s'était passé, et il lui en était reconnaissant.

Il retourna dans la maison. Le vieux parquet sombre de la cuisine couina sous ses pieds. Des assiettes étaient empilées à droite de l'évier. Une poêle avec des restes d'œufs brouillés séchés sur les bords était restée sur le plan de travail. Il se laissa tomber sur une chaise pour réfléchir par quel bout prendre les choses, quand il se rendit soudain compte, avec un étrange sentiment de panique, que la nappe n'avait pas été changée depuis la mort de Jack. À cause de l'imprimé – des carreaux jaunes, bleus et rouges –, l'énorme quantité de taches et de traînées n'était pas immédiatement visible, mais après examen plus attentif il se rendit compte qu'elle était répugnante. Il débarrassa la table, roula la nappe en boule et alla la déposer dans la buanderie.

Il commença par vider la vaisselle qui se trouvait dans l'évier pour pouvoir le remplir d'eau propre. À l'époque où Chase était au lycée, Jack avait tenté de convaincre Maggie d'acheter un lave-vaisselle, et celle-ci avait toujours refusé, répondant pour plaisanter qu'elle en avait déjà deux à domicile, Chase et Transom. Ils étaient chargés de l'aider dans ce domaine trois soirs par semaine. Et même s'ils avaient détesté cette corvée à l'époque, dès que Chase y repensait, dès qu'il revoyait Transom les bras dans l'eau savonneuse jusqu'aux coudes, dès qu'il se revoyait, lui, hilare, il était surpris de constater que ce souvenir suscitait une étrange nostalgie. La vie était simple à cette époque, bonne.

Transom le rejoignit alors dans la cuisine pour prendre une bière dans le réfrigérateur. Il sortit un comprimé de sa poche et le goba.

Chase ne put retenir un petit tressaillement.

— Tu sais qu'il n'est même pas encore dix heures ?

Transom décapsula la bière et en avala une gorgée.

— Tu vas pouvoir essuyer la vaisselle, lui dit Chase en lui indiquant le tiroir où se trouvaient les torchons.

Après avoir gratté les restes d'œufs dans la poêle, il demanda :

— Tu étais avec qui au téléphone ?

La question était suffisamment neutre. Transom haussa les épaules.

— Un associé, dit-il en essuyant un verre avec un torchon avant de le ranger dans le placard. Pour parler affaires. C'est un ancien ami.

— Tout va bien ?

— Ouais, on avait juste des détails à régler.

Chase sut aussitôt qu'il mentait. Transom avait la mauvaise habitude de déplacer légèrement la tête sur la gauche quand il le faisait. Il avait ce tic depuis qu'il était tout petit. Il lui arrivait de raconter une anecdote véridique, puis, dès qu'il commençait à l'embellir ou à exagérer un détail, il décalait la tête vers la gauche. Il était fâché, aussi. Chase le devinait à la façon dont il serrait la mâchoire. Se rappelant sa détermination à ce qu'ils puissent, chacun, avoir un jardin secret, il n'insista pas pour obtenir des informations. En tout cas pas sur le moment. Ils finirent la vaisselle. Transom sortit un pack de six bières du réfrigérateur, et ils allèrent prendre la route.

*

Transom attendit que la soirée soit avancée pour évoquer ses projets concernant la ferme.

Ils avaient marché une demi-journée pour atteindre leur campement. La nuit tombait tôt, et rapidement, en février, mais Chase avait monté sa tente si souvent qu'il pouvait le faire sans aucun mal, même dans le jour déclinant. Il déroula la toile et lui redonna sa forme carrée, à plat, avant de planter les sardines dans la terre froide et dure. Pendant ce temps, Transom piétinait le sol à proximité, dégageant un espace pour faire un feu. Il alla ramasser du bois sec.

Quand il fut satisfait de l'emplacement du feu en matière de sécurité, Chase disposa les branches plus épaisses, fabriquant une sorte de tipi au-dessus des feuilles mortes et du petit bois. Il craqua une allumette et se pencha pour souffler tout doucement, afin que les flammes s'étirent et embrasent les feuilles. Quelques minutes plus tard, le petit bois brûlait comme il faut, et le tipi commençait à prendre lui aussi. Chase attrapa son sac à dos et s'appuya dessus pendant que Transom finissait d'assaisonner les steaks de chevreuil qu'ils avaient apportés. Il se gorgea d'air nocturne, glacé et sec, qui lui picota la gorge. Il adorait cette sensation, ce froid qui brûlait à peine. Il leva les yeux vers le ciel, noir, limpide et rempli d'étoiles.

— C'était une bonne idée, dit-il, de venir ici.

Transom s'accroupit et plaça délicatement les steaks dans le plat en fonte, qu'il posa sur une grille, dans le feu. Il sourit, sortit deux bières et en offrit une à Chase. Ils restèrent assis en silence quelques minutes. On n'entendait rien d'autre que le crépitement et le sifflement des flammes dans la nuit.

Transom ramassa une fine branche et plaça son extrémité au-dessus du feu. Une flamme orange apparut.

— Écoute, je ne sais pas très bien comment te dire ça, et je sais que ça ne va pas te plaire, alors voilà : on va devoir faire couper quelques arbres à la ferme.

Chase se renfrogna.

— Comment ça ?

Les traits de Transom trahissaient sa nervosité.

— En fait, j'ai signé un accord avec une compagnie forestière. Un technicien est venu marquer des arbres cet après-midi. Les bûcherons ne vont pas tarder.

Il avala une gorgée.

— Ils seront peut-être là lundi.

— Lundi ? Ce lundi ? Où ça ?

Transom haussa les épaules d'un air d'impuissance, comme sur la défensive, le visage éclairé par la lumière du feu de camp.

— Difficile à dire.

Une émotion étrange enfla dans la poitrine de Chase, une colère et une rancœur teintées de trahison qu'il n'avait pas connues depuis longtemps. Si les bûcherons débarquaient vraiment lundi, alors ce projet était en branle depuis un moment déjà. Pourquoi Transom ne lui en avait-il pas parlé avant ? Était-ce pour cette raison qu'il avait proposé ce week-end, afin d'asséner cette nouvelle à Chase en pleine nature, loin de la ferme, à un endroit où il ne pouvait rien faire ? Chase frotta les articulations de ses doigts avec son pouce et resta immobile, les yeux rivés sur le feu, qui crépitait et grandissait à mesure que le vent se levait.

— Combien vont-ils en couper ?

— Sans doute quelques hectares, seulement. Assez pour renflouer un peu la trésorerie. Il y a tout un processus à suivre pour ce genre de choses, poursuivit-il. Ça prend du temps. Tu dois me faire confiance.

Il regarda Chase à travers les flammes, le visage luisant.

— Qu'est-ce que tu veux dire par « ce genre de choses » ?

— La revitalisation. Tu veux rester là-bas, tu veux

cultiver les terres. Je le comprends. Mais le monde évolue. J'ai regardé les livres de comptes de Jack, et les dettes ne sont pas entièrement dues à la maladie de Maggie. Ça allait déjà mal bien avant ça. Il fallait réagir.

— Tu aurais dû m'en parler. Tu aurais dû me demander.

— Ne le prends pas mal, mon frère, mais tu n'as plus ton mot à dire.

Chase le foudroya du regard. Sa colère enflait. Il pensa à la ferme, à Church Hollow, aux immenses chênes qui se pâmaient. Il adorait les champs, les collines et les replis de la terre, le ruisseau où les vaches allaient boire et se rafraîchir. Or tout ça faisait partie de l'exploitation, c'était du travail. Les bois, eux, étaient sacrés. Il y avait forcément une autre solution.

Transom passa une main sur ses joues et son menton mal rasés.

— J'ai été maladroit, mec. Ce que j'essaie de te dire, c'est que cette terre a de la valeur, beaucoup de valeur. Et on peut nettement améliorer sa gestion. On peut rendre tout ça viable.

— Ça l'est depuis deux siècles, cingla Chase en lançant une brindille dans le feu.

La famille Hardy avait acheté cette ferme en 1802.

Transom secoua la tête.

— C'est ce que j'essaie de t'expliquer justement. La ferme n'est pas viable. Et depuis longtemps, au moins une dizaine d'années.

Était-ce vrai ? Jack, enfermé dans son bureau, à faire les cent pas. Jack qui veillait en pleine nuit, penché sur sa calculatrice, le front plissé. Jack qui payait Chase avec du retard, au prétexte qu'il n'avait pas vu le temps passer. Chase avait-il été trop aveugle pour voir la réalité en face ? Trop naïf ?

— Les choses ont changé, reprit Transom. Ça n'a plus à être une lutte quotidienne de cultiver son petit lopin de terre. Ça n'a plus à être si dur.

Il s'interrompit le temps de boire.

— Voilà comment je vois les choses. Les vaches, les récoltes… tu connais ça. C'est ton domaine, et ça le restera. Laisse-moi la gestion du reste des terres. Je sais ce que je fais. Ce n'est pas la première fois. Il va y avoir des évolutions pendant un temps. Du changement. Laisse-moi m'en charger. Tu te sens capable de ça ? De me faire confiance ?

Chase frotta ses mains l'une contre l'autre, les approcha du feu. Le changement. Il n'avait jamais été très doué pour ça, il le savait bien. Il repensa à Church Hollow et aux immenses chênes, aux cerisiers avec leurs longs bras nonchalants. Il se reprochait d'éprouver, d'instinct, de la colère : une colère dirigée une fois de plus contre Jack, qui l'avait maintenu dans le flou, qui lui avait laissé si peu d'atouts dans son jeu.

— Est-ce que tu pourrais examiner la situation encore une fois ? lui demanda-t-il. Voir s'il y a un moyen de sauver les arbres.

Transom sortit un comprimé de sa poche.

— Bien sûr, dit-il en inclinant la tête en arrière. Je verrai ce que je peux faire.

Il se pencha vers les steaks et les remua avec une fourchette.

— Tu es prêt pour le dîner ?

*

Le lendemain matin, bien au chaud dans son sac de couchage, Chase écouta la forêt se réveiller. Des corbeaux croassaient en passant au-dessus de leurs têtes, peut-être irrités par la présence inhabituelle d'une tente jaune vif. Une bestiole, un écureuil s'imagina-t-il – au bruit qu'elles faisaient, elles donnaient toujours l'impression d'être beaucoup plus grosses qu'en réalité – dérangea l'épais tapis de feuilles à demi gelées qui recouvrait le sol. Chase n'avait pas bien dormi. Il n'avait cessé de se repasser la conversation de la veille et de se demander s'il aurait dû poser toutes les questions qui le travaillaient. Il prit la résolution de se montrer plus ferme avec son ami. Transom avait toujours été la plus forte tête des deux, c'est lui qui avait le dessus, et Chase avait, la plupart du temps, suivi l'impulsion qu'il donnait. C'était comme ça lorsqu'ils étaient enfants : Transom imaginait un plan, et Chase jouait le jeu. Ça ne l'avait jamais beaucoup dérangé autrefois, mais à présent il fallait que les choses évoluent. Ils étaient adultes. L'enjeu était trop grand.

Juste avant six heures, il se força à quitter le confort de son sac de couchage douillet. Il avait posé sa doudoune sur ses pieds pour les garder au chaud, et il s'empressa de l'enfiler. Transom ronflait doucement. Il se tourna sur le côté quand Chase ouvrit la porte de la tente pour sortir. Un pin blanc se balançait en grinçant juste à côté. Il s'équipa d'un bâton et remua les braises de la veille. Il en restait encore quelques-unes ardentes, assez pour refaire un feu. Il disposa du petit bois dessus et souffla pour attiser les braises. Quelques cendres s'envolèrent et un fin serpentin de fumée s'éleva.

Chase s'adossa au tronc d'un arbre qui était tombé

et regarda les flammes gagner en intensité, lécher une bûche qui avait roulé. Il voulut appeler Laney pour discuter de la situation avec elle, lui demander conseil, mais quand il prit son téléphone il se rendit compte qu'il ne captait pas. Il versa un peu d'eau de sa gourde dans la bouilloire et la mit sur le feu, avant de se remémorer la succession d'événements étranges qui s'étaient déroulés ces dernières semaines. Il était arrivé tellement de choses, si rapidement, qu'il n'avait pas vraiment eu le temps de tout digérer. La mort de Jack. Le rendez-vous avec l'avocat et la découverte de la situation financière catastrophique. Le retour inattendu de Transom. Sa proposition d'aide. Chase avait déjà entendu des gens parler de montagnes russes émotionnelles, et à présent il comprenait de quoi il retournait : il y avait eu tellement de hauts et de bas qu'il n'avait plus su où donner de la tête.

Aujourd'hui, il fallait y ajouter de la confusion. Du doute. Il repensa à ce matin de décembre dans le champ enneigé, à Transom qui éviscérait ce lapin. Qu'avait-il dit déjà ? Acheter la ferme était un investissement, une transaction financière. Il était revenu pour s'installer dans la région, chez lui. Transom ne serait pas rentré uniquement pour reprendre la ferme et faire des bénéfices. Chase secoua la tête et enfonça son bonnet sur ses oreilles. Il n'arrêtait pas de se répéter que son meilleur ami n'aurait jamais œuvré intentionnellement à détruire la chose au monde qui comptait le plus pour lui. Transom était incapable d'une telle déloyauté, d'une telle traîtrise. Chase aurait dû avoir honte de pouvoir ne serait-ce qu'envisager une chose pareille.

Et pourtant, il avait beau chercher à s'en défaire,

cette pensée ne voulait pas partir. Pendant qu'il se réchauffait près du feu, il s'immergea dans le souvenir d'événements qui remontaient à des années plus lointaines, qu'il n'avait même pas conscience d'avoir conservé en mémoire. Transom qui trichait au contrôle d'histoire de M. Coleridge à la fin de l'année – il s'était lié d'amitié avec un intello boutonneux pour pouvoir copier ses réponses au fond de la classe. Transom qui avait piqué de l'argent dans le portefeuille de son père et avait argué, lorsque Chase avait voulu le convaincre de le rendre, que celui-ci n'en avait pas besoin. Transom qui avait menti à Jack et Maggie, leur disant qu'il partait rendre visite à sa mère pour le week-end alors qu'en réalité il allait camper avec une fille. Sans oublier tous les mensonges que Chase avait faits pour couvrir Transom. Pas de vrais mensonges, pas des mensonges dangereux, mais quand même. Plus il y repensait, et plus son malaise grandissait. Ces mensonges empilés et agencés comme les pierres d'un mur, si nombreux, imbriqués les uns dans les autres.

Il se rappela, toutefois, qu'on ne pouvait pas réduire Transom à ses supercheries et ses coups bas. Il était bien plus que cela. Il pouvait être généreux, chaleureux, et même gentil. Jusqu'à la séparation de ses parents, il avait invité Chase à toutes leurs sorties en famille : pêche au crabe dans le Delaware, rafting dans les rapides de la Youghiogheny, randonnées dans le parc de Yosemite. Les Shultz l'avaient même emmené pour un séjour de dix jours dans un club de vacances à Porto Rico. Ils étaient allés nager au milieu de la forêt tropicale. En quatrième, Transom l'avait aidé en algèbre : autour de la table de la cuisine de la ferme, il lui avait apporté des explications que Chase n'osait pas, par timidité, réclamer en cours. Transom l'avait aussi sauvé une fois, il y avait bien longtemps, d'une tentation obscure et terrible, dont ils n'avaient jamais reparlé, du moins pas directement.

*

Les parents de Chase étaient partis fêter leur anniversaire de mariage. Chase avait passé la nuit à la ferme, comme souvent, et il avait été réveillé avant l'aube. Attiré par des voix, il était descendu et avait découvert Jack et Maggie assis à table, en larmes, et le shérif Redifer debout, en retrait, un mouchoir à la main. Il lui avait annoncé ce qui s'était passé : un chauffard ivre, une collision frontale, ses deux parents tués sur le coup.

Chase était resté pétrifié sur place. Les mots l'avaient atteint mais la nouvelle avait tardé à acquérir une réalité. Jack avait voulu le serrer dans ses bras, et il l'avait repoussé pour se rendre dans le bureau, où il avait ouvert l'armoire à fusils, sorti sa carabine Winchester modèle 1873, puis fourré une poignée de balles du calibre correspondant dans la grande poche de son treillis. Maggie l'avait appelé, ce qui ne l'avait pas empêché de sortir par la porte de la cuisine pour filer dans les bois, une destination naturelle pour lui, puisqu'il s'y rendait toujours quand il avait besoin de se vider la tête. Cette fois, pourtant, c'était différent. Il ne pourrait pas se vider la tête ; il ne pourrait pas donner de sens à ce qui s'était passé.

Pendant trois jours, il écuma les terres Hardy dans une sorte de transe due au chagrin, hébété, s'abreuvant aux cours d'eau et dormant contre les arbres.

Jack et Maggie étaient partis à sa recherche, secondés par les ouvriers agricoles. Il entendit son nom résonner à plus d'une reprise, mais il fit la sourde oreille à ces appels, disparaissant derrière des rochers, utilisant les centaines de cachettes qu'il avait découvertes, petit. Le fait qu'il ajoutait ainsi de l'angoisse à la tristesse de ses grands-parents ne l'effleura que bien après, une fois qu'il fut sorti de son état de stupeur. Il n'avait qu'une certitude : il ne pouvait pas se retrouver face à eux. Ni face à personne d'autre.

Jusqu'à ce jour de sa vie, Chase n'avait jamais rien perdu, pas même un animal de compagnie, et là, dans les bois, le poids de son chagrin pesait si lourd sur lui qu'il était certain que son cœur, son cerveau ou un autre de ses organes finirait par éclater à force. Comment endurer cette souffrance insoutenable ? Il voulait que ses parents rentrent, il voulait remonter les aiguilles du temps et faire en sorte de les accompagner dans leur virée. Il voulait mourir.

Au lieu de quoi, il tua.

Deux magnifiques chevreuils, qui erraient dans les bois depuis des semaines, leurs bois alourdis d'un beau velours, leurs robes d'été d'un brun doré magnifique. Avec son père, il les avait observés tous les soirs depuis le perron de leur maison. Ils attendaient avec impatience la date d'ouverture de la saison de la chasse, pour les abattre en toute légalité. Sauf que ce n'était plus possible. Il ne chasserait plus jamais avec son père, ils ne réfléchiraient plus jamais ensemble au meilleur endroit où se poster, ils ne débattraient plus jamais pour savoir laquelle des deux bêtes avait le plus de ramifications. L'absurdité de la mort de ses parents rendait l'attente insupportable et… tout aussi absurde. Pourquoi attendre quoi que ce soit ?

Pourquoi obéir à une quelconque règle ? Pourquoi planifier ?

Ses pensées s'emballaient. Ses parents, qui ne quittaient jamais Fallen Mountains : quelle était la probabilité qu'ils soient tués ensemble ? Avaient-ils souffert, ne serait-ce que quelques minutes ? L'un d'eux était-il mort en premier ? Il était orphelin à présent. *Orphelin.* Avait-il prononcé ce mot une seule fois dans sa vie ? Le chagrin le laboura plus profondément encore, le déchiquetant comme les lourdes lames métalliques d'une charrue creusant un sillon dans la terre. Il abattit un chevreuil rapidement et l'abandonna sur place. Il visa délibérément le second dans la colonne vertébrale. Il le laissa se débattre et gigoter, connaître une mort lente et douloureuse. En le regardant agoniser, il se sentit possédé par une force étrange. Il s'abandonna à la part brute et animale de lui-même qu'il n'avait jamais éprouvée encore, et cet abandon s'accompagna d'un flot de puissance. Il éviscéra les deux chevreuils avec une violence primitive, plantant son couteau de poche dans l'abdomen, plongeant les bras jusqu'au coude dans le sang. Puis il traîna les dépouilles jusqu'à Church Hollow, les entassa et les brûla.

Ce fut Transom qui le trouva affalé dans les bois à côté des braises de son bûcher. Il arrêta son quad, sauta à terre et se précipita vers lui. Chase redressa la tête.

— Tu es blessé ?

Il fit signe que non.

— Tu es sûr ? Tu as du sang partout, insista Transom en l'examinant.

— Je vais bien.

Transom sortit un pistolet de son étui, un Smith

and Wesson hors de prix qui provenait de la collection de son père. Il le posa par terre, s'accroupit et tendit une gourde à Chase.

— Bois.

Au bout de quelques instants, il l'aida gentiment à se redresser en position assise.

— Qu'est-ce qui s'est passé, Chef ?

Chase secoua la tête, les bois étaient embrouillés et trop lumineux.

— J'ai fait quelque chose, T. Quelque chose de grave.

Transom retira sa casquette, observa les restes carbonisés puis se leva pour déranger les cendres avec la pointe de sa chaussure.

— Ne le répète à personne, lui demanda Chase.

— Bien sûr.

Chase enfouit son visage dans ses paumes et fondit en larmes. Transom ramassa son pistolet et le fit tourner autour de ses doigts.

— Ça fait du bien, hein ? De se venger sur le monde du mal qu'il t'a fait.

Il avait raison sur ce point, Chase s'en souvenait : Transom avait trouvé les mots exacts pour exprimer ce qu'il ressentait. L'idée avait beau lui faire horreur, c'était la vérité : tuer ces chevreuils avait rendu, en un sens, sa douleur plus supportable, au moins sur le moment. Maintenant que c'était terminé, la douleur affluait à nouveau, plus viscérale, plus complexe, parce qu'elle se teintait de culpabilité en plus. D'un remords dévorant pour les violences qu'il avait commises et qu'il ne pourrait pas effacer. Il frissonna et secoua la tête.

— Ouais, c'est ça, convaincs-toi du contraire. Je sais la vérité, moi.

Transom leva son pistolet, l'arma et visa un écureuil dans un arbre voisin.

— Ça suffit, dit Chase. S'il te plaît.

Transom tira, et la détonation fit trembler son ami. L'écureuil tomba dans les feuilles mortes avec un bruit mat. Transom poussa un cri de victoire, puis vit l'expression de Chase et se renfrogna.

— Moi aussi, je les ai perdus, tu sais. Tes parents.

Il rangea l'arme dans l'étui et leva les yeux vers le ciel.

— Viens, on rentre.

Il se baissa pour soulever Chase, exténué et déshydraté, couvert de sang, de sueur et de crasse. Ils gagnèrent en claudiquant un ruisseau à proximité, et Transom retira son tee-shirt à Chase pour le plonger dans l'eau. Il nettoya le sang et la terre sur le visage de son ami, lui lava les bras, en grattant délicatement la saleté. Puis il retira son propre tee-shirt, le lui enfila, et abandonna le tee-shirt souillé dans le ruisseau. À la ferme, ils trouvèrent Maggie et Jack qui attendaient, assis à table, habillés en noir.

— Il a un peu forcé sur l'alcool, mentit Transom en traînant Chase au premier pour le mettre sous la douche avant qu'aucun de ses grands-parents ait pu dire un seul mot. Lave-toi, lui dit-il en fermant le rideau d'un coup sec. L'enterrement a lieu cet après-midi.

Quelques jours plus tard, Chase tenta de se convaincre que ce n'était pas réellement arrivé, qu'il s'agissait d'un mauvais rêve, d'une hallucination causée par son état de stress extrême, parce qu'il ne pouvait pas avoir fait une chose aussi horrible. Il se rendit à Church Hollow, à l'endroit où Transom l'avait trouvé, et elles étaient bien là, les preuves.

Des feuilles calcinées, un cercle noir sur le sol de la forêt. Le tee-shirt dans le ruisseau, aussi.

Il revint avec une pelle et creusa un trou, il y enterra les restes des deux chevreuils et de l'écureuil. Puis il s'agenouilla et pria pour demander pardon – à Dieu, à ses parents, à la terre. Il jura qu'il ne ferait plus jamais de mal à aucun animal, sorte de pénitence, de serment. Cette terre… Ses parents l'avaient aimée autant que lui, et il honorerait leur mémoire en faisant le nécessaire pour veiller sur elle, pour les protéger. Ce jour-là, il fit aussi le vœu de toujours contrôler ses émotions : il ne s'autoriserait plus à ressentir les choses avec une telle intensité, c'était le seul moyen de rester maître de soi. Il devait s'engourdir, s'endurcir. Il ne pensait jamais à ses parents. Quand il passait devant chez eux, il détournait la tête, systématiquement. Au fil des années – après la mort de Maggie, et maintenant celle de Jack –, il avait tenu sa promesse.

*

L'eau de la bouilloire était arrivée à ébullition et ses légers débordements faisaient des cabrioles dans le feu. Chase prit la tasse en métal et vida un sachet de café soluble dedans. Il emmaillota sa main dans un torchon avant d'attraper la poignée de la bouilloire et versa l'eau fumante dans la tasse. Transom sortit de la tente et protégea ses yeux de la lumière du feu. Il retourna aussitôt à l'intérieur et réapparut avec une chapka en laine épaisse. Ses yeux étaient injectés de sang. Chase ne savait pas combien de bières il avait bues la veille au soir. Et puis il y avait les comprimés, aussi, ceux que Transom prenait régulièrement.

Il l'avait interrogé à ce sujet, un jour, et son ami lui avait montré le flacon. « Pour mon épaule, avait-il expliqué. Ne t'inquiète pas, j'ai une ordonnance. » Il avait montré son nom sur l'étiquette.

Transom ouvrit lui aussi un sachet de café soluble qu'il vida dans sa propre tasse, avant de faire signe à Chase de lui servir de l'eau brûlante.

— J'ai l'impression qu'il va pleuvoir.

— Tu dis toujours ça, lui répondit Transom.

— Ou peut-être qu'il va neiger, déclara Chase en levant les yeux vers le ciel. Ça dépendra des températures. En tout cas, un ciel de cette couleur, entre le blanc et le gris, c'est la garantie de précipitations, d'une manière ou d'une autre.

Chase but son café d'un trait, la chaleur descendit dans son torse. Il jeta la dernière gorgée puis se leva. Pendant que Transom l'observait, assis sur une bûche, il entreprit de démonter la tente et de la ranger dans sa housse.

Peu après qu'ils eurent remballé leurs affaires et se furent mis en route, quelques flocons de neige commencèrent à tomber. Chase, convaincu que la pluie finirait par arriver, suggéra de troquer l'itinéraire prévu contre un autre plus direct afin de rejoindre la voiture, mais Transom insista pour s'en tenir au projet initial. Il leur restait encore huit kilomètres à parcourir lorsque le grésil s'abattit sur eux, lames glaciales qui leur frappaient la nuque. Alors qu'ils cheminaient péniblement sur le sentier pentu et rocailleux, Chase se sentit gagner par la morosité. Il était obnubilé par les arbres de la ferme : les pins blancs si majestueux dont il ne pouvait pas faire le tour du tronc. Les noyers dans la zone marécageuse en contrebas, au-delà de Church Hollow. Le chêne rouge bavard, en haut du champ de Maggie.

Ils sautèrent le déjeuner. Quand ils finirent par arriver à la voiture, ils étaient tous les deux trempés, gelés et abattus. Chase avait glissé deux fois, si bien qu'il n'avait pas seulement le haut du corps, et son sac à dos, mouillés, mais aussi son caleçon long et son pantalon, collés à ses jambes.

Transom tenta, maladroitement, de détendre l'atmosphère.

— Il y a un motel un peu plus bas sur la route. On est passés devant en venant. On ne va pas pouvoir remonter la tente comme prévu. Qu'est-ce que tu dirais de prendre une chambre là-bas à la place ?

— Je pense qu'il vaudrait mieux rentrer, dit-il en hissant son sac à dos dans le coffre du SUV avec un mouvement de dégoût.

— Allez, je t'offre un coup à boire, et un dîner aussi. Tu dois avoir faim. Moi, je suis affamé.

Chase haussa les épaules. Il avait surtout envie d'être seul.

— On est venu jusqu'ici, on ne va pas laisser un peu de pluie tout gâcher, insista-t-il avec un sourire.

Chase retira son coupe-vent et le jeta sur la banquette arrière.

— Ce n'est pas la pluie le problème, murmura-t-il dans sa barbe. C'est toi.

Transom attendait toujours une réponse. Il ne se rendait compte de rien, à son habitude. Chase était si trempé et si affamé qu'il finit par hocher la tête.

Au pub où ils s'arrêtèrent, Transom fit sensation autour de la table de billard. Il attira plusieurs personnes, une à une, avec une blague, un défi – son sourire, son rire qui résonnait de plus en plus haut.

Il cernait bien les gens, il savait comment les appâter, leur donner le sentiment qu'ils prenaient part à quelque chose. Chase était affalé sur un tabouret à l'écart. Il aurait aimé que Laney soit là. Il était saoul, il le savait bien, pourtant il continuait à boire. C'était plus fort que lui, il se vautrait dans l'apitoiement en regardant Transom entouré de tous ces gens, riant, jetant son argent par les fenêtres, partie après partie. Une jeune femme séduisante s'était laissé prendre dans ses filets. Elle était jeune, trop jeune, et si menue que la silhouette imposante de Transom la faisait paraître encore plus fragile. Elle portait un jean moulant, des bottes et un pull rouge qui glissait sans arrêt sur son épaule, dévoilant une bretelle de soutien-gorge noire. Teresa, c'était son nom.

Transom finit par venir le trouver.

— Écoute, dit-il en se penchant si près que Chase sentit le whisky dans son haleine. Il faut que tu t'arrêtes là, mon pote. Je vais te conduire au motel, juste à côté.

Puis il alla voir la femme au pull rouge et lui chuchota quelque chose à l'oreille. Elle rejeta ses longs cheveux bruns par-dessus son épaule dans un éclat de rire et partit récupérer ses affaires, un manteau gris et un sac à main rouge, accrochés au portemanteau près de la porte. Transom prit Chase sous le bras et l'aida à se lever pour sortir. Ils marchèrent tous les trois jusqu'au SUV. Le grésil s'était transformé en une neige légère et duveteuse qui commençait tout juste à s'accumuler sur les routes. En chemin, Chase fut obnubilé par une seule chose, le parfum de la femme : comment pouvait-il le sentir alors qu'elle sortait d'un bar enfumé ?

Transom lui dit d'attendre dans la voiture pendant

qu'il conduisait Chase à la chambre. Il n'en avait pas pour plus d'une minute. Il se battit avec la clé pour ouvrir la porte. À l'intérieur, il alluma et regarda son ami se diriger en titubant vers le lit.

— Ne m'attends pas, lui dit-il avec un clin d'œil juste avant de ressortir.

*

Le lendemain matin, lorsqu'il se réveilla dans la chambre miteuse du motel, il fallut quelques minutes à Chase pour comprendre où il se trouvait et ce qu'il faisait dans cet endroit. Il avait rêvé qu'il était à Church Hollow et qu'il regardait un ours noir traverser les bois de son pas lourd. Des images si réalistes qu'elles restaient accrochées à lui. Sa tête cognait et ses oreilles rugissaient. Transom n'était pas là. Chase se rallongea dans le lit et empoigna un oreiller pour le presser contre son visage afin de s'abriter de la lumière. Depuis combien de temps ne s'était-il pas réveillé après l'aube ? Des années ? Il ne se rappelait pas la dernière fois où il s'était tout simplement tourné de l'autre côté pour replonger dans le sommeil.

Transom ne tarda pas à débarquer avec deux grands gobelets de café fumant.

— Debout mon grand !

Il déposa un gobelet sur la table de nuit, puis se laissa tomber sur le lit. Chase grogna et se mit un second oreiller sur la tête. Transom soupira.

— Je crois que je suis amoureux.

— J'ai déjà entendu ça. Très souvent.

Transom le regardait avec une gravité qu'il avait rarement vue chez son ami.

— Non, c'est du sérieux cette fois. Je crois que c'est la bonne.

— Tu viens à peine de la rencontrer.

— Quand on s'est trouvés, on le sait, non ? dit-il en haussant les épaules. Je te conseille de t'habiller. Elle sera là dans quelques minutes.

APRÈS

Mick Dashel venait tout juste de finir de questionner Chase Hardy. Red, qui se sentait étonnamment gêné de participer à l'interrogatoire du petit-fils de son défunt ami – surtout qu'il l'avait déjà questionné, en quelque sorte, à la ferme – avait trouvé une excuse parfaitement valable pour s'absenter. Miranda Wilson avait heurté une biche avec sa voiture, et il avait sauté dans son tout-terrain pour filer s'assurer qu'elle n'avait rien, et dégager la chaussée. Il s'était attardé sur place, avait pris des nouvelles du mari et des enfants de Miranda, du travail, de la ferme, du tracteur qui leur avait causé des ennuis, le tout dans le but de s'assurer que Chase Hardy serait déjà reparti à son retour au poste de police. Après tout, Mick allait enregistrer la totalité de leur échange, et Red pourrait toujours, s'il en avait vraiment envie, l'écouter plus tard. Même s'il doutait de le faire.

— Il sait quelque chose, décréta Mick après le départ de Chase et le retour de Red.

Le cœur du shérif manqua un battement. Ce tiraillement dans le ventre, qui lui disait que Possum pouvait être derrière cette affaire – et la possibilité que son propre silence puisse mettre quelqu'un d'autre en danger, et en particulier Chase Hardy, si discret et si gentil, aussi inoffensif qu'une mouche –, lui donnait le tournis. La pièce se mit à tanguer et ses genoux menacèrent de se dérober. Il s'assit sur son fauteuil de bureau.

— Qu'est-ce qui vous fait dire ça ?

— Il cache quelque chose, je le sais.

Red secoua la tête.

— Je ne crois pas qu'il ait été contrarié à ce point par ce qui s'est passé à la ferme. En tout cas certainement pas au point de faire du mal à quelqu'un.

— J'ai vu des gens passer à l'acte pour bien moins.

Red prit un anti-acide dans le bol sur son bureau.

— Et moi je vous le dis : vous ne le connaissez pas aussi bien que moi. On n'a toujours pas de certitude sur ce qui a pu arriver à Transom, sur l'implication de quiconque, mais si quelqu'un s'en est pris à lui, je doute vraiment que Chase soit capable d'une chose pareille. Il ne chasse même pas.

Red se souvint soudain d'un événement dont il avait été témoin, par la fenêtre du poste de police, quelques semaines plus tôt.

— Chase Hardy est du genre à se garer pour descendre aider une vieille dame qui a du mal à déplacer son déambulateur à cause des irrégularités du trottoir. Il participe bénévolement aux activités organisées par l'église pendant les vacances scolaires. Les enfants l'adorent. Chase est quelqu'un de bien. Par chez vous, c'est sans doute différent, mais ici on se connaît, tous.

Au moment de prononcer ces mots à voix haute, il se rendit compte à quel point c'était faux. Les citoyens de Fallen Mountains étaient sans doute persuadés de le connaître, lui.

Mick eut un sourire.

— On ne connaît jamais les gens, pas entièrement. Les êtres humains sont bizarres. Ils cachent des choses, ils ont des secrets. Et croyez-moi : nous commettons tous des actes dont nous ne nous savions pas capables, bons ou mauvais. Tous. Des gens normaux, des gens bien peuvent se livrer à toutes sortes d'atrocités. Pensez aux guerres. Comment, sinon, de telles barbaries auraient-elles lieu, s'il n'existait pas en chacun de nous une propension profonde au mal ? J'ai tout vu, shérif. J'ai vu une mère de trois enfants, au visage d'ange, poignarder son mari dans son sommeil parce qu'elle avait découvert qu'il la trompait. J'ai vu un pasteur vénéré par ses trois mille paroissiens abattre l'homme qui avait agressé sa fille. Et oui, j'ai vu des gens tuer pour des conflits de territoires. Il faut bien comprendre que nous avons, chacun, des limites à ce que nous pouvons accepter. Si on nous pousse trop, si on nous accule, nous finissons par craquer. Et nous faisons des choses dont nous serions incapables dans des circonstances normales. C'est un fait.

Red repensa à Possum sur le lino du mobile home. Au procès, son avocat avait apporté la preuve que l'adolescent avait été victime de mauvais traitements de la part de Vance depuis plus d'un an. Sous la pression, il avait craqué. Red songea à sa propre expérience : JT, menaçant de les priver d'assurance maladie quelques semaines avant la date prévue pour l'opération dont Junior avait si désespérément besoin. Acculé, il avait craqué.

Mick poursuivit.

— L'avantage, quand on enquête sur une affaire dont on ne connaît aucun des protagonistes, c'est qu'on est dans la capacité d'observer les faits pour ce qu'ils sont. Dans le cas de Transom Shultz, tous les éléments suggèrent qu'il n'a pas simplement disparu. Il venait de se fiancer. Il avait organisé un voyage, qu'il avait même réglé, pour partir avec une femme à laquelle il tenait. Tous ses effets personnels se trouvaient dans sa voiture. Et moi, en tant qu'étranger n'ayant aucun lien intime avec personne ici, je perçois très clairement que Chase Hardy s'est vraisemblablement disputé avec Transom au sujet de la ferme, parce qu'il s'est senti trahi, que ça l'a mis en colère. Et il a sans doute décidé d'agir en conséquence. De plus, comme je l'ai déjà mentionné, Chase Hardy est le bénéficiaire testamentaire de Transom. Maintenant, il est tout à fait possible qu'ils en soient venus aux mains et qu'il y ait eu un accident. Je ne l'exclus pas. Mais je vous parie qu'il y a un cadavre dans cette propriété. Et croyez-moi, cette idée ne me plaît pas plus qu'à vous. Malgré tout j'ai un pressentiment. Quelque part sur ces terres, il y a un cadavre.

AVANT

Mars. Assis dans son pick-up, Chase regardait l'énorme engin jaune se frayer un chemin à travers le champ et traîner un nouveau chargement de quatre longues grumes, laissant de profondes ornières boueuses dans son sillage. Moins d'une semaine après son week-end de camping avec Transom, les forestiers étaient arrivés à la ferme. C'est à ce moment-là que Chase l'avait compris : ce dernier n'avait jamais pris le temps d'envisager la situation sous un autre angle, jamais tenté de sauver les arbres.

Depuis deux semaines à présent, l'équipe travaillait de l'aube au crépuscule. Chase les entendait : gémissement d'une tronçonneuse, fracas énorme d'un arbre tombant au sol. Il y avait aussi le débusqueur jaune, et les deux camions grumiers qui allaient et venaient. La première moitié du mois avait été froide et humide, avec une alternance de neige, de grésil et de pluie ; le champ était éventré et sillonné de profondes entailles noires. L'abattage avait progressé lentement. À présent, néanmoins, avec la météo qui se réchauffait, il battait son plein. Un immense tas de grumes, haut de près de dix mètres, se trouvait dans ce qui s'appelait la « place de dépôt ». Les forestiers et le débusqueur, la machine qui traînait les arbres abattus de la forêt au champ, étaient revenus la veille. Toute la journée, deux camions grumiers, l'un avec une cabine rouge, l'autre vert foncé, s'étaient traînés sur la route de schiste créée pour le chantier jusqu'à la place de dépôt, où ils avaient chargé le bois.

D'ici quelques semaines débuterait la saison du dindon sauvage. En temps normal, Chase voyait les gallinacées tout au long de l'hiver. Ils cherchaient de la nourriture dans les champs, jetaient leur dévolu sur les épis de maïs qui n'avaient pas été récoltés, grattaient les feuilles mortes décomposées en quête de glands. Chase les dénombrait et surveillait l'évolution de ce chiffre. Habituellement, il y avait au moins deux troupeaux sur les terres Hardy. L'année précédente, il en avait repéré un de douze et un autre de dix-sept. Cet hiver, toutefois, il n'avait pas vu un seul dindon. Il se demandait si les forestiers les avaient croisés dans les bois. Chaque fois qu'il les voyait revenir avec davantage de grumes – des chênes solides, grands et bien droits, des érables durs, des noyers –, le dégoût lui retournait le ventre. Il n'avait pas encore trouvé la force de se rendre dans la partie de la propriété où avait lieu la déforestation. Il n'était pas certain de vouloir voir Church Hollow, d'être capable d'endurer ce spectacle.

Le coup le plus cruel de tous, la nouvelle qui l'avait vraiment mis hors de lui avait transpiré la veille : Transom avait conclu un contrat avec une compagnie pétrolière. Ces *gazpilleurs*. Pire, il n'avait pas eu le cran de le lui annoncer en face. Il avait laissé traîner le contrat sur la table de la cuisine, où il savait que Chase le trouverait. Ce dernier était tombé sur la liasse de documents à son retour à la maison.

Ils étaient rédigés dans un jargon qu'il ne comprenait pas globalement, mais l'intitulé, en haut de la première page, était limpide : un accord de cession. Et la signature de Transom figurait à la fin du contrat.

À l'exception de brefs intermèdes contraints, Chase ne lui avait pas adressé la parole depuis leur virée. Il travaillait pour l'éviter, se débrouillait pour aller en ville, dans l'étable ou, de plus en plus souvent, chez Laney, dès qu'il n'était pas seul à la ferme. Cependant, lorsqu'il avait découvert le contrat sur la table, il avait décidé d'avoir une explication avec celui-ci : Transom l'avait mené en bateau en lui promettant d'essayer de conserver les arbres. Transom n'avait pas nié. Il avait été tenté de l'embobiner avec des explications mensongères – Chase avait aussitôt identifié le mouvement de la tête sur la gauche –, puis il s'était ravisé.

Il avait voulu convaincre Chase de prendre du recul : oui, ce n'était pas joli à voir pour le moment, d'accord. Avec le temps, ça s'arrangerait. Ce serait différent, d'accord, mais pas catastrophique. Une fois que la plateforme d'exploitation serait en place, une fois que les grumes auraient toutes été emportées et que les forestiers auraient quitté la propriété avec leur matériel, il n'y aurait plus que trois citernes, quelques pompes, qui occuperaient environ un demi-hectare de la propriété. Et c'était justement toute la beauté de la chose, insista Transom : une fois l'installation terminée, ils auraient une source de revenus pour des années. Plus besoin de s'inquiéter pour les récoltes détruites par des cerfs, pour la météo capricieuse de Pennsylvanie, pour les problèmes d'argent. Ce que Transom ne semblait pas vouloir comprendre en revanche, c'est que ça n'était pas aussi simple.

La question n'était pas seulement financière ; l'enjeu n'était pas de se simplifier la tâche. Il y avait une forme de fierté à cultiver la terre, à la connaître et à veiller sur elle… Et Transom venait d'en priver Chase. Il ne pourrait jamais la retrouver.

On ne pouvait pas non plus écarter les risques de la fracturation hydraulique, les dangers potentiels, les ennuis dont Chase entendait parler, de temps en temps, aux informations régionales. Un camion transportant du fluide de fracturation s'était renversé dans un virage serré, déversant des milliers de litres de produits toxiques. Ainsi que le propriétaire du terrain inondé par l'accident l'avait précisé au journaliste, en montrant une pompe à bras, ces saletés allaient quelque part, et dans ce cas précis dans ses réserves d'eau potable. Récemment, une chaîne de télévision avait diffusé un reportage montrant une famille dont les enfants avaient été en parfaite santé jusqu'à l'installation d'une station de compression sur leurs terres. Aujourd'hui, expliquait le père de famille, en enlaçant d'un geste protecteur ses deux filles par les épaules, elles étaient malades. Et rien que la semaine précédente une femme avait approché une allumette de la pompe dans son jardin et l'eau – enfin plutôt le liquide qui en sortait – s'était enflammée. Les chances que de tels incidents se produisent étaient sans doute faibles, Chase en convenait, mais peu importait : de son point de vue, aucune somme d'argent ne justifiait que l'on sacrifie sa maison ou sa santé.

Depuis son pick-up, Chase observait le conducteur du débusqueur. Il dépassa l'immense tas de grumes pour en ajouter de nouvelles. L'homme descendit de son engin et sauta à terre. Il se déplaçait avec grâce et dextérité. Chase avait beau être trop loin pour pouvoir l'affirmer avec certitude, il était convaincu qu'il s'agissait d'un jeune homme. Il grimpa à l'arrière de la machine pour fixer les lourdes chaînes en métal grâce auxquelles il avait attaché les grumes sur le site d'abattage. Il les enroula, avant de retourner derrière le volant du débusqueur et de repartir dans les bois chercher un nouveau chargement.

Chase regarda l'heure à sa montre. Il fut tenté, comme toujours, d'aller voir ce qui se passait de ses propres yeux. Il avait rendez-vous dans peu de temps avec Laney pour leur balade du soir, mais ça ne l'empêchait pas de faire un saut rapide dans les bois. Il n'aurait même pas besoin de descendre de son pick-up. Oui, c'était jouable. Il enfonça la pédale d'embrayage et enclencha la première. Il gravit la pente puis s'engagea prudemment dans les bois, naviguant entre les ornières profondes pour éviter les endroits où il risquait d'endommager le châssis. Il se rendit compte qu'il suivait une sorte de chemin – celui qu'empruntaient sans arrêt les forestiers pour évacuer les grumes. Le pick-up s'enfonça en cahotant dans la forêt.

Soudain il le découvrit, au moment d'atteindre le plateau : Church Hollow, presque entièrement dépouillé des grands arbres droits et feuillus qu'il adorait depuis qu'il était tout petit. C'était bien pire, bien plus laid que ce qu'il avait osé imaginer. D'énormes souches sortaient de terre, et de petits arbres, des arbres sans valeur pour les forestiers, avaient été abattus eux aussi, ils jonchaient le sol comme les débris d'un naufrage. Les branches qui avaient été coupées sur les troncs des grands arbres étaient réunies en petites piles à l'équilibre précaire. La terre était entièrement retournée, on aurait cru qu'une bataille s'y était déroulée. Si Chase avait voulu descendre de sa voiture pour faire quelques pas, il aurait été obligé d'escalader les débris, avec beaucoup de prudence – il n'y avait pas une seule zone dégagée, permettant de marcher en ligne droite sur plus de quelques pas. Il balaya du regard les environs, cherchant de toutes ses forces un point de repère, mais sans les balises naturelles auxquelles il s'était toujours fié – le chêne blanc avec ses longs bras nonchalants, l'énorme rocher sur lequel il était assis lorsqu'il avait résolu de vendre cette terre à Transom, les buissons de laurier des montagnes –, il était perdu. Il fut pris de sueurs froides, le cœur battant la chamade. Quand il vit le débusqueur venir dans sa direction avec un nouveau chargement de grumes, il coupa le moteur et sortit. Aveuglé par la rage, il circula entre les ornières et les tas de bois, se hissant rapidement sur les arbres abattus. Le conducteur du débusqueur le salua d'un signe de la main et s'arrêta. Chase monta sur l'engin, reproduisant les mouvements du forestier, observés un peu plus tôt. Il frappa à la portière vitrée. Le jeune homme, percevant aussitôt la colère dans ses yeux, l'ouvrit avec prudence. Chase l'agrippa par sa veste pour l'attirer vers lui, si bien que leurs deux visages se retrouvèrent tout proches.

— Vous vous prenez pour qui ? cracha-t-il, dents serrées.

Sonné par la situation, le jeune homme répondit, la gorge nouée :

— Pardon, monsieur…

Tout à coup, Chase perçut la terreur et la confusion du forestier, il remarqua combien son propre poing, serré sur la veste du type, était blanc, il se vit juché sur le débusqueur, bouillonnant de rage. Aussitôt, il se souvint de ce qu'il avait fait dans les bois, les jours suivant la mort de ses parents, et son serment de contrôler désormais ses émotions. Il lâcha le conducteur et descendit de l'engin. En plus, se dit-il au moment de rebrousser chemin dans son pick-up, cet employé ne faisait que son travail. Ce n'était pas parce qu'il était chargé de dégager les arbres abattus à Church Hollow qu'il était responsable. Ce n'était pas davantage sa faute que celle du chauffeur grumier qui les transportait ailleurs sur son camion ou que celle du type qui tenait la tronçonneuse. C'était celle de Transom. Transom était à l'origine de tout ça.

*

Laney guettait Chase sur le perron de sa maison. Kip était assis à ses pieds, oreilles dressées, et il l'observait avec impatience. Il avait compris qu'elle attendait, qu'ils attendaient tous les deux, sans doute pour aller quelque part. Elle lui caressa la tête. Le temps s'était brusquement radouci ces derniers jours, et entre le soleil, la neige fondue et les premiers signes des bourgeons sur les arbres, elle était étourdie d'énergie. Elle avait si hâte de s'occuper de son jardin qu'elle avait planté quelques graines dans de grands plateaux de semis noirs : zinnias, bégonias, lobélies et impatientes. Elle avait aussi préparé un plateau de semis de légumes. Brocolis, concombres et quelques tomates anciennes, des graines mises de côté l'année précédente. C'était la toute première fois qu'elle partait de graines, et elle savait que celles-ci pouvaient ne pas germer, mais ça n'en restait pas moins agréable de les sentir dans sa paume, de les plonger dans la terre, d'avoir l'impression de faire quelque chose de concret. Il y avait de l'espoir dans ce geste, et elle savourait ce sentiment.

Le cœur de Laney était engagé sur un terrain périlleux avec Chase, et elle le savait. Elle pensait sans arrêt à lui, chez lui, quand elle rentrait du bois, qu'elle se réchauffait à dîner, qu'elle regardait un jeu télévisé dans son canapé. Au travail, c'était pire. Son rôle dans la chaîne de montage de l'usine de composants électroniques consistait à enfoncer des broches métalliques dans des étuis en plastique, au moins trois mille fois par jour. Une tâche abrutissante, surtout quand lorsqu'on avait suffisamment pris l'habitude pour ne plus avoir besoin de se concentrer sur ce qu'on faisait. À son entrée dans l'usine, quatre ans plus tôt, elle était nerveuse. À la fin de la journée, elle avait mal au dos et aux épaules, à force de se tenir très raide sur sa chaise et de se concentrer. Ses yeux la piquaient, ses poignets l'élançaient. Le corps avait pourtant appris à mémoriser l'angle qu'il fallait adopter pour insérer les broches, ce geste très précis qui permettait de casser d'un coup net ce qui dépassait, si bien qu'après avoir reproduit ce mouvement d'insertion puis de sectionnement une centaine de milliers de fois, on avait à peine besoin de regarder ce qu'on faisait. Et l'esprit de Laney en profitait pour vagabonder. Son imagination s'engageait sur la voie périlleuse de scénarios séduisants et heureux : arpenter les champs de la ferme avec Chase, dans le bruissement des hautes herbes. Se réveiller le matin de Noël à ses côtés, porter ses enfants.

Elle vit son pick-up approcher et tourner pour venir se garer devant chez elle. Il leva les doigts pour la saluer, sans lâcher son volant. Il coupa le moteur et descendit lentement. Lorsqu'elle le serra contre elle, elle sentit qu'il était trempé de sueur.

— Qu'est-ce qui ne va pas ? demanda-t-elle en cherchant la réponse sur ses traits. Qu'est-ce qui s'est passé ?

Son esprit s'emballait. Transom avait-il fait d'autres dégâts à la ferme ? Quelqu'un avait été blessé ? Sa gorge se noua alors qu'une troisième possibilité l'effleurait : Transom avait-il parlé à Chase d'eux deux ? Maintenant qu'il avait une copine – cette jeune idiote de Teresa, si ravissante que c'en était pénible –, il pouvait bien garder ça pour lui, non ?

Chase s'adossa à son pick-up, appuyant tout son poids sur le pare-chocs avant.

— Je viens de me battre avec un des forestiers à la ferme.

— De te battre ?

Elle ne comprenait pas.

— Tu es blessé ? lui demanda-t-elle. Tu l'as blessé ?

Elle avait du mal à imaginer une chose pareille. Il fit non de la tête. Le vent se leva et les branches du cornouiller devant la maison se balancèrent.

— Je lui ai juste fait peur, je crois, finit-il par lâcher.

Ils allèrent s'asseoir côte à côte sur les marches du perron, et il lui raconta ce qui s'était passé, avant d'enfouir son visage dans ses mains.

— Comment j'ai pu laisser une chose pareille arriver ? Comment j'ai pu être aussi bête ?

Laney se pencha vers lui et attira sa tête vers sa poitrine.

— Tu n'as pas été bête, lui dit-elle. Tu n'aurais

jamais pu imaginer qu'il ferait ça. Personne n'aurait pu. C'était ton ami, tu avais confiance en lui. Tu n'as rien fait de mal.

Kip gémit et donna des coups de museau impatients dans la cuisse de sa maîtresse. Puis il l'observa, guettant le signe du départ.

— On ferait mieux de se mettre en route, dit Chase en se levant. La nuit ne va pas tarder à tomber.

Ils prirent le pick-up de Laney pour aller dans la forêt. Elle voulait demander des précisions sur l'altercation, mais Chase ne semblait pas avoir envie d'en parler et orienta la conversation sur son travail à l'usine. Depuis plus d'un an, on entendait parler de sa fermeture prochaine. Mois après mois, les gens évoquaient une réunion avec la direction, une volonté de délocaliser à l'étranger. Laney avait cessé de s'inquiéter. De temps en temps, elle pensait à ce qu'elle ferait si ça arrivait, elle se demandait où elle pourrait trouver du travail, si elle devait vendre sa maison et déménager. Le plus souvent elle arrivait à adopter le bon état d'esprit : elle ne pouvait rien y faire, rien du tout, alors à quoi bon perdre son sommeil pour ça ?

— Trina Johnson est enceinte, dit-elle.

Trina avait terminé ses études secondaires au lycée de Mountains Falls un an après eux. Elles n'étaient pas proches à l'époque, mais elles étaient devenues amies depuis qu'elles travaillaient à l'usine. Elles se trouvaient dans la même équipe, elles avaient les mêmes horaires et passaient donc beaucoup de temps ensemble.

— Encore ? répondit Chase, surpris, avant de sourire. Ça lui en fera combien ? Cinq ?

— Trois. Ce n'est pas tant que ça, dit-elle sans quitter la route des yeux.

— J'ai l'impression qu'elle enchaîne les grossesses depuis six ou sept ans.

— C'est vrai qu'ils les ont eus de façon rapprochée. Elle dit qu'ils ont attendu trop longtemps, Dennis et elle. Elle a trente et un ans, déjà. Le temps est compté pour les femmes, tu sais.

Son ton était trop agressif. Elle prit la main de Chase et la serra.

— Désolée. C'est juste que ça me rend un peu jalouse. Je sais que ça paraît fou.

— Jalouse ?

— Oui, j'ai toujours rêvé d'avoir une famille. De devenir maman, d'avoir des enfants. De partir faire du camping. D'organiser des grands dîners. Je n'ai pas connu ça, petite.

Kristen, la mère de Laney, avait souffert d'une dépression sévère pendant l'essentiel de son enfance, après avoir été quittée par son mari. Laney avait trois ans.

Elle mit son clignotant et se gara sur le parking de la forêt nationale. Kip gémit aussitôt, ses babines frémissant d'impatience. Chase le fit descendre en premier. Laney enfila une veste légère.

Le berger allemand s'élança sur le sentier, et ils le suivirent d'un pas tranquille. Les premiers bourgeons commençaient tout juste à sortir sur les arbres, l'air était chargé de l'odeur sucrée de la terre. Un vieil érable grinça sous les assauts du vent. Laney protégea ses yeux du pollen qui pleuvait sur elle.

— Tu seras une super maman, lui dit Chase tout bas.

Il s'arrêta pour la regarder, puis l'attira contre lui.

— Je repensais à ce que tu disais tout à l'heure dans la voiture, sur ton envie de famille.

Laney enfouit son visage dans le torse de Chase. Il sentait la forêt, la terre et la sciure, et elle respira son odeur. Elle aimait ces élans de tendresse qu'il avait pour elle, des élans de plus en plus fréquents. Elle aimait surtout la direction que prenait leur relation, qui avait enfin l'air d'avancer. Ils se voyaient tous les jours désormais. Ils avaient instauré des rituels ensemble, comme la promenade de fin de journée et le café du matin. Elle adorait ça. Ils se retrouvaient même parfois en ville, ils allaient petit-déjeuner au Wheeler's Diner le samedi, lorsque le restaurant était plein de gens curieux qui se dévissaient le cou pour les regarder, ils allaient prendre un verre au Johnnie's Place le vendredi soir. On commençait à les prendre pour un couple, elle le savait. Trina la taquinait sur ce sujet à l'usine ; le jour où elle lui avait demandé quand elle comptait se retrouver enfin en cloque parce qu'elle voulait que leurs gosses puissent aller à l'école ensemble, Laney s'était éloignée en rougissant.

Chase et elle atteignirent le ruisseau où ils avaient l'habitude de faire demi-tour. Au cœur de l'été, il s'asséchait presque entièrement : il ne restait plus qu'un petit filet d'eau brune qui s'écoulait par intermittences. Les étés particulièrement secs, il ne restait que le lit vide, à l'exception de quelques flaques d'eau stagnante ici ou là. À cette période de l'année, en revanche, avec les nombreuses précipitations du mois de mars, le ruisseau grondait et écumait sur les bords. À quelques endroits, le long de celui-ci, de petites plaques de neige ancienne restaient accrochées à la base de rochers. Il faisait froid ici, à l'abri d'immenses conifères imposants, et Laney baissa son bonnet sur ses oreilles. Kip était perché sur un rocher, sa queue fouettant une branche de laurier des montagnes. Il semblait réfléchir à un petit bain. Laney l'imagina avec ses longs poils dégoulinant d'eau du ruisseau sur la banquette du pick-up, entre Chase et elle, qui finiraient trempés – sans mentionner l'odeur de chien mouillé qui imprégnerait la voiture. Elle siffla, et Kip se tourna vers elle avant d'accourir.

— Pas aujourd'hui, lui dit-elle en lui grattant les oreilles.

Ils regagnèrent le parking. Certains soirs, ils marchaient d'un bon pas, le visage rougi par l'effort, le corps réchauffé sous les couches de vêtements. Ça ne la dérangeait pas de sentir l'effort fourni par son corps. Ce soir, cependant, avec la présence si palpable du printemps dans l'air, les températures si douces alors que le soleil était déjà couché, le tourbillon de rose et de turquoise dans le ciel, ils prenaient le temps de flâner, comme s'ils avaient décidé que la nuit attendrait qu'ils aient rejoint le pick-up pour tomber, comme s'ils pouvaient repousser la fin de cette journée. Chase passa un bras autour des épaules de Laney, et elle se serra contre lui, heureuse.

Et pourtant, malgré la joie qu'elle ressentait, et celle qu'elle percevait aussi, de temps à autre, chez Chase, elle avait la sensation que ça ne durerait pas, que ça ne pouvait pas durer, et son plaisir demeurait donc entaché par une peur toujours présente en arrière-plan de chaque bon moment. Les événements à la ferme finiraient, inévitablement, par tout faire éclater, elle le savait, et quelle que soit l'issue qu'elle imaginait, ça se terminait toujours mal. Dans l'immédiat, Chase et Transom s'évitaient à tout prix, mais elle avait la certitude qu'ils finiraient par en venir aux mains au sujet de ce qui s'était passé. Ce n'était qu'une question de temps. Et ça ravivait le danger de son secret – son histoire avec Transom – qu'elle avait su garder jusqu'à présent, et qui continuait néanmoins à la hanter, malgré ses efforts pour l'enfouir en elle et l'oublier.

À dire vrai, maintenant que la relation de Chase et de Transom était abîmée, maintenant que celui-ci n'avait plus de raison de protéger Chase de la peine que lui causerait cette révélation, elle craignait qu'il ne tienne pas sa langue. Un jour, il risquait de tout balancer, de cracher le morceau comme ça, par pur dépit. Transom était tout à fait capable de ce genre de méchanceté, de parler, d'agir, pour le seul plaisir d'infliger une souffrance.

Elle avait consacré beaucoup de temps à chercher un moyen de se débarrasser de lui. Elle avait envisagé le mensonge. Je suis enceinte de toi. Si tu quittes Fallen Mountains et ne reviens jamais, je ne le dirai pas à Teresa. Est-ce que ça pouvait marcher ? Elle était convaincue que Transom se fichait dorénavant d'anéantir Chase, en revanche elle soupçonnait qu'il serait beaucoup plus susceptible de voir un inconvénient à ce qu'une révélation vienne ternir sa relation avec sa nouvelle copine. Peut-être que ça suffirait. Peut-être que ça le pousserait à partir, à emmener sa copine avec lui. Laney songea à demander conseil à Possum – il avait si souvent fait allusion à la nécessité d'être prudent en présence de Transom, et elle repensait à la façon dont il avait abattu le poing sur la table lorsqu'elle lui avait parlé de leur histoire. Peut-être qu'il aurait des idées sur le sujet. Peut-être qu'ensemble ils pourraient mettre un plan au point. Parce que, bien sûr, il n'y avait jamais qu'un seul moyen de faire disparaître un problème.

APRÈS

Appuyé contre un bureau du poste de police de Fallen Mountains, Red regardait dehors, par l'immense vitrine. Le soleil brûlait la chaussée. Le tout-terrain, garé juste devant, sur une place sans ombre, était aussi éblouissant qu'un vaisseau spatial. La chaleur s'infiltrait à l'intérieur du bâtiment, de grandes bouffées d'air ardent s'engouffraient dans la pièce chaque fois que quelqu'un ouvrait la porte.

— Vous êtes prêt ? demanda Mick en glissant deux bouteilles d'eau sous son bras.

Red hocha la tête. Il récupéra son carnet et suivit Mick jusqu'à la salle de réunion.

— Je ne suis pas considérée comme suspecte, quand même ?

La question de Laney s'adressait à Red. Elle venait de passer quinze minutes à attendre, seule. Elle se leva de sa chaise, sourcils froncés.

— Ce n'est pas pour ça que vous m'avez fait venir, si ?

— Restez assise, mademoiselle Moore, lui dit Mick Dashel avant d'ajouter : S'il vous plaît.

Il posa une bouteille d'eau devant elle, puis prit

place sur la chaise en face de la sienne. Red le suivit et s'assit à côté de lui.

Laney s'avachit sur son siège.

— Vous n'avez pas répondu à ma question.

Mick haussa les épaules.

— On aurait des raisons de vous considérer comme une suspecte ?

Laney jeta un regard noir à Red.

— Qu'est-ce qui se passe ici ?

Après avoir loupé l'interrogatoire de Chase, il avait le sentiment qu'il valait mieux qu'il soit présent, cette fois, même si à la vérité il détestait cette situation, ce défilé de visages familiers au poste de police, à qui on demandait de déterrer leur passé. À qui on montrait des photos intimes, aussi. C'était différent pour Mick, qui ne les connaissait pas, qui ne les avait pas vu grandir, qui ne les croisait pas à l'église, au Wheeler's Diner ou au supermarché. Pour lui, ils n'étaient que des pions, des pièces d'un puzzle. Red, lui, n'avait aucune envie de savoir qui fricotait avec qui, il n'avait aucune envie de provoquer un grand déballage.

Le détective privé tendit une main à la jeune femme.

— Mick Dashel, se présenta-t-il. J'assiste le shérif Redifer dans le dossier Shultz.

Laney lui serra la main à contrecœur. Il brancha un dictaphone, puis se cala contre le dossier de sa chaise.

— Mademoiselle Moore, savez-vous pourquoi nous vous avons fait venir ?

Elle dévisagea Red.

— Le shérif m'a appelée pour me dire qu'il avait besoin d'aide dans son enquête sur Transom. Alors je suis venue. Il n'a pas mentionné que j'étais suspecte.

Red haussa les épaules et pencha la tête sur le côté pour s'excuser.

— Disons, mademoiselle Moore, que nous n'avons pas encore trouvé de corps, et donc que non, vous n'êtes pas officiellement suspecte. Toutefois les preuves nous conduisent à penser que Transom n'a pas disparu de son propre chef cette fois.

Il s'interrompit et l'observa.

— Nous cherchons donc à envisager l'affaire sous tous les angles possibles.

Il ouvrit une chemise et sortit les photographies sur lesquelles Red avait attiré son attention. Il les poussa vers elle, sur la table.

— Nous avons trouvé ces clichés dans le bureau de Transom, expliqua-t-il.

Laney les prit dans ses mains et les regarda en serrant les dents, rouge comme une tomate.

— Ces photos datent du lycée, dit-elle en considérant Mick Dashel d'un air renfrogné. Elles remontent à quinze ou seize ans.

Elle lui renvoya les clichés d'un geste brusque sur la table et inspira profondément. Red eut de la peine pour elle, pour l'embarras qu'elle ressentait.

— J'espère que vous ne m'avez pas juste fait venir pour m'interroger sur des photos qui remontent à une éternité. Elles ont été prises quand j'étais ado.

Mick les rangea dans la chemise.

— C'est juste un peu surprenant, vous ne trouvez pas, que Transom les ait conservées ? Sachez qu'on les a trouvées dans un petit paquet, avec quelques autres clichés qui semblaient avoir été délibérément mis de côté, parce qu'ayant de la valeur à ses yeux.

Il scruta les traits de Laney, y cherchant quelque chose.

— On pourrait croire que ces photos signifiaient quelque chose pour lui.

Elle secoua la tête.

— Je ne sais pas ce que vous voulez me faire dire.

Dehors, un poids lourd dépassa le poste de police en faisant rugir ses freins et trembler les vieilles vitres. Les climatiseurs protestèrent, celui situé à l'avant du bâtiment et le second sur le côté ouest, qui ne suffisaient pas à rafraîchir l'atmosphère – loin de là.

— Parlez-moi de votre relation avec Transom Shultz, insista Mick.

Laney croisa les bras.

— Je le connais depuis l'enfance. On a passé beaucoup de temps à la ferme Hardy, lui et moi.

Elle haussa les épaules et ajouta :

— Je n'ai pas grand-chose d'autre à dire.

— J'ai du mal à le croire, répondit Mick. Enfin, corrigez-moi si je me trompe, mais vous semblez être nue sur ces photos, non ? En tout cas la partie supérieure de votre corps.

Il ressortit les photos de la chemise et les observa, comme pour vérifier ce qu'il affirmait.

Laney lança un regard à Red, qui s'agita sur sa chaise, mal à l'aise.

— On est sortis ensemble un temps.

Mick hocha la tête.

— Et aujourd'hui vous ne l'appréciez plus. Vous désapprouvez ce qu'il est devenu.

Elle fronça le nez.

— Votre bouche s'incurve légèrement vers le bas lorsque vous parlez de lui, expliqua-t-il. C'est un signe de mépris. Universellement répandu d'ailleurs.

— Oui, vous avez raison. Je ne l'apprécie pas.

— Et pour quelle raison ?

Elle réfléchit un instant.

— Il est égoïste. Il l'a toujours été. Regardez ce qu'il a fait à la ferme. Jack et Maggie l'ont quasiment élevé. Ses parents étaient tous les deux cinglés, chacun à sa façon. Croyez-moi sur parole, je suis allée chez eux plus d'une fois à l'époque. Et même s'il ne se souciait pas de respecter la mémoire de Jack et de Maggie, et ce qu'ils représentaient, il aurait au moins pu penser à Chase. Il était censé être son meilleur ami.

— Vous pensez que Chase aurait joué un rôle dans cette histoire alors ? rétorqua Mick.

Red s'agita à nouveau sur sa chaise, il sortit son mouchoir et se tamponna le visage.

Laney écarquilla les yeux.

— Je n'ai jamais dit ça ! Non, ce n'est pas que je pense. Vous n'allez quand même pas me prêter des intentions que je n'avais pas… Shérif ? ajouta-t-elle en se tournant vers Red.

— Monsieur Dashel…

— D'accord, dit Mick. Alors dites-moi. Dites-moi ce qui, d'après vous, est arrivé à Transom.

Elle tordit la bouche, puis dévissa le bouchon de la bouteille d'eau que le détective lui avait apportée au début de l'interrogatoire. Après avoir avalé une gorgée, elle regarda dehors, par la fenêtre. Red suivit son regard. La veuve Ross passait devant, à la peine avec son déambulateur sur le trottoir irrégulier. Il faisait bien trop chaud pour être dehors à plus de quatre-vingts ans.

— Je vous demande simplement de formuler une hypothèse, poursuivit Mick.

— Ça lui est déjà arrivé de partir, avant. De disparaître sans rien dire à personne, sans faire ses adieux.

Elle fit tourner l'eau dans la bouteille et croisa les chevilles sous la table.

— Oui, nous sommes au courant, dit Mick. Mais nous avons toutes les raisons de croire que ce n'est pas ce qui s'est passé cette fois.

Il s'adossa à nouveau.

— Parlez-moi un peu plus de la personnalité de Transom. Qui pourrait vouloir sa… disparition ?

Elle conserva le silence un instant, observant la veuve Ross dehors.

— Je ne sais pas, finit-elle par dire. Je ne sais pas ce qui lui est arrivé.

— Expliquez-nous pourquoi vous le haïssiez à ce point.

Il entrelaça ses doigts sur le plateau en formica crème.

— Je ne le haïssais pas.

Elle gigota sur la vieille chaise et foudroya une fois de plus Red du regard.

— Très bien. Alors expliquez-nous pourquoi vous ne l'appréciez pas. Vous avez l'air de quelqu'un de sympathique, quelqu'un de bien. C'est l'opinion que Red a de vous.

Mick leva ses deux mains de la table avant de poursuivre.

— Transom Shultz, lui, n'était sans doute pas quelqu'un de sympathique. En tout cas, c'est l'impression que j'en ai. Je connais son père, et comme on dit les chats ne font pas des chiens. À ce que j'ai compris, JT serait venu ici, aurait bousculé les gens, pris le contrôle de la ville. Et des années après, Transom a fait à peu près la même chose.

— Je tiens à Fallen Mountains, dit Laney. J'ai vécu ici toute ma vie. Je n'ai pas aimé le tour que ça prenait, l'accord que Transom avait passé avec la compagnie pétrolière après tout ce que Jack et Maggie avaient fait pour lui. Ce n'était pas correct.

Elle s'interrompit et planta son regard durement dans celui de Mick.

— Ce qui ne veut pas dire que j'ai fait quoi que ce soit.

Il prit quelques notes sur sa tablette électronique avant de se reculer sur sa chaise et de croiser les mains sur son torse.

— Une dernière chose. Où vous trouviez-vous le week-end précédant le Memorial Day ?

Mick poussa vers elle le calendrier qu'il avait emprunté sur le bureau de Leigh, et elle se concentra.

— Alors le vendredi soir je suis allée au concours de tir. Et j'ai passé le reste du week-end chez moi, à m'occuper de mon jardin. Je ne suis allée nulle part.

— Et quelqu'un peut en témoigner ?

— J'étais avec Chase Hardy. Il était chez moi.

— Tout le week-end ? Vous avez passé tout le week-end ensemble ?

Elle eut du mal à déglutir, et Mick soutint son regard avant de jeter un coup d'œil à Red.

— Tout le week-end, confirma-t-elle.

Le ventilateur tournait de gauche à droite, balayant la salle de réunion d'un courant d'air qui soulevait les coins d'une pile de documents à chacun de ses passages. Mick Dashel prit quelques notes supplémentaires sur sa tablette, puis coupa le dictaphone.

— Je vous remercie pour votre temps, mademoiselle Moore. Vous êtes libre de repartir, ajouta-t-il en se levant et en glissant sa tablette sous son bras. Ne vous éloignez pas trop. Nous pourrions avoir besoin de vous parler à nouveau.

AVANT

Avril était là, et l'abattage des arbres à la ferme était terminé : le débusqueur, les pick-up, les camions grumiers partis. À leur place se dressait un champ de ruines, composées de souches et de débris de bois, de sillons profonds creusés par les engins, de boue et de ravages – souvenir obsédant de ce que Transom avait volé.

Durant des semaines, Chase avait tout fait pour l'éviter, organisant son emploi du temps en fonction de l'endroit où Transom était – à Empire avec Teresa, ou à la ferme. Un soir, pourtant, à son retour, il trouva le SUV garé devant la maison. Il se dévissa le cou pour tenter d'apercevoir quelqu'un à l'intérieur, par la fenêtre de la cuisine. Il croisa les doigts pour que Teresa ne soit pas là. La situation était déjà assez tendue entre Transom et lui : il n'avait vraiment pas besoin de se prendre le bec avec elle en prime.

Teresa le rendait systématiquement nerveux. Elle avait accaparé la cuisine – celle de Maggie, la sienne –, elle l'avait rangée à son goût et s'était débarrassée d'objets qu'elle jugeait inutiles. Certains d'entre eux, comme le moulin à légumes qu'elle avait jeté et le pichet en verre bleu qu'elle avait donné, n'avaient pas seulement une valeur sentimentale pour Chase, mais pour Maggie aussi. C'était sa mère qui lui avait offert ce moulin à légumes pour son mariage. Et Jack lui avait fait cadeau du pichet une année à Noël. Chase avait mis Teresa en garde, en s'efforçant de contenir sa rage, mâchoire crispée : elle avait intérêt à ne plus se débarrasser d'aucune de ses affaires sans lui en parler. Elle avait roulé ses grands yeux marron avant de rire et de lui dire de se détendre.

En réalité, Chase ne parvenait plus à se repérer dans la cuisine. Les épices, qu'il avait toujours rangées de façon à ce que celles qu'il utilisait le plus souvent soient les plus accessibles, étaient à présent classées par ordre alphabétique. Sa cuillère en bois préférée avait disparu. Il soupçonnait Teresa de l'avoir jetée parce qu'elle était usée et d'une couleur violette, souvenir de la fois où Maggie s'en était servie pour préparer de la confiture de framboises. Dans le salon, Terasa avait ajouté des touches de déco : une bougie, deux photos encadrées de Transom et elle. Petit à petit, des bouts de la vie de Chase disparaissaient pour être remplacés : il ne se sentait plus chez lui.

Assis dans sa voiture à l'arrêt, il réfléchit à ce qu'il pouvait faire. Retourner chez Laney – il en venait, mais elle comprendrait. Malgré tout, il avait besoin de vêtements propres. Il coupa le moteur et se dirigea vers la maison. Il passa par la porte de la cuisine. Transom était assis à table, devant des papiers étalés. Lorsque Chase entra, il se retourna vers lui. Il tenta d'engager la conversation, parla du temps, demanda des nouvelles de Laney. C'était dans ses habitudes, faire comme si tout allait bien entre eux alors qu'en réalité rien n'allait plus. Chase retira ses chaussures et s'approcha de l'évier. Il remplit un verre d'eau, mais quand il reconnut l'étrange goût boueux et métallique qu'il avait remarqué dernièrement, il le vida. Il avait toujours adoré les saveurs pures et douces de l'eau de leur puits.

— Je reçois de la visite demain matin, l'informa Transom. Des hommes avec quelques machines aussi.

— Je ne vois pas en quoi ça me concerne.

— Je ne voulais pas te prendre au dépourvu, c'est tout.

Il devait être au courant de son altercation avec le conducteur du débusqueur.

— Au dépourvu ? répéta Chase. C'est un terme intéressant pour décrire tout ce qui se passe ici.

— Chase…

Transom posa son stylo et se frotta les yeux.

— Je t'ai expliqué que tout ça s'inscrivait dans un processus, qu'il faut attendre qu'il soit terminé, que tu dois me faire confiance.

— Et je t'ai fait confiance, lança Chase d'un ton cinglant, les mots lui brûlant les lèvres. Je t'ai fait confiance pour prendre soin de cet endroit. Pour être mon ami.

— Allez, mon frère.

Chase pointa un doigt sur lui avec un rictus.

— Ne m'appelle pas comme ça. Je te l'interdis.

Il fit un pas dans sa direction puis s'arrêta, fit volte-face et s'éloigna, en se disant que la prochaine fois qu'il rentrerait et qu'il trouverait Transom à la ferme, il n'engagerait pas la conversation avec lui. Il n'aimait pas le mélange de rage, de douleur et de regret qui bouillonnait en lui, ce mélange déconcertant. Ça le terrifiait dc sentir toutes ces émotions prendre les commandes de son corps, anéantir le contrôle qu'il avait sur ses jambes, ses bras et ses mains. Il ne connaissait que trop bien cette sensation d'autrefois, et il se souvenait à quoi elle avait conduit.

Il entra en trombe dans sa chambre et rassembla quelques affaires : un tee-shirt, un jean propre, des chaussettes, des sous-vêtements, le tout dans un panier de linge propre qu'il n'avait jamais pris le temps de ranger. Il emmènerait peut-être Laney dîner en ville, ou alors ailleurs, plus loin, dans un endroit où ils n'auraient pas à adresser la parole à des gens à qui ils n'avaient aucune envie de parler pendant leur repas. Et l'espace d'un instant il se radoucit, en songeant à la chaleur de Laney, à sa gentillesse avec lui. À cette époque de sa vie où il ne faisait que perdre des choses qui lui étaient chères, où il avait l'impression de ne plus pouvoir faire confiance à personne, elle était au moins là, elle. Et il pouvait compter sur elle.

Il sortit une chemise de son placard et la posa sur sa petite pile d'affaires. Il referma la porte de sa chambre, traversa le couloir d'un pas lourd, qui résonnait sur les lames du parquet. Il redescendit dans la cuisine et remit ses chaussures. Transom n'était plus à la table de la cuisine, mais Chase l'entendait discuter dans la pièce voisine. La porte était fermée. Transom discutait toujours dans cette pièce, porte fermée. Il mettait au point ses projets, prenait des rendez-vous, négociait avec des forestiers et des pétroliers. Éprouvait-il au moins un peu de culpabilité d'avoir orchestré la destruction de la ferme, sous le toit même où Jack et Maggie avaient vécu, où ils avaient construit leur vie, ensemble ? Dans cette pièce, Jack avait, pendant des décennies, réfléchi à son plan annuel, fait des calculs, négocié avec des fournisseurs de graines et de matériel. Transom avait beaucoup de ressources, il aurait pu trouver un autre endroit pour établir son QG, non ? Témoigner un peu de respect, sinon à Chase, au moins à Jack et Maggie. De dégoût, Chase quitta la maison avec fracas, claquant la porte derrière lui.

*

Le lendemain, il retourna à la ferme, prit la Winchester de gros calibre dans l'armoire à fusils et se rendit, sur le quad, au milieu des terres. Transom avait terminé les derniers morceaux de gibier congelés par Jack, et Chase avait envie d'en manger. Du moins, c'était ce qu'il se racontait. Pourtant, accroupi au milieu d'un petit bosquet, dans un endroit où il n'avait jamais chassé de sa vie, il braquait la lunette de sa carabine tantôt sur une biche située en bordure du pâturage des vaches, tantôt sur un groupe d'hommes qui traversaient un champ de maïs qu'il avait planté la semaine précédente.

À son arrivée à la ferme, plus tôt dans la matinée, le champ disparaissait sous un brouillard épais, mais à présent il se levait, comme un rideau de théâtre, et le soleil vacillait sur l'herbe humide. Il constata que Transom était avec les hommes, au moment où ils gravirent la côte puis s'arrêtèrent à l'entrée des bois, ou ce qu'il en restait. Transom n'avait pas fait entièrement déboiser, juste certaines zones. À cet endroit précis, quelques conifères et arbres feuillus demeuraient au sommet de la colline, créant une sorte de frontière naturelle. Néanmoins, juste derrière, ainsi que Chase l'avait découvert lorsqu'il s'en était pris au jeune homme conduisant le débusqueur, se cachait une partie de la forêt dévastée. Une heure plus tôt, des bulldozers et une pelleteuse étaient arrivés sur des camions à plateau. La compagnie pétrolière s'installait et commençait à déplacer la terre.

Chase continua à observer Transom et son équipe d'hommes à travers le viseur. Il éprouvait une légère honte à les espionner ainsi, comme un tordu, surtout en braquant une arme dans leur direction. Il pensa à Pete Winslow, le voyeur qui avait été arrêté après avoir été surpris en train d'observer Kate Appleton par la fenêtre de sa chambre, dans Main Street. Enfin c'était différent, se raisonna-t-il. Pete Winslow était un vrai tordu. Son fantasme, c'était de se cacher dans les buissons pour observer les gens. Chase, lui, voulait simplement suivre l'évolution de la situation sur les terres familiales.

Il envisageait de partir, parfois. De mettre toutes ses affaires dans son pick-up et de proposer à Laney de le suivre. Ils pourraient rouler jusqu'à ce qu'ils trouvent un endroit satisfaisant, où ils se sentiraient bien, chez eux. Ils poseraient leurs valises quelque part et entameraient une nouvelle vie, où personne ne les connaîtrait, où on ignorerait tout de leur passé. L'idée était séduisante, même si elle le terrifiait en même temps, et l'attristait. Il ne pouvait pas vraiment quitter Fallen Mountains, si ? Tout ce qu'il avait connu et aimé était ici, dans cette ferme, ce minuscule bout du monde.

Dans les moments les plus rationnels, il parvenait à se rappeler que rien de tout ceci n'était dirigé contre lui. Transom était comme ça, et depuis toujours. Une fois qu'il avait décidé quelque chose, peu importait ce qu'il devait faire pour parvenir à ses fins, les gens ou les choses qu'il fallait laminer : il atteignait son but coûte que coûte. C'était déjà le cas lorsqu'il était plus jeune, il manipulait sa mère, insistant jusqu'à ce qu'il obtienne gain de cause. C'était pareil au base-ball, il choisissait un receveur et l'imposait, si bien que l'entraîneur devait repenser la composition de toute l'équipe pour que Transom soit satisfait. Chase avait la certitude qu'il avait fait la même chose, toutes ces années, quand il était loin, et il recommençait aujourd'hui. Il avait toujours su que Transom fonctionnait ainsi ; simplement, c'était la première fois qu'il en subissait directement les conséquences.

À mesure que la situation empirait à la ferme, la mort de Jack pesait de plus en plus lourd, le chagrin refluait avant de reprendre de la force et de balayer à nouveau Chase. Comment était-il possible que, six mois plus tôt seulement, il ait conduit son grand-père sur les sentiers qui sillonnaient la propriété dans le pick-up, pour discuter stratégie, récoltes futures, quantité de graines à commander ? Jack le généreux, Jack le sage. Pourquoi n'avait-il pas tout simplement parlé à Chase ? Pourquoi ne lui avait-il pas demandé son aide ? Peut-être qu'ils auraient trouvé une solution ensemble. Peut-être qu'ils auraient réussi à sauver la ferme. Au lieu de quoi, Jack avait gardé le secret, et Chase avait été contraint de prendre sa décision dans un laps de temps trop court, avec un nombre d'options trop restreint. Chase était en colère quelque part au fond de son cœur : furieux contre Jack d'avoir laissé un tel bazar et de l'avoir abandonné, seul, face à celui-ci. Et aujourd'hui, à croire que la perte de Jack et de la ferme ne suffisait pas, il avait aussi perdu Transom.

Les hommes au sommet de la colline disparurent un par un dans les bois.

Chase déplaça le viseur pour observer la biche, qui baissait la tête et effleurait l'herbe de son museau, heureuse et innocente. Il positionna la mire juste à côté de son épaule droite, où, derrière sa robe d'été dorée, brillante, se trouvaient son cœur et ses poumons. Il attendit, les paumes moites. Cela faisait si longtemps qu'il n'avait pas chassé, qu'il n'avait pas pris une vie. Était-il prêt ? Réussirait-il ? Bien sûr que oui. Les gestes restaient familiers, instinctifs, justes. Il glissa son pouce sur les rainures du verrou de sûreté et le fit sauter dans un bruit sec et vif. Le vent se leva et la biche redressa la tête, huma l'air, souleva une patte. Il prit le temps d'inspirer et d'expirer, pour réunir son courage et apaiser ses nerfs. Son index droit se positionna sur la détente, lentement, avec précision et patience, pour ne surtout pas faire bouger la carabine. Il y eut un craquement vif, la crosse recula violemment dans son épaule droite, puis l'écho de la détonation. Il ouvrit la culasse avec sa paume pour chasser la douille et regarda à nouveau dans le viseur. La biche sauta, un bond brusque sur sa gauche, fit quelques pas au ralenti, chancela, puis tomba.

APRÈS

Red était assis sur sa galerie, devant chez lui, dans le noir. Les grillons rugissaient, les lucioles clignotaient dans le jardin et jouaient une douce mélodie lumineuse. Dans une autre vie, il avait regardé Sue et Junior courir pieds nus dans l'herbe une nuit d'été, mains tendues devant eux, dans l'obscurité, pour les attraper. Sue était revenue vers lui pour le serrer contre elle, ses cheveux étaient chauds et doux contre la joue de Red. Ils avaient perforé le couvercle métallique d'un bocal avec un clou et autorisé Junior à les garder dans sa chambre pour la nuit. Une « veilleuse en lucioles », avait-il dit.

Ce soir, Red buvait du whisky seul. Son troisième verre, alors qu'il ne buvait jamais. Tout était brouillé, le bruit amplifié et les souvenirs rôdaient, plus accablants qu'en temps normal.

— Je sais ce que tu penses, dit-il tout haut, aux grillons et aux lucioles, à Sue-Fantôme, à la nuit épaisse. Je dois lui parler de ce qui est arrivé avec Possum. À ce détective, Mick Dashel.

Il leva son verre et fit tournoyer le liquide.

— Je dois cracher le morceau.

Sue-Fantôme était penchée en arrière dans le

rocking-chair à côté de lui, elle attendait qu'il termine.

— Tu sais, tout a l'air si simple avec le recul, noir ou blanc, mais à l'époque c'était plus compliqué. Je voudrais que tu le comprennes.

Il avala une gorgée.

— Junior n'avait pas encore été opéré. On se réveillait presque toutes les nuits, toi et moi, tu te rappelles ? Il hurlait en se tenant les oreilles et nous suppliait de faire disparaître la douleur. Je ne connais rien de plus terrible qu'entendre son propre enfant vous supplier de le soulager de sa souffrance, alors qu'on ne peut rien faire à part le prendre dans ses bras, prier et attendre. Au bout de quatre ans, je n'en pouvais plus.

Il termina son verre et s'en servit un autre.

— Et au bout du compte, ça n'a tenu qu'à ça. Pouvoir enfin offrir à Junior les soins dont il avait besoin ou le laisser continuer à souffrir. Qui sait encore combien de temps ça aurait duré, à quel point la situation aurait dégénéré. Voilà le choix que j'ai dû faire, et oui, j'ai choisi mon fils, j'ai choisi de le soigner. Il avait cinq ans, je suis son père et j'ai fait ce que n'importe quel père aurait fait.

Il mangeait ses mots maintenant. Il appuya ses coudes sur ses genoux.

— Je ne le regrette pas. Je ne regrette pas d'avoir fait ce que je devais faire pour le soigner.

*

Dix-sept ans plus tôt, lorsque Red s'était rendu à la carrière et qu'il avait trouvé Possum dans le coffre, il s'était penché vers lui et avait pressé son épaule maigre.

— Je t'aide à sortir, d'accord ? lui demanda-t-il avec beaucoup de douceur.

Possum sanglotait, mais dans le faisceau de sa lampe torche, Red le vit hocher la tête. Il déplia le garçon, qui s'était recroquevillé sur lui-même, les bras autour des tibias, comme une chauve-souris, et l'aida à s'extraire du coffre. Il était petit et fluet, trop léger pour un lycéen. Trempé aussi, de sueur et d'urine. Combien de temps avait-il passé dans ce coffre ? Red lui tendit sa gourde et l'aida à s'asseoir sur le schiste.

— Bois un peu, fiston.

Il alla chercher une couverture à l'arrière du tout-terrain et la posa sur les épaules de Possum.

Ils restèrent un long moment assis là, peu à peu enveloppés par la nuit, le chant des grillons, les papillons de nuit et les moustiques frémissants attirés par la lumière jaune de la torche. Ils sursautèrent tous les deux quand un petit-duc poussa son affreux chant qui ressemblait bien trop au cri d'une femme en détresse. Red balaya la carrière et les arbres avec le faisceau de sa lampe. Étaient-ils observés par quelqu'un ? La carabine était posée à côté de lui.

— Tu veux me raconter ce qui s'est passé ? finit-il par demander à Possum après une longue attente.

— Non, répondit-il avec un trémolo dans la voix.

Red resserra les pans de la couverture autour des épaules de l'adolescent et soupira.

— Tu te souviens de quelque chose ?

— Je veux rentrer.

Red inclina la tête en arrière pour regarder le ciel, le croissant d'un blanc grisâtre de la lune, les étoiles infinies, sans aucun éclairage public, ce ciel si différent de celui de Pittsburgh qu'il avait connu dans son enfance.

— C'était le fils Shultz ?

Possum fut pris d'un tremblement incontrôlable, l'air s'échappait de sa bouche en crépitant, ses épaules se soulevaient. Les mots jaillirent par convulsions :

— Vous pouvez me ramener chez moi, s'il vous plaît ?

Red l'aida à se relever. Le soutenant par le coude, il l'aida à gagner le tout-terrain en claudiquant. Possum était si faible qu'il ne tenait pas debout seul. Red installa la couverture sur le siège et souleva l'adolescent pour l'asseoir dessus. Il le conduisit au mobile home de sa mère, l'aida à gravir les quelques marches. À l'intérieur, ils trouvèrent Vance ivre mort, affalé en travers du canapé, des cannettes de bière sur la table basse et par terre, une bouteille de vodka vide sur son torse.

— Ta mère est là ? demanda Red.

Possum fit non de la tête.

— Elle est au travail.

— Tu as besoin d'aide pour te nettoyer ? ajouta-t-il avec maladresse, en observant le bazar dans le mobile home.

Il ne pouvait pas savoir qu'un an plus tard il reviendrait ici, dans des circonstances très différentes, trouverait Vance et Lissette par terre, une flaque de sang autour de la tête du premier, et Possum les yeux écarquillés, une figurine à la main.

— Nan, répondit l'adolescent.

— Je repasserai demain, lui dit Red en le prenant par l'épaule et en le regardant dans les yeux. On va régler ça, je te le promets.

Il n'avait pas tenu promesse. Après avoir raccompagné Possum, il avait fait un crochet chez lui pour informer Sue qu'il allait devoir travailler tard – elle serait inquiète, il le savait –, et cet arrêt avait pris un peu plus longtemps que prévu : Junior hurlait de douleur, Red l'avait bercé dans ses bras pour l'endormir et offrir un moment de répit à Sue. Quand il avait fini par retourner à la carrière afin de fouiller la voiture à la recherche de preuves, elle avait disparu.

Le lendemain matin, à la première heure, il se rendit au bureau de JT Shultz, et c'est là que la situation dégénéra. Red lui raconta ce qui était arrivé, la voiture dans la carrière, Possum roulé en boule dans le coffre, trempé, et ce qu'il avait vu dans les bois, Transom, qui l'observait entre les arbres avant de disparaître.

JT alluma un cigare dans son immense fauteuil de bureau en cuir et tourna son regard vers la grande baie vitrée qui donnait sur les ateliers, où travaillait la moitié des habitants de Fallen Mountains, à la chaîne, assis sur des chaises roulantes inconfortables, voûtés sur des composants électroniques, faisant passer les pièces au poste suivant du montage.

— Transom traverse une passe difficile. Avec sa mère, et tout. C'est lui qui l'a trouvée. Qui l'a conduite à l'hôpital. Le médecin a dit qu'il lui avait sauvé la vie.

Red aurait bien aimé demander quel rapport cela avait avec l'affaire qui l'amenait, mais il resta planté là devant son patron, le patron de sa femme, le patron de toute la ville, en silence.

JT leva son menton et envoya un panache de fumée

à l'autre bout de la pièce. Il prit une profonde inspiration et regarda Red.

— La vie est compliquée, non ? Les gens sont compliqués. On croit connaître quelqu'un, or ce n'est jamais vraiment le cas, on ne connaît pas toute son histoire.

— Votre fils a commis un crime, dit Red en conservant son calme, les mains dans les poches de son pantalon en toile.

Il pensa à Junior, qui avait les mêmes cheveux auburn que Sue et des jambes maigrelettes, qui souriait à pleines dents.

— Vous comprenez bien que je ne peux pas simplement passer l'éponge, ajouta-t-il.

— Eh bien vous pourriez, si, répliqua JT en penchant la tête.

Il se cala à nouveau dans son fauteuil, les bras croisés.

— Il y a un souci, Red. Vous n'avez aucun témoin, je me trompe ? Vous pensez avoir vu Transom, mais il faisait nuit. Vous l'avez reconnu vous-même. Vous avez parlé d'une voiture, et…

Il haussa les épaules pour bien enfoncer le clou.

— … il n'y a plus de voiture.

Il tira profondément sur son cigare et recracha la fumée en direction de Red, qui se crispa.

— J'ai le témoignage de la victime.

JT avala une nouvelle bouffée de tabac.

— Écoutez, j'ai horreur d'en arriver là, mais il faut que je vous informe que nous allons devoir procéder à des licenciements, à l'usine.

Il s'interrompit pour regarder les petites silhouettes à l'ouvrage.

— Votre femme y travaille depuis combien de temps ?

Red comprit aussitôt le tour que prenait la conversation, décrochant brusquement comme un avion tombant en plein vol. Ils comptaient tous les deux sur l'assurance maladie dont Sue bénéficiait grâce à son poste à l'usine. L'opération de Junior était programmée huit semaines plus tard.

— Votre femme, comment s'appelle-t-elle déjà ?

— Sue, lâcha-t-il entre ses dents serrées.

— Et vous avez un fils, non ?

— Junior.

— Junior, c'est ça. Il a des problèmes de santé, si j'ai bonne mémoire. Ça coûte beaucoup d'argent à l'usine, pour être honnête avec vous.

Il sourit, étudia Red de ses yeux verts. Il tira une dernière fois sur son cigare puis l'éteignit dans un cendrier en verre.

— Ce que j'essaie de vous expliquer, shérif, c'est que nous sommes tous liés ici, à Fallen Mountains, les neuf cent cinquante personnes qui vivent dans cette ville. Nous dépendons les uns des autres. Et nous devons veiller les uns sur les autres, de notre mieux. Vous comprenez où je veux en venir ?

Red dut se retenir de se pencher par-dessus l'immense bureau en acajou pour étrangler JT. Il dut se retenir de le plaquer contre la baie vitrée de son bureau, en le tenant toujours par la gorge, afin que tous les employés présents dans les ateliers puissent lever la tête et voir quelqu'un faire ce qu'ils avaient, chacun d'entre eux, rêvé de faire à un moment ou à un autre. Quel genre d'homme utilisait un enfant comme moyen de pression ? La fureur de Red lui brûlait le visage ; il aperçut son reflet dans la vitre derrière JT. Son pouls s'emballa et il se mit à transpirer. Non, voulait-il répondre. Je ne vous laisserai pas me manipuler, je ne couvrirai pas votre fils. Non.

Puis il pensa à Junior qui se réveillait en pleine nuit, les draps entortillés autour de son petit corps, sa main sur son oreille, hurlant encore et encore : « Papa, fais que ça s'arrête s'il te plaît, s'il te plaît ! » Il songea que ça pouvait encore durer longtemps, que ça pouvait même empirer – son fils était déjà atteint de surdité, mais il y avait les vertiges aussi. Il se força à déglutir, à regarder par la baie vitrée derrière JT, et dans cette pièce épouvantable, qui empestait le cigare, Red prit une décision, une décision qui le hanterait le restant de ses jours.

Il hocha à peine la tête et tourna les talons.

*

Sur la galerie à l'arrière de sa maison de Crocus Street, Red était assis seul dans le noir, un verre de whisky à la main, la bouteille sur la table à côté. Deux mois après cette conversation avec JT, Junior avait été opéré de l'oreille. Celle-ci avait sonné la fin des réveils nocturnes, des pleurs de douleur, des suppliques de son petit garçon plié en deux. Red n'était jamais retourné voir Possum, contrairement à sa promesse, pas avant une année, lorsque l'adolescent l'avait appelé en personne pour dénoncer un autre crime, le sien.

À l'époque, Red avait réussi à justifier son choix à ses propres yeux. Quand il l'avait interrogé dans la carrière, cette nuit-là, Possum avait déclaré ne se souvenir de rien. Sa mère n'était pas présente au domicile, il n'y avait que son petit copain ivre mort.

Et la voiture, qui aurait pu servir de preuve, avait disparu. Red ne pouvait s'appuyer que sur sa propre mémoire, et à force de se repasser en boucle les événements dans sa tête, de rembobiner des instants précis comme s'ils étaient enregistrés sur une vieille cassette vidéo, il avait fini par douter de lui-même. À quel point était-il sûr que la personne aperçue dans les bois était bien Transom Shultz ? Sûr au point de l'accuser d'un crime grave, d'être prêt à témoigner contre lui au tribunal et de l'envoyer en prison ? Red ne connaissait pas Transom personnellement, il ne lui avait jamais adressé la parole. Bien sûr, dans une ville de la taille de Fallen Mountains, ils s'étaient croisés à plus d'une reprise : à la station-service, au supermarché. Pourtant, l'opinion qu'il avait de l'adolescent découlait essentiellement de ce qu'il avait lu dans la *Gazette de Fallen Mountains*. Et plus précisément d'articles à la rubrique sport : un joueur hors pair, vainqueur de championnats. Transom sur une photo en noir et blanc prise lors d'un match, le bras levé en l'air pour lancer une balle de base-ball.

Et puis il faisait sombre cette nuit-là, très sombre, non ?

Il arrivait presque à se convaincre, presque. Jusqu'à ce que la citation de Faulkner affleure, le passé qui n'est même jamais le passé. Les fois où il croisait le regard de Possum, ses yeux immenses, au Wheeler's Diner, quand ils s'y retrouvaient par hasard au même moment pour manger un bout, Red pouvait apercevoir une ondée de déception sur ses traits. Enfin, ça avait été de la déception pendant un temps. Il s'agissait peut-être d'autre chose maintenant. Peut-être que ce qu'il lisait sur le visage de Possum avait évolué.

Ses yeux sombres et cernés par trop d'années de mauvais sommeil. Sa bouche crispée, son renfrognement permanent. Peut-être que ce que Red lisait sur le visage de Possum, et c'était bien ce qui le minait autant, peut-être que ce n'était plus de la déception, mais de la rage.

AVANT

Possum se réveilla en sueur : encore ce cauchemar, mi-rêve, mi-souvenir, les deux si entremêlés qu'ils avaient depuis longtemps fusionné et qu'il lui devenait difficile de distinguer le vrai du faux. Déjà à l'époque, la nuit où c'était arrivé, le lendemain et les semaines suivantes, il n'avait pas réussi à se souvenir de tout. Comment son tee-shirt était devenu un bâillon et un bandeau, comment il avait servi à lui attacher les mains et les pieds… Combien de temps était-il resté enfermé dans ce coffre, roulé en boule et terrorisé. Il s'était efforcé de se rappeler des détails, il avait même tenté de les voir en rêve, tant son besoin de savoir était grand. Et pourtant rien.

Ses paupières s'ouvrirent dans un battement, la lumière du jour était vive et agressive. Il était dans son lit, il était chez lui, il avait trente-trois ans. On était en mai. Chaque fois, il passait par ces quatre étapes pour reprendre contact avec la réalité : l'endroit où il se trouvait, le bâtiment, son âge. Puis le mois. Il s'était rendu compte qu'en utilisant ces étapes il parvenait à s'extirper de son cauchemar et reprendre pied dans le monde réel, en termes de temporalité et d'espace. À s'enraciner.

Il s'assit dans son lit et tendit le bras vers le verre d'eau sur sa table de nuit. Le rêve pesait encore lourd sur ses membres, sa nuque était raide, son cerveau embrumé. Dix-sept ans après, il ne parvenait toujours pas à se libérer de cette fameuse nuit. Mille fois il avait eu envie d'en parler à Laney, parce que ça aurait pu avoir des vertus thérapeutiques, lui faire du bien, mais il craignait d'empirer la situation. Elle poserait des questions auxquelles il devrait répondre. Il s'était renseigné sur différentes thérapies. Hypnose, psychologie. Il avait trouvé beaucoup de pistes grâce à ses recherches en ligne. Sept étapes pour oublier un cauchemar. Comment se rendormir après un cauchemar. Rien ne fonctionnait. La seule chose que lui avait apprise la lecture des nombreux articles sur Internet, c'était qu'il n'était pas le seul à faire des cauchemars récurrents. Ce qui était, il le reconnaissait, une petite source de réconfort.

Possum se leva. Sur la gauche de son lit, juste au-dessus de la table de nuit, se trouvait un épais cadre photo bleu, avec une image passe-partout. Il chercha, sur la droite du cadre, le petit mécanisme et appuya dessus. L'avant du cadre s'ouvrit en basculant. À l'intérieur se trouvait un revolver, la seule arme qu'il ait jamais possédée, un cadeau dont il n'avait jamais parlé à personne, pas même à Laney. Il le sortit de sa cachette et retourna se coucher.

*

Des années après qu'il eut déposé les lettres sur le perron de la maison des Shultz, après que Marjane Shultz eut tenté de se suicider, après que Transom eut essayé de le tuer, après que Possum eut défoncé le crâne de Vance et fait de la prison pour cette raison, sa mère lui avait donné ce revolver.

— Il appartenait à ton père.

C'était au printemps, quelques mois après la libération de Possum. Il avait déjà assisté à sa première vente aux enchères et vendu son premier article en ligne. Il avait déjà trouvé un bon coin à morilles sur la propriété Hardy, et il était en train de les faire revenir dans une poêle avec du beurre, dans la cuisine de sa mère.

Il se tourna vers elle. Les champignons grésillaient et l'eau qu'ils dégageaient formait de la vapeur.

— Mon père ?

Il n'avait jamais parlé à sa mère des lettres qu'il avait trouvées, mais elle était forcément au courant. Ce qui ne les avait pas empêchés de garder le silence sur le sujet.

Elle lui tendit un petit coffre en bois. Possum s'essuya les mains sur son jean et le posa sur le plan de travail pour soulever le couvercle. Il était lourd. À l'intérieur se trouvait un revolver neuf et brillant dont la crosse était d'un marron tigré – elle provenait sans doute des andouillers d'un cerf. Sur le canon noir étaient gravés des motifs dorés complexes. Il n'avait jamais tenu un revolver avant, et le poids le surprit. Un Smith and Wesson. Il regarda sa mère.

Elle s'adossa à un placard de la cuisine et prit son élan.

— Je sais que tu as tout compris. Je sais aussi ce que tu as fait : les lettres, les cadeaux. Le chariot. On le savait tous les deux. On a tout fait de travers, lui et moi.

Elle observa le lilas dans le petit jardin sur le côté, chargé de grappes violettes.

— C'était compliqué. Quand je suis tombée enceinte, Marjane attendait déjà un enfant. JT était malheureux avec elle, mais il ne pouvait pas la quitter alors qu'ils allaient devenir parents, et il a essayé de me convaincre de… d'envisager une autre option. J'ai refusé. Je savais que ce serait difficile. J'avais vingt et un ans, je savais dans quoi je m'engageais. Je voulais te garder. Je voulais t'avoir.

Possum retourna le revolver dans sa main, ne sachant pas très bien quoi en penser.

— Il me l'a donné il y a très longtemps. Pour me protéger. Tu étais petit. Il s'inquiétait pour nous, dans le mobile home.

Possum le rangea dans le coffre, puis le poussa vers elle.

— Tu devrais le garder.

— Non. Il aurait voulu que tu en hérites.

Après un soupir, elle ajouta :

— Écoute, tu dois savoir qu'on s'est aimés, dans la mesure où on le pouvait. Et on t'a aimé, aussi. Tous les deux.

Elle posa une main chaude sur le côté de son cou.

— Il n'a pas été un père pour toi, je le sais. Mais il t'a toujours considéré comme un fils. Comme son fils.

*

Allongé dans son lit, Possum tenait le revolver dans sa main. Ce cadeau éveillait toujours en lui un mélange d'émotions contradictoires. D'un côté, il suggérait que JT avait vraiment tenu à eux, sa mère et lui. Qu'il avait veillé sur leur sécurité. D'un autre, JT n'avait pas donné cette arme à Possum directement, mais à Lissette. Il la rangea dans sa cachette et referma le cadre. Il prit son calendrier de poche sur la table de nuit. Mercredi. Il était censé discuter avec Alla dans vingt minutes. Puis il comptait sortir en forêt pour chercher des champignons, qu'il avait repérés la semaine précédente – ils n'avaient pas fini de pousser. Il voulait aussi continuer à étudier un chemin pour accéder à son coin à morilles sur les terres Hardy, en passant par la forêt. Maintenant que Transom était le propriétaire de cet endroit, Possum ne pouvait plus envisager de débarquer comme autrefois à la ferme, de longer en voiture la maison et l'étable. Les morilles se trouvaient à l'autre bout du domaine néanmoins, et il était convaincu de pouvoir l'atteindre en se frayant un chemin à travers les fourrés de la forêt nationale.

Avant de sortir, il devait aussi s'acquitter d'une petite mission pour Lissette. Elle lui avait promis de le régaler d'une choucroute en échange du lavage de sa parure de lit. Celle-ci ne tenait ni dans son lave-linge ni dans celui de Possum, et il fallait aller à la laverie.

Il se leva, s'étira et observa la matinée dehors, le soleil qui transperçait la brume, se dissipant sur le terrain de base-ball de l'autre côté de la rue, les arbres qui reverdissaient et se balançaient. Ayant choisi un jean et un tee-shirt blanc, il alla se débarbouiller dans la salle de bains. Après avoir étudié son reflet dans le miroir pendant une minute, il chercha à dompter son épi avec la brillantine qu'il avait achetée. Pas de miracle, la touffe reprenait aussitôt sa forme initiale. Il se brossa les dents.

Il se connecta au site et attendit Alla. Il patienta quarante minutes, frottant nerveusement l'articulation de son pouce avec son index. Il regarda à nouveau l'heure. Était-il en avance ? S'était-il trompé dans ses calculs ? Sur son bureau, il avait un tableau, imprimé sur un site en ligne, qui listait tous les fuseaux horaires du monde. Il vérifia, à nouveau, le nombre d'heures d'avance de Moscou sur la côte est des États-Unis. Alla aurait dû se connecter. Chaque minute écoulée, son inquiétude grandissait – il imaginait toujours le pire chez les autres, il s'efforçait de ne pas le faire, mais c'était plus fort que lui. Il se demanda : Alla lui avait-elle fait faux bond ?

C'était dans sa nature de se ronger les sangs, il en était conscient. Il avait toujours eu un tempérament anxieux, même petit, en tout cas à en croire sa mère. Chaque fois qu'elle le mentionnait, il devait se retenir de lui faire remarquer que si elle n'avait pas fricoté avec JT pendant son enfance, que si elle n'avait pas ensuite épousé ce bon à rien de Vance, ce minable, alors peut-être il serait différent. Ça n'aurait servi qu'à la blesser, alors il n'avait jamais rien dit. Lissette était bien intentionnée. Et puis il soupçonnait qu'elle savait déjà tout ça, dans un coin de sa tête. Elle lui présentait parfois ses excuses, des excuses vagues et bizarres.

— Je suis désolée, lui disait-elle.

— Pourquoi ? répondait-il.

Alors elle le regardait, les yeux empreints d'une profonde tristesse teintée de remords, et elle lâchait :

— Pour tout.

Il la rassurait, tout allait bien, il fallait qu'elle tourne la page, comme lui l'avait fait, même si ce n'était pas vrai.

Ce qui le travaillait aujourd'hui, c'était qu'il avait sans doute fait fuir Alla. Lors de leur précédent échange, il avait écrit combien il la trouvait jolie – ce qu'il avait aussitôt regretté, se reprochant son emballement, laissant le doute le gagner. Pourquoi une femme comme elle se serait-elle intéressée à un homme comme lui ? Pourquoi avait-il fait allusion à son physique, enfin ? Il lui restait à espérer de ne pas être passé pour un tordu.

Alla se connecta avec près d'une heure de retard et s'excusa. Un client avait débarqué dans sa boutique et posé des tas de questions, il s'était éternisé, retardant son retour chez elle. Possum ne l'avait donc pas fait fuir, finalement. Il en ressentit un soulagement ridicule. Presque étourdissant. Puis il eut honte de lui. Ils discutèrent un moment, avant de se promettre de se retrouver le lendemain à la même heure.

Il mit sa doudoune rouge sans manches, hissa le filet de lavage avec le linge sur son épaule, ferma la porte du mobile home derrière lui et s'engagea dans la rue d'un pas sautillant. Possum se déplaçait presque exclusivement à pied dans la ville. On voyait beaucoup plus de choses ainsi. On remarquait plus de détails. Les mois d'été on croisait les chardons, avec leurs tiges épineuses et leurs pompons violets, qui poussaient le long des rives près du pont de Ninth Street, où le train passait autrefois. En voiture, il les aurait ratés. Comme le nid de frelons accroché au robinier derrière la laverie automatique. Ou les gens dans leurs voitures. En réalité, Possum était convaincu d'en savoir plus long sur la vie des citoyens de Fallen Mountains que n'importe qui. Il avait su, par exemple, de nombreux mois avant que sa femme ne l'apprenne, que Ted Martin voyait Melissa Dexter en cachette. Possum les avait aperçus dans le pick-up de Ted Martin cinq ou six fois, toujours à l'heure du déjeuner, et il en avait tiré la conclusion qui s'imposait.

Il savait aussi que, dans les mois suivant son retour à Fallen Mountains, Transom Shultz avait donné rendez-vous à un homme sur un parking juste à l'extérieur de la ville, près du mobile home de Possum. Le type conduisait un tout-terrain Ford blanc équipé d'élévateurs de suspensions et d'un moteur Diesel qui rugissait. Il portait toujours des lunettes de soleil, si bien que Possum n'avait jamais vraiment pu voir son visage. Le trait le plus distinctif du gars était qu'il passait son temps à actionner un petit appareil de musculation violet, *tchac tchac tchac*. Au début, les deux avaient l'air de bien s'entendre, Transom et Monsieur Muscles, mais plus récemment ils s'étaient pris le bec à chacun de leurs rendez-vous. Monsieur Muscles ne venait plus seul, d'ailleurs. Il y avait toujours quelqu'un sur le siège passager du tout-terrain, même si Possum ne l'avait jamais vu descendre.

À l'approche de la laverie, Possum reconnut le pick-up gris de Chase sur le parking. Il le salua en entrant.

— Jolie housse de couette, le taquina Chase.

— Elle est à ma mère, répondit-il.

La housse était blanc cassé avec d'énormes roses et trois volants de dentelle sur les côtés. Chase ne put retenir un sourire en coin.

— Tu m'étonnes…

Possum lui trouva l'air vieilli. Ses yeux étaient injectés de sang, et des cernes sombres étaient apparus sous ses yeux bleu vif. Ses cheveux, qu'il avait toujours portés courts, avaient poussé et formaient une épaisse tignasse ondulée indomptable. Alors qu'à cette période de l'année il aurait dû passer l'essentiel de son temps dehors, il était pâle.

— Ta machine est cassée ? lui demanda Possum.

Chase lui montra les deux immenses sacs-poubelle remplis de linge qu'il avait apportés.

— Il y a un problème avec l'eau à la ferme.

Il s'adossa à un sèche-linge et croisa les bras avant de poursuivre :

— Depuis qu'ils ont commencé à forer, il y a un truc louche avec le puits. La pression est devenue capricieuse. Et parfois l'eau a un mauvais goût. Un goût de terre. Enfin j'imagine que le problème vient de là. Tout allait bien avant.

— C'est dommage, dit Possum.

Chase perdit son regard par la vitrine, l'esprit ailleurs.

— Tu n'imagines pas à quel point.

Un camion-toupie passa avec fracas ; son immense bétonnière, à l'arrière, tournait lentement.

Possum prit appui contre un lave-linge. Il aurait aimé dire qu'il imaginait très bien à quel point. Pas tant ce qui concernait la terre, que cette sensation du monde qui se dérobe sous vos pieds. Cette impression d'être seul. Impuissant. Le monstre qui avait trahi Chase avait fait tellement de mal à Possum qu'il ne parvenait pas à l'oublier, alors qu'il le souhaitait plus que tout.

— Il y a des types là-bas, une vingtaine je dirais, difficile d'être précis. Je crois qu'ils vivent sur place, parce que je ne les vois jamais partir le soir. De toute façon, où est-ce qu'ils iraient ? Il n'y a pas d'hôtel en ville.

Possum en avait croisé quelques-uns au Wheeler's Diner, dont ils repartaient avec des boîtes en polystyrène, et au Johnnie's, où ils buvaient des bières. Il en avait même vu deux, une fois, acheter du gel hydroalcoolique, du papier toilette et du déodorant au supermarché.

— Je ne sais pas où ils dorment. Il y a un préfabriqué, mais ils ne peuvent pas tous tenir dedans. Peut-être dans leurs voitures. Il y a douze pick-up. Je les ai comptés. Tu veux savoir ce qui me mine vraiment ? Ils n'ont pas installé de toilettes de chantier. Et je peux te garantir qu'ils ne viennent pas faire ça dans la maison. Alors où, hein ?

Possum secoua la tête.

— Dans mes champs, voilà où. Dans les bois. Qui ne sont plus vraiment des bois maintenant que Transom a fait venir des forestiers pour tout ratiboiser. Tous ces ouvriers et pas de toilettes. Tu ne vas pas me faire croire que la compagnie n'a pas les moyens d'en louer un ? Qu'est-ce que c'est que ces gens, franchement…

Il prit une profonde inspiration et ajusta sa casquette.

— Désolé, je rumine et je te fais perdre ton temps.

— Pas du tout.

— C'est juste que j'adore cette ferme, dit Chase d'une voix rauque, en rougissant. Je l'aime plus que tout au monde, ce qui est peut-être bien un péché d'ailleurs, aimer une chose au point d'être prêt à n'importe quoi pour la sauver… Jack aurait été de cet avis, il aurait dit que j'avais perdu le sens des priorités… Sauf qu'il ne s'est jamais retrouvé dans ma position, lui, il n'a pas eu à voir la propriété partir à vau-l'eau sans rien pouvoir faire.

Il entreprit de remplir une machine avec le linge sale d'un des sacs-poubelle.

Possum sortit l'édredon du filet pour faire pareil.

— Je peux te poser une question, d'homme à homme, d'ami à ami, et te demander de n'en parler à personne ?

Possum ajouta la dernière taie d'oreiller dans le lave-linge et ferma le hublot.

— Bien sûr.

— Est-ce que tu avais planifié ton coup ?

— Quoi ?

— Avec Vance.

Possum se renfrogna. Ce jour-là, quand il avait trouvé sa mère inconsciente sur le lino du mobile home, il l'avait crue morte. Vance avait fini par franchir la limite : il l'avait butée. À cet instant précis, il avait senti monter toute la souffrance et la colère accumulées, pas seulement à cause de Vance, qui le malmenait et lui crachait des méchancetés depuis des mois, mais aussi à cause de Transom, qui l'avait enfermé dans un coffre un an auparavant, et du shérif Redifer, qui lui avait promis de régler la situation, en le raccompagnant chez lui. Le jour où Possum s'en était pris à Vance, c'était comme si toutes les perfidies dont il avait été victime, tous les coups qui avaient plu de l'énorme poing de son beau-père, toutes les nuits passées dans le placard à balais du lycée, toutes les promesses trahies, toutes ces choses s'étaient agrégées pour former une immense vague, qui gagnait en puissance à chaque seconde. Une telle rage, c'était une force dévastatrice, qui vous débordait. Un sentiment très laid aussi.

— Non, répondit-il à Chase en secouant la tête.

Il mit les pièces dans la machine et sélectionna un cycle.

Il regarda Chase finir de charger le tambour ; il aurait voulu pouvoir faire quelque chose pour lui – lui donner un conseil, lui laisser entendre qu'il comprenait ce qu'il traversait –, mais il ne savait pas quels mots prononcer. Il avait du mal à identifier les émotions qui bouillonnaient sur son visage – peur, blessure, colère, peut-être les trois –, en tout cas il y en avait beaucoup, d'émotions, bien plus qu'il n'en avait jamais vu sur les traits de cet ami toujours calme et décontracté.

Possum songea à le mettre en garde : ne laisse pas ta colère t'emporter, Chase. Ne la laisse pas te submerger. Parce que Possum était bien placé pour savoir qu'on ne pouvait plus s'en libérer quand on le décidait ensuite. Oh non, bien au contraire. Il songea à conseiller à son vieil ami de se protéger de ce sentiment tant qu'il le pouvait encore. S'il le pouvait encore. Et pourtant il n'en fit rien, parce qu'une toute petite part de lui, ignoble, adorait l'idée que quelqu'un d'autre haïsse Transom Shultz autant que lui.

APRÈS

Après sa soirée dehors avec le Jack Daniels, Sue-Fantôme et les lucioles, Red se réveilla sur son canapé, affligé d'une belle migraine assourdissante. La lumière du matin était un horrible supplice, le concert des cigales derrière la fenêtre, un vrai cliché. Les photos de famille au mur, le téléviseur, tout était flou, bordé d'un liseré blanc. Allongé sur le canapé, il devait bien se rendre à l'évidence : il ne se souvenait plus comment il était arrivé jusque-là. En marchant ? En rampant ? Ni à quelle heure. Au milieu de la nuit ? À l'aube ? Il regarda la pendule en plissant les yeux et se rendit compte que la matinée était déjà bien entamée. Leigh. Il chercha son téléphone à tâtons et ne le trouva pas. Elle était forcément inquiète et avait dû vouloir le joindre. S'il ne s'activait pas, et rapidement, elle risquait de débarquer chez lui, elle savait qu'il gardait un double dans un tiroir de son bureau.

Il s'extirpa du canapé pour se lever. La pièce tangua. Il se rassit.

— Je sais, dit-il à Sue-Fantôme, à lui-même. Je n'aurais pas dû boire autant. Crois-moi, je le sais.

Il sortit en chancelant sur la galerie à l'arrière de

la maison et trouva son portable entre un verre et une bouteille vide. Pas étonnant qu'il se sente aussi mal.

Trois appels en absence de Leigh.

Il glissa le téléphone dans sa poche, coinça la bouteille sous son bras et alla s'asseoir dans la cuisine. Il observa les petites figurines en verre de couleur fixées à la fenêtre par des ventouses – Sue avait accumulé cette collection au fil des années. Chaque fois qu'elle allait quelque part, elle en achetait une. Un colibri à la gorge rouge, le bec dans une fleur, souvenir du Canada. Un cactus rapporté d'un voyage en Arizona. Une chute d'eau du village de Watkins Glen. Et voilà, pensa-t-il. Voilà ce qui te reste après vingt-cinq ans de mariage. Une cuisine vide et un assortiment de babioles en verre accrochées à la fenêtre de ta cuisine : des petits éclats de couleur pour te rappeler ce que tu as perdu.

Des coups. Un, deux, trois. Contre une vitre.

— Shérif ?

La voix de Mick Dashel, criant à travers le carreau de la porte d'entrée.

— Shérif, vous êtes là ? Si vous ne m'ouvrez pas, je vais entrer. J'ai une clé. Votre secrétaire m'envoie.

Red se leva et remplit un verre d'eau au robinet avant de s'affaler à nouveau sur sa chaise, devant la table de la cuisine, s'abandonnant à l'idée qu'il ne pourrait pas se tirer du mauvais pas dans lequel il s'était mis tout seul.

La clé dans la serrure, la poignée, le mouvement du store contre la vitre au moment de l'ouverture de la porte.

— Shérif ? Vous êtes là ?

Il entendit les pas de Mick Dashel se rapprocher sur le parquet.

— Ici, répondit-il tout bas.

Le détective apparut sur le seuil de la cuisine.

— Qu'est-ce qui vous arrive ? Pourquoi vous n'avez pas répondu ? Leigh est à deux doigts de l'infarctus. On a cru qu'il vous était arrivé quelque chose.

Dis-lui, chuchota Sue-Fantôme, dis-lui simplement.

— J'ai trop bu hier soir.

Mick s'assit sur la chaise en face de la sienne et posa les yeux sur la bouteille de whisky vide.

— C'est ce qu'on dirait.

— Il y a autre chose.

Mick se pencha vers lui, ses yeux bleus brillaient.

— Je vous écoute.

— Je crois que, ça remonte à longtemps, Transom Shultz a enlevé un garçon pour tenter de le tuer. Thomas Miller. Tout le monde l'appelle Possum. Ils étaient tous les deux jeunes à l'époque, quinze ou seize ans. J'ai reçu un appel, Possum ne s'était pas présenté à son travail.

Il raconta à Mick ce qui s'était passé dans la carrière, puis ensuite. Son cœur battait à tout rompre, il percevait à nouveau son environnement avec une grande acuité, le stress prenant le dessus sur la gueule de bois.

Mick Dashel suivit le contour du set de table avec le bout de son doigt et plongea les yeux dans ceux de Red.

— Il y a longtemps que vous gardez ça pour vous ?

Red soupira. Le secret qui le hantait depuis si longtemps était enfin dévoilé. Il ferma les yeux. La cuisine était redevenue floue et tanguait à nouveau.

— Dix-sept ans.

— Et vous pensez que ce Possum aurait pu décider de se venger ?

— Oui.

Mick haussa les épaules.

— Statistiquement parlant, c'est très peu probable. Mais on ne sait jamais. On va le convoquer pour l'interroger, si ça peut vous soulager. Je ne le ménagerai pas.

— Personne n'est au courant.

— Compris.

Il se tourna vers la fenêtre, parcourut du regard les figurines en verre.

— Je vais vous préparer un café, shérif, dit-il en se levant pour trouver une tasse.

*

Quelques heures plus tard, ils étaient de retour dans la salle de réunion du poste de police, assis face à Possum. Red essuya ses mains moites sur son jean. Il pria pour tenir le coup. Puis il pria pour que Possum ne soit pas impliqué dans la disparition de Transom, parce que, et Red ne savait pas très bien pourquoi, il avait l'impression que si celui-ci avait effectivement commis un acte haineux, eh bien il serait lui aussi à blâmer en quelque sorte.

— Comment on en arrive à se faire appeler Possum ? demanda Mick.

Le jeune homme haussa les épaules en ricanant.

— Vous préférez qu'on vous appelle Thomas ? insista Mick en s'adossant à sa chaise.

Possum parut y réfléchir ; il fit une moue sur le côté en penchant la tête.

— C’est bien, Possum, finit-il par lâcher au bout d’un moment.

— Entendu. Alors parlez-nous de votre relation avec Transom Shultz, Possum.

— Quelle relation ? On n’en avait aucune.

— D’accord, mais vous ne l’aimiez pas, je me trompe ? On pourrait dire que vous étiez en froid tous les deux.

Il grimaça.

— En froid ? Ouais, c’est une façon de dire les choses.

Il foudroya Red du regard.

— Vous pourriez développer ?

— Le shérif Redifer sait très bien de quoi je parle. Il était là. Pourquoi vous ne lui posez pas la question ?

Red avait le visage en feu. Il sortit son mouchoir pour s’essuyer le front. Il faisait tellement chaud dans cette pièce, une chaleur impossible.

— Possum…

Le jeune homme soutint son regard.

— Au moins vous avez appelé des renforts cette fois, shérif, lui dit-il. Pour ne pas oublier de donner suite.

Mick leva un doigt en direction de Red, pour lui rappeler ce qu’il lui avait dit avant l’arrivée de Possum. « Vous ne dites rien, pas un mot. Si vous ouvrez la bouche, je vous fais sortir. »

— Je ne suis pas ici pour interroger le shérif Redifer, dit-il à Possum. Ne l’oubliez pas.

Red prit sa bouteille d’eau. Son cœur tambourinait trop fort, dans sa poitrine, sa tête, ses oreilles, vrombissant comme un train à l’approche. À cet instant précis il s’en voulait d’avoir raconté à Mick Dashel la vérité et d'avoir fait venir Possum pour un interrogatoire. Il se disait aussi que le détective avait sans doute raison et qu'il aurait dû attendre dehors, aller au Wheeler's Diner. Il n'avait rien à faire là.

Le ton de Mick se radoucit.

— Transom était une petite brute, et les petites brutes ne se limitent jamais à un sale coup. Y a-t-il eu d'autres sévices ? Dans d'autres circonstances ?

Possum prit son élan.

— Il y a eu d'autres sévices, oui. Mais ça remonte à des années, j'ai tourné la page.

— Chapeau ! Après ce qu'il a fait, la peur et l'angoisse que ça a dû générer. D'après ce que m'a raconté le shérif, il semblait avoir l'intention de vous tuer. Et vous avez tourné la page ? Vous lui avez pardonné ?

Il n'y avait aucun sarcasme dans son ton ou sur ses traits. Il croisa les bras.

— Tant mieux pour vous, ajouta-t-il.

Possum bascula en arrière sur le fauteuil pivotant et regarda le plafond.

— Eh oui.

Mick poussa un Coca dans sa direction, sur la table, puis ouvrit sa bouteille d'eau.

— Qu'est-ce qui s'est passé entre vous deux ?

Possum haussa les épaules.

— Vous ne le savez pas ou vous ne voulez pas en parler ?

— Les deux.

— J'ai toujours détesté les hommes qui font du mal aux femmes. On dirait bien que ce type, Vance, votre beau-père, n'a eu que ce qu'il méritait.

Possum suivit le bord de sa cannette de Coca avec le bout de son doigt.

— Est-ce que c'est la même chose qui s'est produite avec Transom ? Il l'avait sans doute cherché, lui aussi.

Le cœur de Red s'emballait dans sa poitrine : s'il te plaît, dis non, s'il te plaît.

Possum décapsula le soda et en avala une gorgée, son visage se plissant sous l'effet du sucre.

— Vous ne me ferez rien confesser au sujet de Transom Shultz, parce que je n'ai rien fait.

Red expira bruyamment, alors que le soulagement se diffusait en lui.

Mick hocha la tête.

— Mais vous comprenez pourquoi vous pourriez être considéré comme un suspect dans cette affaire, non ? La dernière fois que quelqu'un vous a vraiment mis en colère, vous lui avez défoncé le crâne. De mon point de vue, on pourrait en déduire que vous avez peut-être ce qui s'appelle un problème de gestion de la colère, qui vous pousse à vous déchaîner contre les gens que vous n'aimez pas. Alors quand un type qui a tenté de vous tuer, et que vous avez toutes les raisons de haïr, vient à disparaître, eh bien c'est naturel qu'on vous pose des questions.

Possum avait passé dix-neuf mois en prison pour les violences exercées contre Vance, qui en avait conservé de légères lésions cérébrales, sans parler de son œil fou. Red avait veillé à ce que le juge et le jury soient informés des maltraitances constantes dont il avait été victime – il avait convaincu la conseillère d'orientation du lycée de témoigner en faveur de l'adolescent –, et Possum avait été jugé avec beaucoup de clémence. C'était, du point de vue de Red, le moins qu'il pouvait faire.

— Ouais, ce type, je ne l'aimais pas, dit Possum.

Non, soyons honnêtes, je le haïssais. Mais je l'évitais coûte que coûte. C'était déjà le cas au lycée, et j'ai appliqué le même principe depuis son retour en ville.

— Il vous faisait peur ?

La bouche de Possum s'incurva légèrement vers le bas.

— Nan, je préférais simplement éviter d'avoir affaire à lui.

— Je suis sûr que vous pouvez nous dire où vous vous trouviez le week-end précédent le Memorial Day et le prouver.

Possum sortit son petit calendrier bleu de la poche de sa doudoune rouge sans manches. Il eut un sourire, un immense sourire de petit garçon, et ses grandes billes marron s'arrondirent.

— J'étais à une vente aux enchères à Empire le samedi. Et le dimanche je suis allé chez ma mère. J'ai regardé du tennis à la télé. Le lundi, j'avais une autre vente aux enchères, à Somerset.

— Du tennis ?

— Bon d'accord, c'est elle qui l'a regardé pendant que je dormais sur le canapé. Mais j'étais là-bas. Je passe tous mes dimanches avec elle, tout le monde le sait.

— Et le vendredi soir ?

— J'étais au concours de tir, puis je suis rentré chez moi et j'ai discuté avec une amie en ligne.

— Vous avez des preuves de tout ça ?

— J'ai acheté des articles aux ventes aux enchères, je m'étais inscrit et j'ai réglé par chèque.

Il sortit son portefeuille.

— Tenez, ajouta-t-il en remettant à Mick deux souches datées, correspondant aux deux ventes.

Ma mère vous confirmera que j'étais avec elle dimanche. Et le vendredi soir j'ai discuté en ligne avec Alla, c'est le nom de mon amie, donc il doit y avoir une trace. Je suis sûr que vous savez comment retrouver un fil entre deux personnes sur un forum de discussion, non ?

Mick photographia les deux souches avec sa tablette, puis nota quelque chose avant de se lever.

— Vous êtes libre, monsieur Miller. Merci pour votre temps.

Possum rangea son calendrier et son portefeuille avant de sortir du poste de police.

Mick et Red restèrent assis derrière la table.

— Il a un alibi, shérif, lança le détective. Des reçus, des témoins. Je doute que ce soit notre gars.

Red repensa à cette soirée dans la carrière. Et à la scène qu'il avait découverte, un an plus tard, dans le mobile home : le sang, tout ce sang, une flaque immense sur le lino, la pommette de Vance déformée, l'œil délogé de son orbite, et Possum, assis dans un coin, l'aigle serré dans son poing, son jean rougi, sa chemise et son visage, éclaboussés eux aussi. Il se frictionna la nuque avec son mouchoir.

— Je vous remercie de lui avoir parlé.

Mick rangea le dictaphone dans sa poche arrière et glissa sa tablette sous son bras.

— Pas de problème.

Red se leva pour retourner à son bureau.

— Shérif ?

Mick avait l'épaule appuyée contre le cadre de la porte.

— J'espère que vous ne m'en voudrez pas de vous dire ça, mais vous devriez envisager d'aller lui parler. À Possum. Ça pourrait vous aider à vous sentir mieux, ça vous ôterait un poids.

— Et pour dire quoi ?

Mick haussa les épaules.

— Pardon, j'imagine. Vous pourriez lui demander pardon.

AVANT

C'était le vendredi précédant le Memorial Day, et Laney avait sa journée de libre – il s'agissait de l'un des six jours de fermeture de l'usine, chaque année. Chase lui avait dit qu'ils la passeraient ensemble. Ils achetèrent une pizza puis prirent la route de la forêt, pas pour aller à l'endroit où ils avaient l'habitude de marcher avec Kip, mais plus haut, beaucoup plus haut, en empruntant une route de terre sur des kilomètres. Ils finirent ensuite, à pied, par un sentier dans un endroit de la montagne jonché de rochers et si dégagé qu'on pouvait voir toute la vallée, les fermes et la ville, aussi. Laney avait toujours adoré cet endroit. On y surplombait le monde, avec ses pierres qui semblaient avoir été abandonnées là par une force de la nature sublime, comme le terrain de jeu d'un géant, même si, au moment de descendre de voiture, un souvenir ancien lui était revenu sans prévenir. Transom et elle, une soirée fraîche d'automne, il y avait longtemps. Elle l'avait repoussé.

Chase étala une vieille couverture sur un rocher suffisamment grand pour eux deux, puis fit signe à Laney de s'asseoir. Il ouvrit le carton de la pizza et lui proposa une bière avant de s'asseoir à son tour.

Il faisait chaud, c'était la première vraie belle journée à Fallen Mountains, et le changement était brutal après le printemps froid et pluvieux. Les jours rallongeaient ; l'été gagnait du terrain.

En dépit des horreurs qui se passaient à la ferme, ça allait plutôt bien. Transom était accaparé par sa nouvelle copine, il lui avait acheté une bague de fiançailles démesurée et il avait l'air… eh bien il avait l'air heureux, à ce que Laney en percevait. Il arrivait encore que l'esprit de la jeune femme s'aventure sur la pointe des pieds dans la direction de Transom, que son corps se souvienne. Ces derniers mois, elle avait pris conscience qu'elle avait beaucoup de souvenirs communs avec lui, des souvenirs où Chase figurait parfois, mais pas toujours. Il existait une chance qu'elle ne soit jamais tout à fait libérée de lui, parce qu'on ne l'est jamais entièrement d'une personne que l'on a aimée. Et pourtant il semblait avoir tourné la page, et elle aussi.

Elle regarda Chase, étudia son visage comme elle en avait parfois l'habitude. En général, il rougissait et se détournait, ce qui la mettait mal à l'aise et la forçait à se détourner à son tour. Ce jour-là, néanmoins, il soutint son regard en souriant. Elle prit son courage à deux mains.

— Est-ce qu'on est ensemble ? lui demanda-t-elle.

— Qu'est-ce que tu veux dire ?

Elle fit la moue et plissa les yeux.

— Tu sais très bien ce que je veux dire.

— Tu veux qu'on soit ensemble ?

— Chase…

Il éclata de rire.

— C'est juste une question, Laney.

— Ne me la pose pas.

Il poussa le carton de pizza derrière eux pour l'attirer vers lui.

— Je crois que oui. Je crois qu'on est ensemble.

— Ce que je voudrais savoir, en fait, c'est si tu penses que notre histoire va quelque part…

— Ben… Je ne suis pas encore prêt à me marier, si tu voulais me demander ma main, dit-il avec un sourire, avant de mordre dans une part de pizza.

Elle lui donna un petit coup dans le bras.

— Je ne te demande pas ta main, idiot. C'est d'ailleurs la seule chose que je ne te demanderai jamais, je préfère te prévenir.

Elle avala une gorgée de bière et l'enlaça par la taille.

— J'ai juste besoin de savoir que ça signifie quelque chose pour toi.

— Bien sûr que ça signifie quelque chose.

Et c'était suffisant, non ? Il fallait que ça le soit parce que, même si elle aspirait à davantage, elle devrait peut-être s'en contenter. Chase n'était pas le genre à glisser des lettres d'amour sous son oreiller, il ne serait jamais comme Jack, qui proclamait régulièrement son amour pour Maggie, dont les déclarations et les marques d'affection étaient si étroitement liées à celui qu'il était qu'il n'aurait jamais pu s'en débarrasser même s'il l'avait voulu. De toute façon, elle le sentait, voilà ce qu'elle se répétait. Dans son cœur, elle savait : à la façon dont Chase la regardait, à la façon dont il la touchait… Elle n'était plus la même à ses yeux.

*

Chase changea de position sur le rocher, où il se sentait de plus en plus mal à l'aise. Lorsque Laney lui avait demandé où il en était avec elle, il aurait voulu lui répondre qu'il n'aurait jamais réussi sans elle, qu'elle était tout ce qui comptait désormais pour lui parce qu'il ne lui restait rien d'autre. Il aurait voulu lui dire qu'il adorait la façon dont le soleil jouait avec ses cheveux blonds à cet instant précis, dont ses yeux changeaient au quotidien, si bien qu'il ne savait jamais de quelle couleur ils étaient exactement avant de s'y plonger. Il aurait voulu dire : je crois bien que je suis tombé amoureux de toi. Pourtant il n'en fit rien. Les mots refusaient tout bonnement de sortir.

Jack avait toujours été si doué pour ça, pour dire aux gens qui l'entouraient qu'il les aimait. Quand Chase était petit, à son retour de l'école, Jack lui demandait : « Raconte-moi une chose intéressante que tu as apprise aujourd'hui. » Chase lui répondait, et Jack hochait la tête d'un air approbateur en lui tapotant le dos. Il l'ébouriffait ou le prenait dans ses bras en lui disant qu'il était fier de lui. Et même lorsque Chase était entré dans la phase moins évidente de l'adolescence, où il avait dépassé son grand-père, où il se déplaçait dans la cuisine avec maladresse, Jack n'avait jamais cessé de lui témoigner son amour, de l'ébouriffer, le prendre dans ses bras et de lui redire sa fierté. Jack avait aussi toujours mis un point d'honneur à répéter à Maggie combien elle était jolie et combien il l'aimait. Souvent.

Elle faisait pareil, les mots jaillissaient de ses lèvres comme une source. Elle était de ces personnes qui remarquent tout. À l'église, au supermarché, elle complimentait une voisine qui avait changé de coupe de cheveux. Et elle était toujours sincère, si bien que même si la coupe était ratée, Maggie trouvait le moyen d'avoir un mot gentil. Chase supposait que c'était pour cette raison que tout le monde adorait Maggie, que tout le monde adorait ses grands-parents. Ils avaient tous les deux un don, et leur seule proximité vous aidait à vous sentir un peu mieux dans votre peau. Comme si à leur contact vous vous amélioriez.

Transom s'était nourri de cette qualité, d'une façon ou d'une autre. Non pas qu'il vous aidait à vous aimer un peu plus, mais quand vous étiez avec lui vous vous sentiez important, du moins s'il était dans la bonne disposition d'esprit. C'est ce qu'on appelle le charisme.

Chase, lui, n'était pas de cette trempe-là. C'était d'ailleurs l'une des choses qu'il détestait le plus chez lui, son stoïcisme, son incapacité à exprimer ses émotions, néanmoins après la mort de ses parents, après ces trois jours dans les bois, il s'était protégé de tout ça : les hauts et les bas, la joie et la tristesse, la colère et la perte. C'était le seul moyen qu'il connaissait pour se préserver. Maintenir tout et tout le monde à distance lui apportait de la stabilité, de la sécurité. Et toutes ces années ça avait plutôt bien fonctionné. Pourtant il était conscient de passer à côté de certaines choses. Il ne comprenait tout simplement pas comment faisaient les gens pour ressentir certaines émotions pleinement sans pour autant être entièrement submergés. Il aurait voulu les laisser sortir parfois, comme le jour où Jack était mort. Il aurait aimé être capable de pleurer. Avec Laney, aussi, lorsqu'elle posait sur elle ses yeux océan, mais il en était incapable. Il espérait que ses gestes – les fleurs qu'il lui avait apportées plus tôt dans la semaine, le pique-nique qu'il avait organisé – parvenaient à exprimer ce qu'il ressentait pour elle, même s'il savait qu'elle avait envie d'entendre certains mots. Et il souhaitait, il espérait qu'un jour il réussirait à les lui offrir.

Le soleil commençait sa descente. En bas, dans la vallée, la lumière devait décroître. Les gens allumaient devant chez eux, appelaient les enfants pour qu'ils rentrent. Les voisins concluaient leurs conversations. Ici, en hauteur, le ciel était encore clair, le soleil les baignait de son immense éclat orange.

— On dirait que tu as les cheveux roux, dit-il en les touchant. Je n'avais encore jamais remarqué.

Elle hocha la tête, puis se tourna vers la vallée, en abritant ses yeux avec une main. Elle finit sa dernière bouchée de pizza avant de lui répondre.

— Ma mère disait toujours que c'était à ce moment-là de la journée qu'elle préférait mes cheveux, dans les quelques minutes précédant le coucher du soleil. Elle aimait qu'ils changent brusquement de couleur. Je lui disais que ses cheveux étaient pareils, qu'ils avaient aussi l'air roux au coucher du soleil, mais elle ne me croyait pas.

Chase ne connaissait pas très bien la mère de Laney, Kristen, mais il savait, comme tout le monde en ville, qu'elle n'avait pas été une vraie mère pendant de nombreuses années. Maggie lui avait un jour expliqué qu'elle avait souffert d'une grave dépression, et avait même été internée pour cela. Laney, elle, n'en parlait jamais, et Chase ne posait pas de questions. Il était bien placé pour comprendre sa pudeur à ce sujet – si elle avait envie d'en parler, elle le ferait. Ce n'était pas lui qui la pousserait à partager des souvenirs douloureux. Il savait bien que c'était plus simple de les enfouir, de les cacher tout au fond des grottes de son esprit, où on pouvait, du moins la plupart des jours, les oublier.

— Ça te fait bizarre que ta mère ne vive plus à Fallen Mountains ? demanda-t-il à Laney.

Kristen était partie dans le Maryland quelques années plus tôt, après que Laney avait racheté la maison de sa grand-mère.

— Un peu… Mais elle est heureuse, tu sais. Elle a fini par rencontrer un mec bien, Larry. Elle a toujours voulu se marier, avoir une vie de famille normale. Elle regrette de ne pas s'être mieux occupée de moi, je le sais. Elle en était incapable.

Il sourit.

— C'est quelque chose que j'aime chez toi. Tu vois toujours le meilleur côté des gens. Tu as cette élégance. Tu pardonnes.

Elle se détourna, ramassa les deux bouteilles de bière vides et les rangea dans la glacière. Il se leva et s'étira, les deux bras en l'air. Malgré l'approche de la nuit, l'air restait chaud et lourd.

— J'ai prévu quelque chose pour la suite de la soirée, j'espère que tu es libre.

— Quoi ? lui dit-elle. Tu sais que je risque de m'y habituer…

— Je t'emmène au concours de tir. Le premier de la saison.

Il sourit.

— Qui ne rêve pas de se faire ridiculiser par sa copine devant toute la ville ?

Laney était une excellente tireuse, surtout avec des cibles.

— Tu veux que je rate quelques tirs exprès ?

— Épargne-moi ta pitié… Et puis si je te bats, je veux que ce soit à la loyale.

Chase prit la glacière d'une main, et Lane posa la couverture en travers de son épaule. Bras dessus bras dessous ils redescendirent du rocher et retrouvèrent le sentier jusqu'au pick-up.

— Alors c'est pour ça que tu as apporté des bières, lui dit-elle après être montée en voiture et avoir refermé sa portière. Tu cherches à prendre l'avantage sur moi. Enfin je suppose que je n'ai pas besoin de te préciser qu'il faut plus de deux bières pour me faire perdre en précision.

*

Au concours, Chase s'en tirait bien jusqu'à l'arrivée de Transom avec Teresa. Tout le monde se retourna sur leur passage. Ils auraient retenu l'attention, même séparément. Avec sa carrure athlétique et son beau visage, Transom attirait les regards depuis des années. Et Teresa, même si Chase rechignait à l'admettre, était belle. Époustouflante même, et si jeune. C'était ce genre de femme à laquelle on ne pouvait s'empêcher de lancer des coups d'œil malgré soi. Son visage avait quelque chose de troublant dans sa perfection et sa beauté. Dès que Transom et Teresa arrivaient quelque part ensemble, il n'y en avait plus que pour eux, comme s'ils étaient des membres d'une famille royale.

Chase tenta de se concentrer. Il aligna le guidon de sorte à ne voir que son sommet, fit coïncider le centre du viseur et celui de la cible, expira et pressa lentement la détente. Au moins, avec son casque de protection, il pouvait se couper des gloussements exaspérants de Teresa et de la grosse voix si reconnaissable de Transom. Et malgré tout, savoir qu'ils étaient là, savoir que Transom l'observait le mettait à cran. Ses tirs étaient de plus en plus mauvais. Il commença à avoir chaud, soudain, et même sa bière glacée, qu'il vida d'un trait, ne suffit pas à le rafraîchir. De la sueur perlait sur son front, ses lunettes de protection s'embuèrent.

Entre deux séries de tirs, Laney vint le trouver.

— Est-ce que ça va ? On peut rentrer, dit-elle, le front barré par l'inquiétude. Oui, rentrons, insista-t-elle en lui serrant la main.

Transom approcha, suivi de Teresa.

— Laney, la salua-t-il avec un hochement de tête, Chase.

Il déposa son étui à fusil sur la table à côté de Chase et s'installa. Teresa se mit sur la pointe des pieds pour murmurer quelque chose à l'oreille de Transom. La fine bordure de sa culotte rouge dépassait de son jean. Puis elle partit aux toilettes. Laney échangea un regard narquois avec Chase.

— Je ne savais pas que tu avais un fusil, dit-il à Transom en observant l'étui en cuir que celui-ci était en train d'ouvrir.

C'était bien son genre de s'être acheté une arme juste pour un concours. Transom ne répondit rien. Il sortit le fusil, et Chase le reconnut aussitôt. La gravure de l'homme agenouillé et de son chien d'arrêt, les canards au-dessus de leurs têtes. L'arme chérie de Jack. Transom tenait la crosse d'un geste possessif.

À cet instant précis, quelque chose céda en Chase : il sentit un changement, une cassure, un brusque assaut de noirceur. Il s'imagina arracher le fusil des mains de Transom, le caler contre son épaule puis le redresser pour presser le canon contre sa joue. Oui, il vit toute la scène se dérouler, la vitesse à laquelle son corps pouvait enchaîner les mouvements. Il pourrait mettre un terme à tout – les dégâts à la ferme, les mensonges – en un clin d'œil.

Pourtant une main, une main calme et familière, se pressa doucement dans son dos. Il frémit. Laney entrelaça leurs doigts et l'attira vers lui.

— Viens, Chase, dit-elle en tirant doucement.

Il se détourna de Transom et la suivit. Il sentait ses pieds bouger, il entendait les détonations des armes, les gens qui riaient et s'amusaient autour de lui, mais il avait l'impression de s'être dissocié de son propre corps, de flotter au-dessus de lui-même, d'observer ses mouvements, comme s'il n'était plus vraiment là.

APRÈS

Red contacta Tuck Philips, qui dirigeait l'équipe d'intervention d'urgence de Fallen Mountains, créée cinq ans auparavant et convoquée une seule fois depuis, lorsqu'un jeune enfant était tombé dans le vieux puits de la ferme Orvetto. Le petit garçon était ressorti couvert d'égratignures et de contusions, pétrifié, mais Dieu merci sain et sauf. Comme Red n'avait pas d'adjoint, cette équipe avait été formée pour lui servir de renforts en cas de besoin : il n'avait qu'un coup de fil à passer et il recevrait de l'aide en une demi-heure.

Un par un, les six membres de l'équipe débarquèrent à la ferme Hardy dans leurs pick-up, et Red les réunit dans le jardin de Chase, où des abeilles noir et jaune butinaient les fleurs de courge orange, où les cosmos roses et blancs se balançaient joyeusement dans la brise, où l'air de juin était chaud et étouffant. Les hommes le regardaient, tous ces bons citoyens de Fallen Mountains qu'il connaissait et à qui il faisait confiance. Trois d'entre eux étaient jeunes, deux plus âgés que lui. Il leur annonça, d'une voix tremblante :

— On est à la recherche d'un corps, les gars. Ou de tout ce qui pourrait sortir de l'ordinaire, en fait.

Si vous trouvez quelque chose, prévenez-nous aussitôt. N'intervenez surtout pas, ne touchez à rien. Appelez.

Ils confirmèrent d'un hochement de tête.

— Évitez le chantier, là-haut sur la colline, précisa-t-il. Personne ne doit s'en approcher, c'est bien clair ?

Il se rappela son échange tendu avec l'employé de la compagnie pétrolière qui ne lâchait pas son appareil de musculation violet, l'impression vague d'avoir été menacé, la brute qui avait suivi tout l'échange, à peine en retrait. Il n'aurait vraiment plus manqué qu'ils se retrouvent avec une autre disparition sur les bras. Un autre corps.

— Je vous présente Mick Dashel, dit Red en inclinant la tête dans sa direction. C'est un détective privé et il va nous donner quelques conseils, parce que… eh bien, vous êtes au courant, les gars, ce n'est pas vraiment le genre de choses dont on a l'habitude, ici, à Fallen Mountains.

Mick Dashel fit un pas en avant.

— On va se séparer. Avec le shérif Redifer, nous avons déjà exploré la maison il y a quelques jours. Je voudrais quand même deux volontaires pour aller regarder dans l'étable, le silo, sans oublier ce bâtiment, là, ajouta-t-il en pointant une construction sur la gauche.

— Il y a aussi un cellier derrière, précisa Red, se souvenant soudain que Chase en sortait la première fois où il était venu et où il avait fouillé le véhicule de Transom.

Mick hocha la tête.

— À visiter aussi, en effet. Une fois que ces endroits-là auront été passés au peigne fin, je veux que vous vous chargiez de cette zone, par là-bas, dit-il en l'indiquant avec son index. Le champ qui est laissé en jachère, et le pâturage, derrière l'étable. Avec Red, on va s'occuper des bois derrière le chantier.

Le cœur de Red fit une embardée.

— En résumé, on y va deux par deux et on se retrouve ici à dix-sept heures pour faire le point.

Il marqua un silence avant de conclure :

— Et soyez prudents, s'il vous plaît.

AVANT

Quelques heures après son expérience extracorporelle au concours de tir, Chase était dans sa chambre, et s'habillait pour aller traire les vaches. Il était tôt, à peine quatre heures trente, et il faisait encore nuit dehors. Toute la nuit il avait ruminé, cherchant à se convaincre que Transom avait agi sans réfléchir, comme toujours, qu'il ne pensait pas à mal, qu'il ignorait l'importance que ce fusil avait aux yeux de Jack. Chase restait nerveux, fébrile : il avait la sensation étrange et déstabilisante qu'on pouvait à tout instant lui arracher sa propre peau, à la façon de la mue d'un serpent, et ça ne lui plaisait pas du tout. En enfilant ses chaussettes, il se dit que ça allait lui faire du bien de s'activer dans l'étable. Il allait s'occuper, travailler pour oublier et s'épuiser. À la fin de la journée, il aurait repris le contrôle de ses émotions.

Il avait presque réussi à se convaincre que tout irait bien quand des phares balayèrent le plafond de sa chambre. Les graviers crissèrent sous des pneus et il entendit la porte de la cuisine s'ouvrir, des bruits de pas, puis un silence : le visiteur retira ses chaussures. De nouveaux bruits de pas, plus légers.

— Chase ? Tu es là ?

Transom.

Chase enfila son tee-shirt et sortit. Il ne se sentait pas prêt à affronter Transom en face, pas encore. Il avait besoin de temps. Le son de sa voix avait attisé sa colère, et son pouls battait de façon assourdissante dans ses tempes. La maison était petite. Impossible de l'éviter. Chase pouvait néanmoins abréger leur entrevue en traversant rapidement le salon et en abrégeant un échange trop long, pour se rendre directement à l'étable. Il descendit les marches d'un pas vif.

Transom était debout devant la fenêtre, comme hypnotisé. Des papillons de nuit, par dizaines, jaunes et blancs, étaient attirés par la lumière au-dessus de la porte, ils voletaient avec maladresse, sans la moindre grâce.

— Je me disais bien que tu devais être debout.

Ainsi que Chase le suspectait, Transom ne s'était apparemment pas rendu compte des émotions qu'il avait suscitées. Chase ne pouvait s'empêcher de s'interroger malgré tout : était-il à ce point insouciant, coupé de tout ? Ou était-il plutôt si accaparé par ses propres besoins et désirs que ceux des autres n'avaient aucune valeur à ses yeux ?

— Qu'est-ce que tu fais ici ? lui demanda-t-il.

Il avait entendu Teresa dire à Laney qu'ils iraient passer la nuit à Empire, après le concours.

Transom prit un verre sur la table d'appoint, près du canapé. Il avala une gorgée du liquide ambré et plissa les yeux.

— J'ai été tellement bon au concours de tir, hier soir, que j'ai décidé d'aller passer un peu de temps dans le Mirador, histoire de voir si j'arrive à attirer un dindon.

Le fusil de Jack. La peau de Chase était parcourue

de picotements. *Sors*, se dit-il. *Va dans l'étable. Occupe-toi des corvées qui t'attendent.* Il tenta de dépasser Transom, qui lui barrait le passage vers la cuisine.

— Je dois…

— Et puis Teresa me prend la tête avec mes médocs, poursuivit Transom, toujours fasciné par les papillons de nuit et qui ne se rendait toujours compte de rien. Elle dit qu'elle va me quitter. Je vais faire le mort un jour ou deux, pour être sûr de lui manquer, avant de débarquer à Empire avec des fleurs ou un truc du genre, lundi. Tu sais comment ça marche entre elle et moi.

Il soupira.

Chase n'en savait rien, non. Leur relation était si explosive, si imprévisible qu'elle le déroutait. Comment supporter ce stress en permanence ?

— Ces médocs, ils finissent par vous le faire payer, d'une façon ou d'une autre. Et on s'en rend compte trop tard.

Il fixait les papillons qui dansaient dans la lumière.

— J'aurais sans doute dû arrêter le base-ball bien avant, tu sais. Mon bras était bousillé.

Il s'interrompit pour plonger la main dans sa poche de poitrine, puis changea d'avis et serra le poing sur son cœur.

— Le médecin m'a prescrit de la codéine. Il a suffi de quelques comprimés pour moi. Pas de retour en arrière possible. Je n'ai jamais pu arrêter… Le truc, c'est qu'ils te détraquent. Il m'arrivait de faire des trucs, des sales trucs, juste parce que j'étais furax. Contre tout le monde. Mon père, ma mère. Et d'autres gens, aussi. Je ne peux pas l'expliquer, mais, à cette époque surtout, ça m'arrivait d'avoir besoin, tout à coup, de faire du mal.

Chase frotta ses paumes sur ses cuisses et pinça les lèvres. Il se demanda quel était l'objectif de Transom cette fois. Cherchait-il à s'expliquer ? Ou à inspirer de la sympathie ? Chase n'avait aucune envie de se taper ce soliloque, cette confession provoquée par un mélange d'alcool et d'analgésiques, mais il ne se faisait pas confiance pour parler. Il ignorait ce qui risquait de sortir, de jaillir du tourbillon écumant d'émotions qu'il avait tant de mal à contenir. Peut-être que s'il restait silencieux et qu'il laisse Transom aller au bout de ce qu'il voulait dire il parviendrait à garder le contrôle jusqu'à ce qu'il puisse sortir respirer de l'air frais. Il se racla la gorge et regarda sa montre dans l'espoir que Transom saisirait le message.

— Je ne lui ai pas reparlé depuis des années, poursuivit-il pourtant. Mon père, je veux dire. Pas depuis que ma mère a tenté de… pas depuis sa dépression et mon arrivée ici, à la ferme.

Il bascula son poids d'un pied sur l'autre.

— Tu sais, j'ai toujours été jaloux de toi, de ta relation avec Jack et Maggie. Avec tes parents aussi, quand ils étaient là. Cet endroit de façon générale. Toujours si paisible, si rempli d'amour. C'était très différent dans ma famille.

Un papillon de nuit orange s'était frayé un chemin à travers la moustiquaire de l'une des fenêtres et voletait en direction de la lumière de la cuisine.

— Je n'avais pas prévu que ça se passerait comme ça, Chase, que les choses prendraient cette tournure.

Incapable de garder le silence plus longtemps, Chase fit un pas vers Transom.

— Tu aurais dû y penser avant de signer tous ces papiers, cracha-t-il, décontenancé par l'hostilité dans sa propre voix.

— J'essayais de te présenter des excuses là, Chef.

— Ça n'y ressemblait pas.

Transom se passa les mains dans les cheveux et avala une autre gorgée d'alcool.

— Écoute, Chase, je sais que tu n'es pas emballé par la tournure que ça prend. Moi non plus d'ailleurs, mais essaie de ne pas perdre l'essentiel de vue : c'est juste un bout de terrain, de la terre, des arbres et des rochers, comme partout ailleurs. Pour tout te dire, j'ai acheté une propriété dans le comté de Potter qui n'est pas très différente d'ici, elle m'y fait même penser. Du bois de construction, des grands champs.

— De quoi tu parles ?

Transom n'avait encore jamais mentionné d'autres propriétés.

— J'ai des terres un peu partout, Chef. Il y a des années que je fais ça. J'achète des fermes, je les réhabilite. Je t'avais dit que je savais où je mettais les pieds.

Chase se repassa mentalement les mois depuis le retour de Transom et fit défiler les semaines. Le lendemain de l'enterrement de Jack, il était rentré. Il avait dit qu'il voulait lui rendre hommage, que la ferme lui avait manqué, qu'il voulait se poser. Les souvenirs s'imbriquaient comme les pièces d'un puzzle : la chasse au lapin dans le champ enneigé, Transom qui prenait des nouvelles de la ferme, qui proposait de la racheter.

— C'était ton plan depuis le départ, alors ? Tu es revenu ici, tu as fait semblant d'être mon ami, de vouloir m'aider…

— Je n'ai jamais dit ça. Je n'ai jamais dit que je voulais t'aider. Je t'ai parlé d'un investissement. J'ai été clair d'emblée.

— Je te faisais confiance, dit Chase, la gorge si serrée que sa voix était à peine un murmure. Tu étais mon ami.

— Allez, Chef, on est toujours amis, souffla Transom en secouant la tête. Je comprends vraiment pas pourquoi tu te mets dans cet état. C'est juste de la terre. Je l'exploite aussi. Différemment, c'est tout.

— Non.

Chase tremblait à présent, il ne contrôlait plus le frémissement de ses mains.

— Ce qu'on fait, toi et moi, ça n'a rien à voir. Tu puises dans les ressources, tu prends tout ce qu'il y a de bon et tu t'en sers jusqu'à ce qu'il ne reste plus rien. Avec toi tout devient laid parce que tu t'en fous. J'adore cet endroit, j'en prends soin.

— Oh, commence pas avec tes conneries de supériorité morale, hein. Je dois te rappeler tes chevreuils braconnés et ton feu à la Rambo ? C'est moi qui t'ai trouvé, qui t'ai débarbouillé et qui t'ai ramené ici, tu te souviens ? J'en ai jamais parlé à personne parce que tu me l'avais demandé.

Transom soutint son regard et avala une autre gorgée de whisky.

— Ne me prends pas de haut, hein.

Et voilà, le coup bas par excellence, une allusion cruelle à ces trois jours dans les bois, après de longues années de silence. Il aurait dû se douter que ça finirait par arriver ; il aurait dû se douter que Transom ne pourrait pas tenir sa langue éternellement, pas alors qu'il avait là un moyen de lui faire du mal. Chase aurait voulu dire quelque chose, mais qu'y avait-il à dire ? Il ne pouvait ni nier ni se montrer en désaccord. Il avait fait de son mieux pour laisser cet épisode derrière lui, il s'était efforcé, depuis, de se racheter, encore et toujours. Et bien sûr Transom le savait, puisqu'il le tournait en ridicule : « T'es vraiment devenu une chochotte, tu sais ? »

Un autre papillon de nuit s'introduisit maladroitement dans le salon et tomba par terre. Il se mit à ramper sur le parquet sombre, en direction de la lumière projetée par la lampe sur la table. Transom l'écrasa sous sa semelle, avec un discret crissement. Le contenu de son abdomen et sa poudre laissèrent une trace jaune sur le sol.

— Je dois aller traire les vaches, dit Chase.

Les contours de sa vision commençaient à se brouiller, sa colère, constituée d'une centaine de choses différentes amalgamées, lui donnait le tournis. Il bouscula Transom pour rejoindre la porte de la cuisine.

— C'est juste de la terre, Chef, lui lança-t-il.

Chase enfila ses chaussures avant de se retourner vers lui.

— Pour moi, ça a toujours été beaucoup plus.

APRÈS

Assis à l'ombre, adossé à un pin, Red regardait le défilé d'hommes à casque jaune s'affairer sur le chantier, manœuvrer les machines. Il était tôt, mais ils étaient déjà au travail. L'un d'eux grimpa sur un chariot élévateur, un autre sur un chargeur sur pneus. Les engins reprirent vie dans un rugissement, le chariot élévateur recula en émettant un *bip* assourdissant, le chargeur sur pneus monta sur la colline puis disparut de l'autre côté. Red entendait des voix, des hommes qui se répondaient en beuglant, des éclats de rire qui se propageaient, toutefois il était trop loin pour distinguer avec précision ce qui se disait.

La veille, alors qu'il mangeait une tranche de pain grillé avec du beurre avant d'aller se coucher, son portable avait vibré. Numéro inconnu.

— C'est bien le shérif ? avait lancé un homme à l'autre bout du fil.

— Oui, c'est moi.

Red avait essayé d'identifier son interlocuteur. La voix lui était familière, mais il ne parvenait pas à lui associer un visage.

— Ici Denny Morrison. On s'est rencontrés il y a une semaine environ. Je bosse pour Land Corp.

Le préfabriqué, le chef d'équipe arrogant qui actionnait la poignée de musculation violette. À ce souvenir, Red fit la grimace et son pouls se précipita. Gagné par la paranoïa, il écarta le rideau de la fenêtre pour jeter un coup d'œil dans la rue.

— Oui, oui.

— Écoutez, un de mes gars cherchait un endroit pour… euh… faire ses besoins ce soir. Il est tombé sur un cadavre, d'après lui.

— Un cadavre ?

Red faillit s'étrangler avec son toast. Il prit son verre d'eau.

— Où ça ?

Un profond soupir.

— C'est un peu le problème. Ça lui a flanqué une telle frousse qu'il est parti en courant. Il s'est perdu dans le noir, il a fini par débarquer ici en panique. J'ai réussi à comprendre qu'il était parti tout droit derrière le chantier et qu'il s'était pas mal éloigné. J'ai demandé à quelqu'un de le conduire à l'hôpital. Il était dans un tel état que j'ai eu peur qu'il fasse une crise cardiaque.

— C'est tout ? Votre gars est tombé sur un cadavre et il n'a pas eu l'idée de noter l'endroit où il se trouvait ?

— Il faisait sombre, et je vous l'ai expliqué, il a paniqué. Ce n'est pas le couteau le plus affûté du tiroir. Je ne sais pas pourquoi il est allé aussi loin pour se soulager, franchement, j'imagine qu'il voulait être tranquille. Bref, deux gars l'ont vu sortir des bois comme un fou. J'ai quand même obtenu qu'il se calme suffisamment pour lui soutirer ces informations.

— Il me faut son nom. On va devoir l'interroger.

— Ouais, c'est bien ce que je pensais. Je peux faire autre chose pour vous ?

— Nan, dites juste à vos hommes de ne plus aller dans les bois, d'accord ? Et, Denny, ajouta-t-il soudain, pour l'amour de Dieu, installez des W-C chimiques, enfin.

Il avait appelé Mick dans la foulée, et ils avaient convenu que ça ne servait à rien de partir dans les bois alors qu'il faisait nuit : ils s'étaient donné rendez-vous à l'aube. Et Red l'attendait justement, en terminant le sandwich aux œufs et au fromage, arrosé d'un café, qu'il avait achetés à la station-service sur le chemin de la ferme Hardy. Il froissa l'emballage et le fourra dans sa poche. Il se fit la promesse que, quand toute cette histoire serait terminée, il mangerait mieux. Dans une autre vie, bien avant d'épouser Sue, à l'époque où il vivait aux Rocks, il avait su cuisiner. Enfin il était au moins capable de préparer des aliments simples. Des œufs et du bacon, des macaronis au fromage, sans l'aide d'une préparation de supermarché. Tout le temps où il avait été marié, la cuisine avait été le domaine de Sue. Il n'était plus sûr de se souvenir, ou d'avoir gardé le coup de main, après toutes ces années, mais une fois à la retraite il comptait s'y remettre. Ça suffisait les sandwichs de station-service emballés dans du papier d'alu. Le poulet du *diner* dans des boîtes en polystyrène, les déjeuners achetés au distributeur et composés de crackers au fromage et d'une barre chocolatée. Une fois retraité, il se nourrirait mieux.

Il n'avait pas dormi de la nuit, tournant et retournant les détails de l'affaire, regrettant pour la énième fois de ne pas avoir remis sa lettre quelques semaines plus tôt. Il avait pensé à Possum aussi. S'il était soulagé de voir Mick convaincu de son innocence dans la disparition de Transom, il restait ébranlé par toute cette histoire. Il continuait à se sentir coupable, et il était à peu près certain que Sue-Fantôme partageait ce sentiment.

*

Mick se gara à la lisière des bois et coupa le moteur de sa Buick. Il s'approcha de Red et lui tendit la main pour l'aider à se relever.

— Vous avez dormi ?

— Non, et vous ?

Mick secoua la tête.

— Impossible après votre appel.

Il indiqua une direction.

— À votre avis, on commence par là ?

— Je dirais ça, oui. Le chef d'équipe a dit que son gars était parti tout droit derrière le site.

Ils se frayèrent tous deux un chemin à travers le fouillis de branches et de souches. Une toile d'araignée s'accrocha au visage de Mick, qui l'arracha d'un air dégoûté, puis secoua sa main avant de s'essuyer le visage, les fins fils de soie blanche s'accrochant aux poils de son menton. Red ne put s'empêcher d'être un peu amusé par le spectacle de Mick Dashel, en polo noir, pantalon de toile et lunettes aviateur, aux prises avec la nature, quand lui était parfaitement à l'aise, dans son élément. Mick avait une expression de concentration intense, de vigilance forcée, qui semblait presque douloureuse. Ses mocassins noirs ne facilitaient pas les choses, les semelles en cuir dérapaient sur le sol de la forêt.

Ils descendaient une pente qui semblait conduire

à une sorte de ravine. Les genoux de Red protestaient sous son poids. Il posa le pied dans un petit trou et sa cheville menaça de se dérober sous lui, de lui faire perdre l'équilibre. Il agrippa un tronc maigre pour se rattraper. Il avait chassé le cerf dans cette vallée avec Jack, des années auparavant. À l'époque les bois étaient pleins d'immenses chênes, aux larges branches grises, comme une assemblée de fidèles. Du moins avait-il l'impression que c'était ici. Avec la disparition de la plupart des arbres et les débris si denses qu'on ne voyait pas à plus de vingt mètres, c'était difficile à affirmer.

Et soudain, une odeur. Nauséabonde, puissante. Un corps en décomposition, mort. Il pouvait appartenir à un animal. Un raton laveur, un lapin, un écureuil, peut-être même une bête plus grosse : un cerf. Red ne voulait pas tirer des conclusions hâtives, et puis ce n'était pas parce qu'il avait repéré une odeur qu'il en trouverait aisément la source. Il s'arrêta, regarda autour de lui. Une telle étendue de terre, un tel gâchis. Ils se remirent en route, mais quelques minutes plus tard, le vent tourna, et Mick flaira quelque chose lui aussi.

— Vous avez senti ?

Red confirma d'un signe de tête. Il ferma les yeux pour se concentrer. Parfois, en éliminant un sens, on en affûtait un autre. Il se demanda à quelle distance une brise pouvait déplacer une odeur dans les bois, avec tous les autres parfums – pins, terre, et ces effluves d'oléastres sucrés, entêtants. Il était dans un espace si vaste, comment remonter la piste de ce relent ? Une ombre passa au-dessus de sa tête, celle d'un grand oiseau. Il leva les yeux.

Il se pencha légèrement en arrière et observa le

rapace, cherchant à déterminer sa trajectoire, le point autour duquel il tournait. Il mit une main en visière et prit la direction de l'ouest. Mick attendit quelques instants avant d'entourer le tronc d'un arbre de Rubalise pour marquer l'endroit où ils avaient changé de direction, et de lui emboîter le pas.

Red était à l'affût maintenant, un prédateur fondant sur sa proie. Il levait la tête, puis la baissait, la levait, puis la baissait. Il trébuchait à cause des innombrables obstacles sur le parcours. Il buta sur une branche et tomba à genoux, mais se remit aussitôt debout, gardant les yeux sur l'oiseau. Mick le suivait à quelques mètres, il glissait avec ses mocassins, était ralenti, lui aussi, par tout ce qui jonchait le sol de la forêt.

— Là, dit Red en indiquant un endroit à quarante mètres devant.

Trois autres oiseaux, à terre cette fois, et qui les considéraient avec mépris. Leurs corps noirs étaient surmontés d'horribles têtes rouges ridées, aux yeux ronds comme des billes, qui les rendaient laids et menaçants. L'un d'eux se baissa pour picorer quelque chose, avant de déployer ses ailes immenses, impressionnantes, de plus de deux mètres, et de s'envoler. Les autres le suivirent. Ils allèrent se poster maladroitement sur un arbre voisin, un grand pin rachitique. Puis ils attendirent, sur leur perchoir élevé, gardant les deux hommes à l'œil.

— Qu'est-ce que c'est ? demanda Mick.

— Des urubus à tête rouge, une variété de vautours.

Red se dirigea vers l'endroit où les rapaces étaient réunis d'un pas lent et prudent. À côté de lui, Mick porta la main à son étui, fixé à sa ceinture. Il la posa sur la crosse de son arme. Red sortit son mouchoir de sa poche et le tint devant son visage. La puanteur était insupportable à présent, une odeur de mort, épaisse et vertigineuse. Un été, à l'époque où il était encore enfant et qu'il vivait aux Rocks, le chat d'une voisine était mort sous la galerie de leur maison, et pendant des semaines il était resté là à se décomposer. Personne ne s'expliquait d'où venait cette infection. Tous les matins, Red se plaignait à sa mère, jusqu'à ce qu'il finisse par partir en quête d'une explication dans leur jardin, en se fiant à son odorat. Il avait réussi à débusquer le chat mort. Il l'avait mis dans un sac-poubelle avant de le jeter. Il n'avait pas eu le cœur d'aller sonner chez la pauvre Mme Gorajczyk pour lui annoncer que son chat blanc adoré avait choisi de passer l'arme à gauche sous leur galerie.

Dans la clairière devant eux, une nuée de mouches – Red n'en avait encore jamais vu d'aussi dense – bourdonnait bruyamment au-dessus d'une chose encore indistincte à cette distance. Red fit un pas de côté et signala à Mick de continuer. Il se plia en deux pour vomir, submergé par l'odeur.

— Ça va ? lança Mick par-dessus son épaule.

Red leva son mouchoir en guise de réponse, et le détective s'approcha lentement de l'endroit où les mouches vrombissaient. Lorsqu'il se sentit un peu mieux, Red le rejoignit.

Un corps gisait dans la terre, un entrelacs de muscles et d'os, au visage balafré, sans yeux. L'abdomen et la poitrine avaient été ouverts, écartelés et… vidés. Il n'y avait plus ni cœur ni estomac. Sur la cage thoracique, des lambeaux d'un tee-shirt noir et jaune, aux couleurs de l'équipe de base-ball des Pirates. À côté de ce qu'il restait de la main droite, un pistolet, et un peu plus loin un fusil que Red connaissait : celui de Jack.

— C'est lui, dit-il d'une voix rauque.

Il aurait voulu courir, très loin de cet endroit, de cette odeur et de cette vision de mort. Il comprenait pourquoi l'ouvrier avait paniqué et détalé la veille.

Mick s'agenouilla près du cadavre.

— Alors là, dit-il en montrant la jambe de Transom, prisonnière d'un dispositif en métal rouillé et ensanglanté, je n'avais jamais vu un truc pareil.

Il ouvrit son sac à dos pour en sortir sa tablette. Il se mit à faire le tour du corps pour prendre des photos sous différents angles, debout, à genoux, de plus ou moins près. Il tapa quelques notes, avant d'aborder des questions de logistique : comment sortir le corps des bois, comment préserver les preuves. À supposer qu'il y en ait.

Red se plia à nouveau en deux pour vomir, une main en appui sur un arbre pour ne pas perdre l'équilibre. C'était trop : le spectacle effroyable de ce corps, les mouches, la puanteur, les vautours qui battaient des ailes dans le pin.

— Il faut que vous appeliez Tuck, lui dit le détective. Dites-lui de venir tout de suite.

Il s'essuya le front avec la manche de sa chemise.

— Vous pensez qu'un tout-terrain peut arriver jusqu'ici ?

Red secoua la tête.

— Pas avec tous ces débris. On pourrait tenter avec un quad, en accrochant une benne derrière, peut-être.

Il réfléchit un instant, peinant à se concentrer au milieu de ce chaos et de cette odeur, cherchant à trouver le nom d'un fermier qui posséderait un véhicule utilitaire tout-terrain et qui serait susceptible de le leur prêter pour extraire un cadavre des bois. Comment expliquerait-il la situation exactement ? Qui accepterait de signer pour ce genre d'opération, franchement ?

— Il faut aussi que vous appeliez le médecin légiste, dit Mick avant de se renfrogner. Vous en avez un ?

— Oui, il bosse à la frontière avec l'État de New York. Je le préviens.

Mick sortit de son sac à dos le rouleau de Rubalise orange fluo.

— Il faut qu'on protège la scène. Et qu'on balise le trajet, pour être sûrs de pouvoir revenir. On doit impérativement trouver un moyen de transporter le corps hors d'ici, de préférence en un seul morceau. Et on doit interroger Chase Hardy.

AVANT

Chase avait espéré que l'activité de la traite, familière et ennuyeuse, lui permettrait de faire le vide dans son esprit, que le travail l'aiderait à épuiser sa colère. Il avait cru que l'étable, la mélodie apaisante des machines, les meuglements des vaches le fatigueraient et feraient disparaître le martèlement dans son crâne. Au lieu de quoi, la monotonie de ces tâches eut l'effet inverse. L'enchaînement des corvées ne servit qu'à attiser sa rage : tout en les faisant, il revisitait les six derniers mois, réunissait les pièces du puzzle. Transom était arrivé au moment précis où il savait que Chase avait besoin de lui, où il pleurait la mort de son grand-père, seul, et n'avait personne vers qui se tourner. Il avait proposé ce week-end de bivouac le jour où le forestier était venu marquer les arbres. Il avait menti sur sa volonté de tenter de les sauver. Il avait été à l'encontre des souhaits de Chase, et de ceux de Jack, en cédant les droits d'extraction. Ce seul vestige de la famille Hardy, le seul héritage de Chase… Transom l'avait détruit. Et c'était son intention depuis le début, prendre, encore et encore, peu importait qui il blessait en chemin. Depuis le début, il avait eu l'intention de trahir.

Quand Chase eut terminé dans l'étable, il retourna d'un pas vif dans la maison. Il faisait encore sombre lorsqu'il entra dans le bureau de Jack. Il enfila la salopette légère à motif camouflage sur son jean et son tee-shirt, prit sa lampe frontale et sa Winchester 1873. Profitant de la pénombre, il remonta rapidement le sentier qui menait aux arbres et chargea sa carabine. Un malentendu, dirait-il plus tard. Un accident de chasse. Ils s'étaient tous les deux retrouvés dans les bois au même moment, sans le savoir.

Chase avait déjà arpenté ces terres mille fois sans lumière ; il connaissait l'inclinaison de la pente, la pression exercée sur ses genoux. Il connaissait l'endroit où Jack avait été chercher de la terre pour sauver un champ humide et appauvri. Il savait qu'il fallait éviter l'énorme tronc pourrissant qui servait de repaire à une bête, chaque année. Et pourtant aujourd'hui, avec la disparition de la plupart des arbres, les souches et les branches éparpillées comme les débris d'un naufrage, tout avait l'air différent. Les sensations et les odeurs avaient changé, elles aussi. Il alluma sa lampe frontale pour se repérer. Il eut du mal, mais quand ce fut fait, il éteignit. Il atteignit un grand tulipier de Virginie et caressa son écorce lisse dans l'obscurité. Avec ses branches majestueuses et son immense tronc bien droit, c'était un bel arbre – et encore plus dans son nouvel environnement. Chase devinait ses contours dans le jour naissant. Il ralluma sa lampe et aperçut un vieux bidon en métal rouillé, que les forestiers avaient dû utiliser pour se chauffer et oublier en partant. À moins que ces *gazpilleurs* s'en servent eux aussi. Il coupa la lampe.

Il s'adossa au tulipier et ferma les yeux. Il entendit un bruissement à proximité, provenant des feuilles mortes sur le sol de la forêt : une créature qui se déplaçait. Il plissa les paupières, chercha à discerner une forme dans le demi-jour. Transom ? Son cœur battait la chamade, son pouls martelait ses tempes. Il alluma sa lampe et aperçut des yeux jaunes luisants : petites perles scintillantes dans l'obscurité des bois, suivies d'une queue grise et touffue. Un renard. Il souffla et s'essuya le front. Le soleil n'était pas encore levé, et pourtant il faisait déjà chaud, d'autant qu'il était trop couvert et qu'il avait oublié d'apporter de l'eau. Les bois tanguaient.

Même sans lumière, il voyait combien cette terre sacrée était devenue laide. Saccagée, maltraitée et laide. Il se remit en route lentement, d'un pas incertain, repensant à cet après-midi d'hiver, quelques mois plus tôt, où, allongé sur un rocher, il avait pris la décision de vendre la ferme à Transom, de lui faire confiance. Il se rappelait tous les dimanches passés dans ce vallon, adolescent, pour faire le tri dans ses pensées quand il était dépassé par l'existence, enseveli sous son poids. À présent, les rochers qu'il avait l'habitude d'escalader n'étaient plus atteignables. Un énorme tas d'arbres, morts ou de peu de valeur pour les forestiers, en bloquait l'accès. Tandis qu'il enregistrait toutes ces images dans son esprit, une vague de chagrin l'engloutit : ses parents, Maggie, Jack… La terre, aussi : les arbres, les champs. Il avait tant perdu, on lui avait tant pris. Chase éprouva cette tristesse et cette rage anciennes, cette sensation de perdre pied, qui bouillonnaient au creux de son ventre. En temps normal, ça le perturbait, ça le mettait mal à l'aise, mais cette fois ces impressions s'accompagnaient d'une excitation familière qu'il n'avait pas ressentie depuis très longtemps : un étourdissement violent, comme la brûlure d'un alcool fort. Qu'avait dit Transom déjà, dans les bois, toutes ces années auparavant ? « Ça fait du bien, hein ? De se venger sur le monde du mal qu'il t'a fait. »

Oui.

Il prit la direction de l'est, franchit le ravin escarpé, puis descendit dans le vallon suivant. Il avançait vite pour le moment, puisque Transom ne pourrait pas l'entendre de loin. À l'approche du Mirador, il ralentit l'allure, naviguant prudemment entre les résidus de bois. Il était un peu déboussolé, sans les repères qu'il avait toujours connus, avec tous ces nouveaux obstacles à éviter sur sa route. Il avait plein d'endroits où se mettre à couvert, en revanche, et il s'accroupit, se déplaçant d'abri en abri. Autour de lui, le ciel gris s'éclaircissait : bientôt le soleil apparaîtrait dans le ciel et les bois se transformeraient en labyrinthe de rayons lumineux et d'ombres. Il devait se dépêcher.

Il voyait presque le chêne mourant où Transom avait l'intention de se rendre : le Mirador était toujours là, les forestiers ne l'avaient pas détruit. Chase s'approcha de quelques pas supplémentaires avant de s'agenouiller derrière une souche, sorte de billot d'une hauteur d'un mètre : l'endroit idéal pour se cacher et observer les environs. Le Mirador n'avait pas changé depuis l'automne précédent, lorsqu'il y avait déposé Jack. Il reconnut les branches que Transom et lui avaient placées au pied du tronc, pour créer une sorte de petite palissade, des années auparavant. Un fort plus exactement, quand ils étaient encore enfants, un endroit où ils jouaient à chasser et à faire semblant.

Transom était bien là, caché derrière cette palissade, adossé à l'arbre. Il observait un pin blanc que les forestiers avaient épargné. Que faisait-il ? Chase leva la Winchester, plaça la crosse au creux de son épaule et trouva Transom avec la lunette. Sa veste camouflage était ouverte, un tee-shirt des Pirates, noir et jaune vif, était tendu sur son ventre. Chase balaya les bois sur la gauche et la droite. Transom n'avait pas installé de leurres pour les dindons. Chase se focalisa à nouveau sur lui et le vit lentement mettre quelque chose dans sa bouche, incliner la tête en arrière, puis continuer à regarder le pin blanc. Encore ces médocs.

Chase déplaça lentement la lunette pour découvrir ce que Transom observait avec autant de concentration, et il vit que c'était une sittelle, l'oiseau préféré de Jack, qui se déplaçait sur une branche, tête en bas, comme elles en ont l'habitude, avec son minuscule corps noir et blanc sautillant, son long bec noir qui picorait l'écorce, sa petite tête qui se tournait de temps en temps vers Transom, et lui, subjugué, apaisé.

Alors, avec la même rapidité à laquelle son plan insensé et la détermination qui l'accompagnait s'étaient imposés, ils disparurent, comme on appuie sur un interrupteur : Chase sut qu'il n'irait pas jusqu'au bout. Ses mains et son corps se mirent à trembler, et brusquement il prit conscience de ce qu'il avait envisagé de faire. Il repartit en courant, accroupi, dans la direction de l'étable, sanglotant, frémissant et transpirant à grosses gouttes. Il évita les souches, bondit par-dessus les branches mortes, et lorsqu'il fut certain d'être suffisamment loin de Transom, il tomba à genoux et enfouit son visage dans le tapis de feuilles. Pour la première fois depuis de nombreuses années, il pleura.

APRÈS

Le jour où Mick et lui avaient trouvé Transom dans les bois, Red s'était occupé d'organiser une autopsie. Plus tôt dans la matinée, il avait reçu le rapport du légiste. Celui-ci avait eu du mal à déterminer la cause précise de la mort, car le corps était devenu une charogne depuis plus d'une semaine. Les vautours, mais d'autres bêtes aussi avaient festoyé sur ce cadavre, et ce fait, associé au processus naturel de décomposition, accéléré par les températures chaudes, avait compliqué l'analyse. Et pourtant, le médecin légiste, qui avait fait plus de soixante kilomètres pour venir, pensait pouvoir affirmer avec un degré de certitude plutôt élevé qu'il savait ce qui s'était passé.

Transom avait marché sur un vieux piège à ours. En se refermant, la mâchoire avait dû sectionner des tendons, le « muscle long fibulaire et le muscle court extenseur des orteils », même si une grande partie de la chair avait déjà disparu lorsqu'ils avaient retrouvé le corps. Le piège avait aussi brisé deux os, le péroné et le tibia. Red lut très attentivement le rapport ; il avait vu des éclats d'os blancs dépasser du cadavre décomposé de Transom. Il avait même regardé un schéma du corps humain pour tenter de comprendre ce qui s'était passé.

Selon toute vraisemblance, Transom aurait fini par se vider de son sang, concluait le légiste, même si l'élément qui l'avait tué, et donc la cause officielle de la mort, était une plaie par balle à la tête, causée par un projectile de calibre 11 mm, provenant de l'arme sophistiquée qu'ils avaient trouvée avec le corps. Suicide, songea Red, prêt à clore le dossier. Les empreintes de Transom étaient présentes sur la crosse, et des résidus de poudre avaient été identifiés sur ce qui restait de sa main. Il ne faisait aucun doute qu'il était à l'origine du tir mortel.

Pourtant Mick n'était pas prêt à classer l'affaire, pas encore.

Voilà pourquoi ils étaient de nouveau assis dans la salle de réunion au fond du poste de police, face à Chase Hardy. Le jeune homme n'en menait pas large et était abattu. Jack Hardy avait beau lui manquer, Red se félicitait que son vieil ami ne soit pas là pour voir ça : c'était une âme sensible et il ne l'aurait peut-être pas supporté. Pas seulement le spectacle de ses bois splendides détruits et transformés en friche, pas seulement le site d'extraction installé au sommet de son champ, mais aussi ça : le corps broyé et dévoré d'un jeune homme que sa femme et lui avaient élevé comme leur second petit-fils, mort sur les terres Hardy.

— Nous revoici réunis, dit Mick.

Le ventilateur qui oscillait sur le pas de la pièce en bourdonnant soulevait les papiers au bord de la table à chaque changement de direction.

Chase se pencha vers le détective, mains croisées, en signe de pénitence, ou de prière peut-être.

— J’ai cru qu’il était parti, finit-il par dire.

Il ne redressa pas la tête, mais se mit à bouger frénétiquement un pouce.

— J’ai cru qu’il avait des remords, pour tout, la ferme, moi, et qu’il avait préféré s’en aller.

Il s’interrompit à nouveau, puis il leva ses yeux, d’un bleu si surprenant, tristes, vers Red.

— C’est ce qu’il aurait dû faire, s’il avait voulu arranger les choses. En tout cas c’est ce que j’ai pensé, moi.

Mick attrapa, derrière Red, une photo du revolver qu’ils avaient trouvé près de Transom.

— Vous reconnaissez cette arme ? demanda-t-il en faisant glisser la photo vers Chase.

Le jeune homme plissa le front, observa la crosse noire et le filigrane en or raffiné.

— Le père de Transom collectionnait ce genre de revolvers, sophistiqués. Il avait une passion pour les Smith and Wesson.

— L’arme n’était pas enregistrée, précisa Mick.

Chase haussa les épaules.

— Il a dû l’acheter il y a longtemps, avant toute la réglementation sur le port d’armes. Et puis M. Shultz n’était pas du genre à suivre les règles.

— C’est certain, marmonna Red.

Il prit appui sur la table pour se lever. Chase avait confirmé leurs soupçons : l’arme appartenait à Transom. Ils en avaient terminé.

Pourtant Mick croisa les mains.

— D’après vous, que faisait Transom dans les bois ?

Red se rassit sur sa chaise. Chase déglutit.

— Il ne possédait pas de permis de chasse, et c’est néanmoins une activité à laquelle il semblait s’adonner.

Mick poussa une autre photo vers Chase : Transom mort, le visage enflé et privé de morceaux de chair, la veste camouflage froissée et imbibée de sang séché, noir.

Chase se détourna en frissonnant.

— Allez, Mick, intervint Red.

À quoi bon infliger à quiconque ce calvaire. Red lui-même supportait à peine ces images.

Mick avala une gorgée de café et se leva, alla s'adosser au meuble de rangement.

— Vous étiez au courant pour le piège ?

Chase s'agita sur sa chaise.

— Oui et non.

— Comment ça ?

— Il m'avait parlé de son intention de le poser. Je lui avais dit que c'était une mauvaise idée.

Il s'essuya le front.

— Je pensais qu'il voulait juste faire l'intéressant. Ça lui arrivait. Je ne savais pas qu'il comptait vraiment poser le piège.

— Y en a-t-il d'autres ?

— Mon grand-père n'avait qu'un seul piège à ours. Il est possible que Transom en ait posé d'autres, plus petits. Je n'en sais rien.

Mick inscrivit quelque chose sur sa tablette.

— Ç'aurait pu être vous, lui dit-il. Vous auriez pu tomber dessus. Ou un des ouvriers du chantier. Ou Red, ou moi.

Chase hocha la tête. Il se tourna vers la vitrine du poste de police pour regarder dehors.

— Je sais, lâcha-t-il en suivant une fissure sur le plateau de la table.

— Si c'est Transom qui a posé ce piège, comment se fait-il qu'il ait marché dessus ?

Chase secoua la tête cette fois.

— Je lui avais bien dit qu'il fallait faire les choses sérieusement et repérer leur emplacement. Je lui avais dit, il faut toujours garder une trace de ces choses-là.

Il s'essuya les yeux avant de reprendre :

— Je ne sais pas. Je vous l'ai dit, je ne pensais pas qu'il les utiliserait.

Mick soupira. Plus tôt, Red lui avait fait remarquer combien la physionomie des bois avait dû changer depuis l'hiver précédent.

— Comment je peux être certain que ce n'est pas vous qui avez posé ce piège ? demanda Mick. Vous aviez un mobile. C'est vous qui allez hériter de la ferme.

— Je n'ai pas chassé depuis mes seize ans. J'ai installé des pièges avec mon grand-père quand j'étais plus jeune, mais j'ai arrêté, il y a longtemps. Vous le savez bien, shérif, dit-il avec un regard en direction de Red. D'autre part, quelle aurait été la probabilité que je réussisse à attirer quelqu'un dans cet endroit précis des bois, que je lui fasse poser le pied, sans qu'il se rende compte de rien, pile au bon endroit, quasiment au millimètre près, pour qu'il ne puisse pas en réchapper ?

Il leva les deux mains.

— C'est quasiment mission impossible.

Mick parut y réfléchir.

— Pourquoi portait-il une veste camouflage à votre avis ? Pourquoi avait-il deux armes sur lui ? insista-t-il en se penchant vers Chase.

Le jeune homme essuya ses mains sur son jean.

— Je pourrais avoir un verre d'eau, s'il vous plaît ?

Il inspira profondément et croisa à nouveau ses mains sur la table.

Red se leva pour aller prendre un gobelet en carton dans l'armoire, puis il le remplit d'eau du robinet et le tendit à Chase. Celui-ci le vida.

— C'était la saison du dindon sauvage, finit-il par dire avant d'essuyer, une fois encore, ses paumes sur son jean. J'imagine qu'il chassait.

— C'est ce que semble indiquer la présence du fusil, oui, mais pourquoi ce revolver aussi élégant ?

Mick scrutait la réaction de Chase.

— Je ne m'y connais pas beaucoup, reprit-il en jetant un regard à Red, mais je pense pouvoir m'avancer et dire que rares sont les chasseurs qui abattent des dindons avec un Smith and Wesson.

Red imagina que le détective lui glissait : *Note sa fébrilité. Il cache quelque chose.* Et il le voyait lui aussi.

Mick fronça les sourcils.

— Bon, il n'avait pas de permis, enfin admettons qu'il était bien parti chasser. On a trouvé, sur place, trois cartouches vides provenant du fusil et une douille, correspondant au revolver, mais pas d'animaux morts dans les environs. Sans oublier bien sûr la balle de 11 mm dans son crâne.

Chase planta ses yeux dans ceux de Mick.

— Ma supposition, c'est que, quand les animaux ont commencé à rôder autour de lui et qu'il n'arrivait plus à les éloigner, il leur a tiré dessus.

Il tordit la bouche, déglutit péniblement et se tourna encore vers la vitrine donnant sur la rue.

— Il s'est gardé le revolver. J'aurais fait pareil à sa place.

Red se représenta l'épreuve que Transom avait traversée. Il avait dû accepter l'idée que les bêtes finiraient par le dévorer, coyotes et vautours, scarabées et souris, peut-être même un ours. Ils se jetteraient sur son corps, mort ou vif, alors qu'il gisait là, faiblissant à mesure que le sang s'écoulait à ses pieds. Red imagina la peur et l'angoisse que Transom avait probablement ressenties lors de ses derniers instants. Sa disparition avait été signalée dix jours auparavant, mais combien de temps avait-il passé là, dans ces bois qu'il avait à la fois adorés et détruits, avant de mourir ?

Mick appuya les coudes sur la table et joignit le bout des doigts.

— Voilà ce que je n'arrive toujours pas à m'expliquer. Pourquoi n'a-t-il pas réussi à ouvrir le piège ? C'était un type costaud, un athlète. Il aurait dû en être capable, non ?

Chase gardait les mains croisées. Il fit un mouvement de la tête en plissant les yeux.

— Il avait un problème au bras. Il manquait de force. Et puis le piège n'avait pas servi depuis des dizaines d'années. Une pièce a pu se casser, une charnière rouillée ou je ne sais quoi. On peut envisager mille explications possibles. Comment je saurais ce qui s'est passé, enfin ?

Le médecin légiste avait contacté un expert pour examiner le piège – il y avait deux charnières cassées et une vis abîmée. Chase avait vu juste.

Mick reprit des notes sur sa tablette.

Red observa le jeune homme et son attitude de repentant, mains croisées, tête baissée. Il semblait abattu, mais peut-être était-ce dû à la tristesse et pas au remords. La frontière entre les deux était fragile, Red le savait. Très fragile.

— Nous vous libérons, monsieur Hardy, dit Mick avant de prendre son téléphone portable et de sortir de la salle.

Chase se leva et salua Red d'un signe de tête.

— Shérif.

— Je suis désolé pour toi, Chase. J'imagine qu'il y avait des tensions, ces derniers temps, à cause de ce qui s'est passé à la ferme, mais je sais que vous étiez proches au fond. Comme deux frères. C'est ce que Jack disait toujours.

Il pensa à son propre frère, qui fonçait dans les rues des Rocks à bord de la voiture paternelle, qui lui avait mis un pain, un jour, parce qu'il avait osé dire que l'équipe de foot de Pittsburgh, les Steelers, était nulle.

— Ça a été des mois difficiles.

— Et maintenant ? lui demanda Red. Tu vas rester dans le coin ?

Il s'était interrogé sur l'avenir de la ferme de son vieil ami, ignorant ce que Chase comptait faire. La compagnie pétrolière terminait l'installation des compresseurs dans l'ancien champ de Maggie, une énorme zone de terrain dégagé, avec un immense puits métallique, haut de deux étages. Il y avait plusieurs bâtiments annexes aussi, ainsi qu'un réseau complexe de pompes et de cylindres marron, qui devaient constituer, supposait-il, le cœur de l'installation. Il y aurait un ballet incessant de camions, qui transporteraient le gaz extrait dans un endroit où il serait transformé.

Chase s'adossa au meuble de rangement.

— J'ai pensé à partir. J'y pense depuis la mort de Jack, pour tout vous dire. Vendre, couper les ponts, commencer une nouvelle vie. Aller vers l'ouest peut-être. Dans un de ces États où il y a plus d'animaux que d'humains. Mais Jack et Maggie n'auraient pas voulu ça, je crois, non ? Mes parents non plus.

Ses yeux bleus scrutaient les traits de Red. Le shérif secoua la tête.

— Ce n'est pas moi qui ai la réponse à cette question, fiston. Tu le sais bien.

— Je pense qu'ils me diraient que quand on aime quelque chose, on l'aime coûte que coûte. On prend le bon et on cherche à améliorer le mauvais. C'était ce qu'ils me répétaient, tous.

Il retira sa casquette et passa une main dans son épaisse tignasse.

— Voilà ce que je compte faire. Je vais prendre des sacs-poubelle et nettoyer cet endroit, petit à petit. Je vais sortir mon chargeur sur pneus, je vais faire des tas de bûches, couper les souches bien à ras. Ça repoussera, les arbres, les bois. Pas de mon vivant ni de celui de mes enfants, mais un jour. Oui, un jour, cet endroit pourrait redevenir beau.

Red savait que Chase ne se leurrait pas : la compagnie pétrolière n'était pas prête de lever le camp, et chaque fois qu'il regarderait par sa fenêtre ou qu'il s'occuperait de l'ancien potager de Maggie, le site d'extraction se dresserait au loin pour lui rappeler constamment ce qu'il avait perdu. Il admirait son optimisme.

— Si tu as besoin d'un coup de main, n'hésite pas. Je vieillis peut-être, mais je sais encore utiliser une tronçonneuse et ramasser des débris, dit-il avec un sourire.

D'ici quelques semaines, il aurait beaucoup de temps libre, et aider Chase à nettoyer les terres de Jack et de Maggie serait la meilleure des façons de l'occuper.

— Ça me touche, shérif. Je vous passerai un coup de fil.

Il s'apprêtait à sortir quand il se ravisa :

— Oh, je voudrais que vous soyez le premier informé. Je vais demander à Laney de m'épouser.

Red sourit et lui tendit la main.

— Félicitations. Je suis heureux pour vous.

Après une hésitation, il ajouta :

— Et ta famille serait heureuse, elle aussi.

Chase hocha la tête.

— Je sais.

*

Red avait encore trois choses à faire. D'abord, convenir d'un rendez-vous avec Teresa au poste de police. Il l'avait déjà appelée pour lui annoncer leur découverte dans les bois et les conclusions du légiste. Il lui avait déjà expliqué, en la ménageant autant que possible, qu'ils n'avaient pas besoin qu'elle identifie le corps de Transom, non – il était certain de l'avoir reconnu grâce à son tatouage, le chiffre 7 sur son épaule, bien visible une fois qu'il avait été nettoyé, et il n'était pas nécessaire qu'elle s'inflige ce supplice –, et que oui, elle pouvait prendre des dispositions pour l'enterrement. Il avait néanmoins le sentiment qu'elle méritait de connaître les intentions de son fiancé. Il lui remettrait l'enveloppe de l'agence de voyages de Pittsburgh, Sea to Sea, avec les billets d'avion et le projet de mariage. Ce serait sans doute douloureux, mais elle aurait au moins la confirmation d'avoir vu juste. Transom ne l'avait pas quittée.

La deuxième tâche, il s'en acquitta avec un grand plaisir. Il sortit le courrier de son tiroir et le déposa sur le bureau de Leigh, où elle le découvrirait le lendemain matin. Il irait patrouiller à la première heure, il coincerait peut-être quelques employés de la compagnie en train de bomber sur la route 28 en direction de la ville, comme ça il lui rapporterait une ou deux contraventions, ce qui l'occuperait – et lui éviterait de passer la journée à faire toute une histoire pour le départ à la retraite de Red. C'était un boulot pour un homme plus jeune, veiller sur une ville, sur ses citoyens, surtout maintenant que les choses changeaient, que tout s'accélérait, avec les nouveaux venus et les problèmes qu'ils apportaient. Au moment de placer l'enveloppe contre la machine à écrire de Leigh, il ressentit un soulagement immense. Puis il prit son chapeau et le sac contenant son déjeuner, avant de verrouiller la porte. Les clés en poche, il s'installa au volant de son tout-terrain et appuya plusieurs fois sur l'accélérateur.

Plus qu'une chose à faire.

*

Red s'engagea sur la petite voie recouverte de gravier et se gara entre le mobile home et la remise. Il s'essuya la nuque avec son mouchoir. Il dégoulinait de sueur. Il descendit de voiture, lissa sa chemise. Ses genoux craquèrent lorsqu'il gravit péniblement les quelques marches jusqu'au perron de Possum. Il frappa. Il vit le jeune homme écarter le rideau devant sa fenêtre pour regarder qui c'était, puis il entendit des pas approcher. Son cœur battait à tout rompre.

Possum entrouvrit.

— Shérif ?

— Je suis désolé de te déranger, Tom, dit-il en fourrant ses mains au fond de ses poches. Tu as une minute ?

Possum ouvrit la porte pour sortir sur le perron. Il observa les environs, en plissant ses grands yeux, suspicieux.

— Qu'est-ce qui se passe ?

Les mots restaient logés dans la gorge de Red, l'angoisse pulsait dans tout son corps et lui donnait le tournis. Il s'agrippa à la rambarde en métal pour se soutenir.

— Je te dois des excuses.

Ce fut soudain plus fort que lui, son chagrin déborda. Il s'essuya les yeux avec sa manche.

— J'ai commis une erreur, après ce qui est arrivé dans la carrière. Il se passait des choses à l'époque, des choses que tu ignorais, n'empêche… j'aurais dû revenir comme je te l'avais promis, j'aurais dû aller au fond des choses et rétablir la vérité, quoi qu'il en coûte, et je ne l'ai pas fait.

Il s'interrompit, passa d'un pied sur l'autre.

— J'ai mal géré la situation, je t'ai laissé tomber. Et je sais que ça vient beaucoup trop tard, mais je tenais à m'excuser.

Possum déglutit bruyamment et porta son regard bien au-delà de Red, semblant l'ignorer. Il observa un gros camion-citerne, contenant du fluide de fracturation, qui traversait le pont. Ses pneus rugissaient sur le métal.

Red s'épongea le front avec son mouchoir.

— Je sais bien que ça n'efface pas tous les torts que je t'ai causés. Je voulais juste de le dire. Je veux que tu le saches : je suis désolé.

Une brise fit trembler les géraniums dans une jardinière. Red rangea son mouchoir dans sa poche et soupira. Il se sentait tellement plus léger. Dans les jours qui avaient suivi la disparition de Transom, il avait compris que son père avait raison. Le passé n'est jamais mort, il n'est jamais le passé. On n'était pas non plus obligé, néanmoins, de se laisser posséder par lui. De se définir à travers lui. Il descendit d'un pas lourd les marches pour retourner à son tout-terrain.

— Shérif ?

Red se retourna.

Possum agrippait la rambarde et le regardait, la lèvre tremblante. Red attendit qu'il dise quelque chose, mais il se contenta de le dévisager, les traits agités de frémissements. Red le revoyait soudain, le gamin qui avait, des années auparavant, défoncé le crâne de son beau-père, qui avait été enfermé dans un coffre, qui avait subi tant de sévices cruels et qui avait, malgré tout, survécu. Au bout d'un long instant, Possum hocha la tête.

Red soutint son regard.

— Prends soin de toi, fiston, lui dit-il.

AVANT

C'était le jour de la fête du Memorial Day, et Possum était fou de joie parce qu'il venait de remporter une paire de compotiers en porcelaine française, dans un état parfait, pour douze dollars à une vente aux enchères. Il était certain de réaliser un bon profit à la revente, et il aurait peut-être même assez pour rembourser le petit emprunt qu'il avait souscrit pour acheter un billet d'avion à destination de Moscou, fin août. Alla lui montrerait sa collection de boîtes laquées, d'un grand peintre de l'école Fedoskino, qui valaient chacune des milliers de dollars. Ils discuteraient boutique. Et d'autres choses aussi, il l'espérait, même si en vérité il n'arrivait toujours pas à croire que ça aurait bien lieu – le vol, la visite, la rencontre avec Alla. C'était trop beau pour être vrai.

Sur le chemin du retour, après la vente, il s'arrêta pour ramasser des champignons. Il avait enfin trouvé le moyen de rejoindre son meilleur coin à morilles, à l'endroit de la ferme Hardy où poussaient des ormes, en passant par la forêt d'Allegheny et en évitant donc la maison et l'étable. Le restaurant chicos à trente kilomètres à l'ouest lui en avait commandé d'autres, et il s'était dit que ça valait le coup de se mettre un peu en danger. Il s'agissait d'un pavillon de chasse, techniquement, qui accueillait de riches citadins, prêts à payer une petite fortune pour pêcher ou chasser, selon la saison. Un chef professionnel préparait ce qu'ils avaient pris et le leur servait le soir même. Possum s'était souvent fait la réflexion que c'était l'idée la plus risible et la plus ingénieuse qu'il connaisse. Justin, le chef, le payait vingt dollars la livre de morilles, et Possum lui en avait promis trois pour le jeudi suivant – il attendait des gros clients de Washington, si piètres tireurs et si mauvais pêcheurs que les champignons constitueraient peut-être le plat de résistance.

Possum se gara sur le petit parking de la forêt. Il mit son panier, avec ses filets à provisions, sur son dos, dépassa les bennes à ordures en métal qui débordaient et empestaient, puis s'engagea sur le sentier. Il se baissa pour passer sous l'épais laurier des montagnes. Au bout de huit cents mètres environ, il quitta le sentier sur la droite, pour trouver un autre paysage, une vaste dépression de terrain couverte de grands arbres, chênes et ormes. Il pénétra chez Transom, dont l'entrée était signalée par un panneau « Propriété privée », et son cœur se mit à battre.

Il finit par atteindre les ormes, au pied desquels poussaient les morilles : grandes et jaunes, on aurait dit des petits sapins de Noël, des cônes taillés dans de grosses éponges. Les températures étaient élevées, l'air était alourdi par la subite vague de chaleur, les arbres se balançaient et un érable proche fit pleuvoir des centaines de samares ailées autour de lui, qui dégringolaient en tournoyant. Petit, il adorait ces fruits qu'il lançait en l'air pour les regarder tourbillonner. Sa mère les appelait des « moulins à vent ».

Il s'agenouilla et cueillit une morille en pinçant délicatement son pied, puis la mit dans son premier filet. Il y en avait beaucoup, et il les ramassa une par une, les ajoutant à son butin. Plus tard, Justin les ferait tremper dans l'eau pour retirer la terre ou les insectes logés dans les alvéoles, avant de les faire revenir dans du beurre. Possum lui avait appris comment s'y prendre de A à Z.

Il en cueillait une énorme lorsqu'il entendit le bruit : un animal qui avait l'air de souffrir. Dans son panier se trouvait le Smith and Wesson de JT, qu'il emportait toujours dans les bois au printemps, lors de ses cueillettes, pour le cas où il croiserait un ours noir qui viendrait de se réveiller de sa sieste hivernale et aurait faim.

À nouveau le même bruit.

Un faon, peut-être, un nouveau-né sans défense. Son cri strident d'agonie lui fit imaginer qu'il était en danger de mort. Un ours peut-être. Possum grimaça en imaginant la bête aux jambes grêles, sa robe à pois blancs, si belle et si misérable, arrachée à sa mère et traînée à travers bois dans la gueule d'un prédateur. D'un autre côté, il avait assez de jugeote pour ne pas tenter de s'en mêler.

À l'aide.

Entendait-il des voix ? Il mit une autre morille dans son panier, puis se releva, le visage plissé par la concentration, l'oreille aux aguets. Est-ce que quelqu'un venait d'appeler à l'aide ? Une samare dévala vers lui et il l'attrapa en plein vol, petite chose délicate et duveteuse.

À l'aide.

Il se mit en route, remonta la pente de la ravine, atteignit le sommet de la côte puis redescendit de l'autre côté, de plus en plus vite. Les morilles tressautaient dans le panier, il entendait une plainte continue à présent, qui gagnait en volume et semblait plus que jamais provenir d'un animal. Possum se mit à courir et, sans s'arrêter, fit passer le panier vers son ventre pour sortir le revolver. La moitié des morilles tombèrent, mais il ne prit pas le temps de les ramasser.

En descendant dans une autre vallée, il se rendit compte qu'il s'enfonçait de plus en plus sur les terres de Transom, et il craignit de se perdre, cependant quelqu'un souffrait, quelqu'un avait besoin de son aide, et il réfléchirait à ce problème plus tard – comment regagner son pick-up sur le parking. Il trouverait un moyen.

Il entendit un fracas métallique, un son mat et lourd, comme une chaîne qu'on lâche sur le sol, puis devant lui, dans une minuscule clairière, il aperçut un mouvement, une personne à terre, étendue, qui se tortillait en gémissant. Possum avançait à toute allure, se rapprochait, trébuchant sur les souches et les débris, mais soudain il se pétrifia parce que l'homme pointait le doigt sur le ciel et criait :

— Non ! Je vous l'interdis ! Je suis encore en vie, enfin. Je suis encore en vie !

Cette voix. Il la reconnut. Les menaces assénées à travers la porte du placard à balais du lycée, les mots prononcés juste avant que le couvercle du coffre se referme. « Tu vas brûler. Tu vas sentir la chaleur approcher, mais tu ne dois pas avoir peur. » Possum leva les yeux et aperçut deux gros oiseaux, perchés sur la branche d'un arbre, très haut. Des vautours qui avaient senti la mort et qui attendaient. Il s'accroupit derrière une souche épaisse, vestige abject d'un arbre magnifique, pour observer.

La jambe de Transom était coincée dans un objet métallique, dont le bruit se réverbérait dans les bois chaque fois qu'il heurtait le sol. Un piège. Transom tendit le bras dans sa direction et tenta d'écarter les mâchoires, en vain, ce qui lui fit pousser un hurlement effroyable qui fit se dresser les poils sur les bras de Possum. Silence. Puis Transom se débattit à nouveau, roulant, se tordant, jurant et pleurant. Il lui arrivait d'appeler à l'aide de loin en loin. L'espace d'un bref instant, qui dura à peine le temps d'une étincelle, Possum eut pitié de lui, allongé là, se vidant de son sang, incapable de se libérer, avec les charognards qui rôdaient déjà.

Possum l'observa. Longtemps. Il prit une morille pour la manger crue, mais ce n'était pas bon sans le beurre et l'ail, et puis il restait de la terre qui crissait sous les dents.

Toutes ces années… Il se rappelait encore le choc de l'épaule puissante de Transom le plaquant contre les casiers, à la façon d'un joueur de hockey se débarrassant d'un adversaire. Il entendait encore l'écho du bruit métallique dans les couloirs du lycée. Il sentait encore l'odeur d'humidité grise du coffre de la voiture. Il se retourna pour appuyer son dos contre la souche, et même s'il savait que les morilles étaient toxiques, crues, il en mangea une autre. Le soleil était haut dans le ciel à présent, l'air chaud et immobile. Cherchant toujours à savoir ce qu'il devait faire, il ferma les yeux et écouta Transom se démener.

Il sortit un chiffon de son panier, un bout de tissu dont il se servait pour retirer la terre des champignons. Il l'utilisa pour frotter consciencieusement le revolver que JT avait offert à sa mère. Il repassa plusieurs fois aux mêmes endroits, partant du canon pour remonter avec une précision extrême, décrivant de petits mouvements circulaires comme pour polir le métal, veillant à nettoyer chaque centimètre, à aller dans le moindre recoin. Quand il avait terminé, il recommençait. Et encore. Après, toujours muni du chiffon, il retira les cinq balles et les astiqua une par une, avant de recharger l'arme.

Il n'aurait su dire combien de temps il était resté assis là, le front dégoulinant de sueur, le dos trempé, la gorge asséchée, mais il finit par retirer ses chaussures puis par se lever pour s'approcher, en chaussettes, de Transom, qui gisait inerte et couvert de sang. Des mouches tournaient autour de sa jambe. Des comprimés blancs étaient éparpillés dans la terre, à côté de lui, un flacon brun et son couvercle à côté, un fusil de chasse aussi – le tout hors de portée de Transom. Il regarda Possum. Son visage avait perdu toute couleur, ses lèvres étaient gercées par le soleil. Il cligna des paupières.

— J'étais venu voir si j'avais attrapé quelque chose, dit-il en pointant un doigt affaibli vers le piège et sa jambe déchiquetée. Ce maudit truc était plus près de cet arbre que dans mon souvenir.

Il se mit à rire, de ce rire inoubliable, et pourtant diminué, puis il toussa violemment et cracha du sang.

La gorge de Possum était nouée.

— Tu es là depuis combien de temps ?

Transom leva deux doigts.

— Deux jours ?

Il confirma d'un signe de tête.

— Tu es en train de mourir.

— Oui.

Transom le regardait, mais Possum n'était pas certain qu'il le reconnaissait… Il avait perdu tellement de sang à ce stade, le soleil était si fort et si aveuglant. Savait-il qui Possum était ? Et se souvenait-il de tout ce qu'il avait fait, des années de torture, des dégâts causés ? Comprenait-il la situation présente, avec Possum qui se dressait au-dessus de lui de toute sa puissance, Possum qui avait une arme, qui tenait le destin de Transom dans sa main ?

Il s'agenouilla à côté de lui.

— Tu as gâché ma vie, lui murmura-t-il.

Les mots avaient un goût aigre. Il pressa le canon contre la tempe de Transom – le chiffon enveloppait toujours la crosse. Il prit une profonde inspiration. Ce visage, si beau et si terrible à la fois, si proche qu'il entendait un filet d'air passer entre les lèvres. Tellement proche.

Transom cligna des paupières.

— Tu as gâché la mienne en premier.

Possum n'avait jamais envisagé les choses sous cet angle. Pelotonné dans sa colère et sa souffrance, il se croyait excusé – pour lui, en déposant ce chariot devant la maison, il avait réparé une injustice, il avait fait la lumière sur une vérité qui n'aurait jamais dû être cachée. C'était lui qui avait subi un tort, qui avait souffert au-delà de tout entendement. Et pourtant, à présent, il se rappelait le jour où il s'était approché du ranch des Shultz, où il avait vu par la fenêtre la famille parfaite de Transom, sa vie parfaite, et pour la toute première fois, à côté de cet homme pâle et misérable qui se vidait lentement de son sang, il comprit qu'il y avait un fond de vérité dans cette affirmation, qu'il lui avait, lui aussi, volé quelque chose.

Possum s'écarta et s'accroupit, déposa le revolver par terre. Il patienta longuement, puis finit par se pencher vers l'avant. Il plaça l'arme dans les mains de Transom, et lorsque celui-ci serra ses doigts ensanglantés dessus, Possum retira doucement le chiffon. Ils s'effleurèrent. Il ramassa un comprimé blanc dans la terre et le glissa entre les lèvres sèches de Transom, qui les écarta pour l'avaler. Possum fit pareil avec tous les autres, un par un. Transom ouvrait la bouche comme un oiseau réclamant la becquée. Il regardait les pins qui respiraient au-dessus de sa tête, les vautours qui attendaient leur heure sur une branche. Ses yeux étaient immenses et bleus. Il posa la main sur celle de Possum et la pressa légèrement.

— Merci.

Ce petit geste. Ce n'étaient pas des excuses et pourtant quelque part dans les profondeurs de l'abdomen de Possum, quelque chose bruissa : dans sa réserve de colère et de haine, qu'il avait cachée là, comme enfouie au cœur du rembourrage d'une peluche, quelque chose céda. Un peu. Se pouvait-il qu'il ait eu tort ? Que se raccrocher à sa colère n'ait pas été le meilleur moyen de supporter les souffrances, finalement ? Peut-être qu'au bout du compte, celui qui ne s'autorisait pas le pardon payait le prix fort, et lui seul. Il se détourna et se leva.

Il ramassa une branche de pin et balaya la terre qu'il avait foulée, pour effacer ses traces, même si celle-ci était trop sèche et trop dure pour conserver des signes de sa présence, il le savait. Il retourna à la souche, remit ses chaussures et prit ses affaires. Il s'éloigna, remonta la côte, puis descendit dans la ravine d'après, vers les deux ormes. Il finissait de ramasser les morilles, quand il entendit une détonation. Une autre samare dévala en dansant et se posa sur son épaule. Il ferma les yeux et leva le visage vers le ciel, sentit la chaleur du soleil béni. Ayant rempli son panier de morilles, il se dirigea vers son pick-up, vers le tunnel blanc étourdissant de laurier des montagnes, vers son chez-soi.

REMERCIEMENTS

Même si c'est le nom de l'auteur qui apparaît sur la couverture, la vérité c'est que beaucoup de gens contribuent à la naissance d'un livre. Ce qui fait du monde à remercier.

J'ai une dette infinie envers mon incroyable agent, Amy Cloughley, pour avoir trouvé de l'intérêt à mon manuscrit au milieu de tant d'autres et pour ses conseils éditoriaux si avisés, son honnêteté, ainsi que son soutien tout le long du chemin. Ma reconnaissance est éternelle.

Je remercie Cassandra Farrin et le reste de l'équipe chez Amberjack, pour leur lecture enthousiaste de mon travail et leur sagesse.

J'adresse ma plus profonde gratitude à Bethany Spicher Schonberg, dont la petite suggestion a fini par modifier le cours de ce roman pour le meilleur.

Merci à Erica Young Reitz, pour sa lecture, son aide, son soutien, et pour m'avoir convaincue de changer la fin.

Je pense à mes amies et premières lectrices, Paula Closson Buck, K. A. Hays, Corrie Passavant et Megan Bridgwater : merci pour votre temps et vos encouragements.

Je n'oublie pas mon père, qui a répondu à mes questions sur les armes, les accidents de chasse et les pièges.

Je remercie aussi mes fils, qui m'ont trouvée à leur réveil, la plupart des matins, penchée sur mon ordinateur, pianotant sur le clavier, depuis qu'ils ne dorment plus dans des lits à barreaux. Puisse votre amour fraternel être un fleuve puissant, une forêt préservée.

Merci surtout à Chris, qui a vécu avec ce roman et moi, pendant les périodes où mon esprit était à moitié dedans, à moitié dans la vraie vie : tu es venu me chercher sur les rives du désespoir, tu as su croire en moi quand je n'avais plus foi ni en moi-même, ni en mon travail, et je n'aurais pas réussi sans toi.

#lisez!
engagé
www.lisez.com
Pour plus d'information :
Imprimé sur du papier issu de forêts gérées durablement.

10/18 – 92 avenue de France, 75013 PARIS

Imprimé en France par
CPI Brodard & Taupin

N° d'impression : 3055613
X08377/01